FISGADOS PELO AMOR

FISGADOS PELO AMOR

Tradução de
Isadora Prospero

Tessa Bailey

Copyright © 2022 by Tessa Bailey

Tradução publicada mediante acordo com Taryn Fagerness Agency e Sandra Bruna Agencia Literaria, SL. Todos os direitos reservados.

TÍTULO ORIGINAL
Hook, Line, and Sinker

COPIDESQUE
Agatha Machado

REVISÃO
Júlia Ribeiro
Thaís Carvas

PROJETO GRÁFICO
Diahann Sturge

DIAGRAMAÇÃO E ADAPTAÇÃO DE CAPA
Henrique Diniz

EMOJIS
Mulher dançando: © streptococcus / Adobe Stock. Outros: © Giuseppe_R; Valentina Vectors; weberjake; TMvectorart / Shutterstock

ILUSTRAÇÃO DE CAPA
Monika Roe

CIP-BRASIL. CATALOGAÇÃO NA PUBLICAÇÃO
SINDICATO NACIONAL DOS EDITORES DE LIVROS, RJ

B138f

    Bailey, Tessa
      Fisgados pelo amor / Tessa Bailey ; tradução Isadora Prospero. - 1. ed. - Rio de Janeiro : Intrínseca, 2022.

      Tradução de: Hook, line, and sinker
      ISBN 978-65-5560-448-1

      1. Romance americano. I. Prospero, Isadora. II. Título.

22-79854	CDD: 813	
	CDU: 82-31(73)	

Meri Gleice Rodrigues de Souza - Bibliotecária - CRB-7/6439

06/09/2022   09/09/2022

[2022]
Todos os direitos desta edição reservados à
EDITORA INTRÍNSECA LTDA.
Av. das Américas, 500, bloco 12, sala 303
22640-904 – Barra da Tijuca
Rio de Janeiro — RJ
Tel./Fax: (21) 3206-7400
www.intrinseca.com.br

*A todos os enfermeiros e médicos do NYU Langone Health —
especialmente aos da unidade da 15 West, Tisch Building, Manhattan.*

Prólogo

15 de setembro

Hannah (18:00): Oi. É o Fox?

Fox (22:20): Fala.

H (22:22): Aqui é a Hannah. Hannah Bellinger. Peguei seu número com o Brendan.

F (22:22): Hannah. Merda. Desculpa, eu devia ter te respondido mais cedo.

H (22:23): Sem problemas. É estranho eu te mandar mensagem?

F (22:23): Nada, Pintadinha. Chegou bem em Los Angeles?

H (22:26): Sem nenhum arranhão. Já estou com saudades do cheiro de peixe de Westport (brincadeira... ou não). Enfim, só queria agradecer pelo álbum do Fleetwood Mac que você deixou na porta da minha irmã. Não precisava mesmo.

F (22:27): Não foi nada. Deu pra ver que você queria muito ele.

H (22:29): Como você percebeu? Foi porque solucei alto quando tive que deixar ele lá na exposição? 😔

F (22:30): Esse foi um leve indício. 😉

H (22:38): Ah, sim. Queria que você pudesse ouvir ele ao vivo. É mágico.

F (22:42): Quem sabe um dia.

H (22:43): Quem sabe. Obrigada de novo.

F (23:01): Você não precisava ter dito seu sobrenome. Só conheço uma Hannah.

H (23:02): Desculpa, mas não posso dizer o mesmo. Conheço vários Fox.

3 de outubro

Fox (16:03): Ei, Hannah.

Hanna (16:15): Ei! Tudo bem?

F (16:16): Acabei de atracar no porto depois de três dias no mar.

F (16:18): Uma pergunta meio idiota, mas você tá bem, né?

H (16:19): Bem, acho que minha psicóloga diria que isso é relativo. Mas fisicamente estou sã e salva. Por quê?

F (16:20): Só tive um sonho estranho. Sei lá... sonhei que você estava desaparecida. Ou perdida?

H (16:25): Não foi sonho. Mande um helicóptero. 🚁

F (16:25): 😒

F (16:26): Pescadores não ignoram os sonhos que têm na água. Às vezes não significam nada, mas podem ser uma premonição.

H (16:30): Se alguém tem que se preocupar nesta amizade, sou eu. Eu vi *Mar em Fúria*.

F (16:32): Nesse caso eu sou o Wahlberg?

H (16:33): Depende. Você fica bem de samba-canção branca?

F (16:34): Fico muito bem, gata.

F (16:40): Então isso é uma amizade?

H (16:45): É. Vai embarcar nessa? (trocadilhos de pesca vão acontecer) 🎣

F (16:48): Eu... vou. Isso significa que posso te mandar mensagem quando quiser?

H (16:50): Pode.

F (16:55): Então tá.

H (16:56): Então tá.

22 de outubro

Fox (22:30): Ei, Pintadinha. Tá fazendo o quê?

Hannah (22:33): Oi. Nada importante. Como sei se meu pneu está furado?

F (22:33): Por quê? O que aconteceu??

H (22:35): Meu carro estava fazendo um barulho estranho, então parei no acostamento. Vou ver se estourou.

F (22:35): Hannah, já passou das dez da noite. Fique no carro. TRANQUE AS PORTAS e chame um guincho.

H (22:36): Então... não sei como descrever minha localização pra eles. Um dos maquiadores do trabalho fez uma sessão espírita hoje. Acho que estou em Los Feliz?

F (22:37): Você não sabe onde está?

F (22:38): É o meu sonho. Está acontecendo. Premonição.

H (22:39): Ah, vá. Para com isso.

F (22:40): Você acabou de sair de uma sessão espírita, não tem direito de bancar a cética.

H (22:41): Quer saber? Justo.

F (22:42): Ache sua localização no mapa do celular e chame um guincho.

F (22:43): Por favor?

H (22:45): Você é protetor assim com todas as suas amigas?

F (22:48): Você é a única amiga que eu tenho.

H (22:49): Tá bom. Vou chamar um guincho.

F (22:49): 🙏

22 de novembro

Hannah (00:36): Tá acordado?

Fox (00:37): Muito.

H (00:38): Tá sozinho?

F (00:38): Sim, Hannah. Tô sozinho.

H (00:40): Vamos dar play em "Leaving on a Jet Plane" na mesma hora e ouvir juntos.

F (00:41): Pera aí. Tenho que baixar.

H (00:42): Assim você me mata.

F (00:42): Perdão, meu celular não é uma enciclopédia musical que nem o seu. Por que essa?

H (00:44): Sei lá. Tô com saudades da minha irmã. Meio mal por causa disso. Tem esbarrado com ela por aí?

F (00:45): Eu vi o batom dela no colarinho do Brendan. Conta?

H (00:47): É por isso que estou incomodando você em vez de ir falar direto com ela. Não quero estourar a bolha de felicidade deles.

F (00:48): Você não tá me incomodando, Pintadinha. Ok. Pronta?

H (00:48): Aham. Vai.

F (00:51): É doido como essa música é muito melhor do que eu lembrava. Por que não fico escutando isso o dia inteiro?

H (00:52): Agora você pode. Não é incrível?

F (00:53): Aham. Posso escolher a próxima?

H (00:55): Hum. Ok. O que vai querer, Garotão?

F (00:57): Algo pra te animar. Você tem Scissor Sisters nessa enciclopédia de celular?

H (00:58): Álbuns de estúdio ou ao vivo? Sim e sim.

F (00:59): Jesus, eu devia saber. Dá play em "I Don't Feel Like Dancin'" em 3… 2… 1…

1° de janeiro

Fox (00:01): Feliz ano-novo.

Hannah (00:02): Pra você também! Que te traga caranguejos.

F (00:03): ☺ Algum desejo especial?

H (00:07): Normalmente eu diria que não, mas quero arriscar mais esse ano. Me expor um pouco mais no trabalho, sabe? Não me copie. Você já ESTOUROU a cota de riscos no trabalho.

F (00:09): De que outra forma vou conseguir caranguejos?

H (00:10): Num restaurante, como uma pessoa normal.

F (00:10): Eu sempre peço bife.

H (00:11): É isso que chamam de ironia.

5 de fevereiro

Fox (9:10): Está chovendo aqui. Me manda uma música deprimente pra ouvir.

Hannah (9:12): Humm. The National. Comece com "Fake Empire".

F (9:14): Feito. Tem planos pro fim de semana?

H (9:17): Não muitos. Meus pais estão em Aspen, então tenho a casa só pra mim. Isso tem acontecido bastante ultimamente. Vivo esperando que a Piper apareça do nada com uma máscara de carvão na cara.

F (9:18): Mulheres botam carvão na cara?

H (9:20): Isso não é nada. Existe um negócio chamado "tratamento facial com gosma de lesma".

F (9:21): Jesus. Vou fingir que não li isso.

H (9:28): Você tem planos pra esse fim de semana? Vai pra Seattle?

F (9:35): É sempre uma possibilidade.

F (9:36): Mas é aniversário da minha mãe. Talvez eu leve umas flores pra ela e passe pra dar um oi.

H (9:38): Você é um bom filho. Ela vai te visitar em Westport?

F (9:45): Não. Nunca.

F (9:46): Obrigado pela recomendação musical, Pintadinha. Nos falamos depois.

14 de fevereiro

Hannah (18:03): Feliz Dia dos Namorados! Vai fazer algo especial?

Fox (18:05): Nossa, não. Prefiro atear fogo em mim mesmo.

F (18:09): E você? Vai fazer algo especial?

H (18:11): Sim, senhor. Estou num date.

F (18:11): Com quem??

H (18:15): Comigo mesma. Sou uma graça. Talvez seja a pessoa certa.

F (18:16): Não deixe essa garota escapar. Ela é do tipo que você apresenta para a sua mãe.

F (18:20): Você quer estar num date? Com alguém além de si mesma?

H (18:23): Sei lá. Acho que não seria péssimo? Infelizmente, é bem provável que meu tipo de homem defina essa data como uma invenção publicitária. Ou me compre rosas mortas para representar os males do consumismo. 😒

F (18:26): Esse é um tipo bem específico. Estamos falando do seu crush, o diretor? Sergei, né?

H (18:28): Isso. Minha irmã fica me zoando por correr atrás de artistas mortos de fome.

F (18:29): Você gosta de homens sombrios e dramáticos, né?

H (18:30): Cuidado! Você vai me fazer ter um orgasmo.

F (18:30): Se eu quisesse, gata, você já teria tido dois.

F (18:33): Merda. Hannah. Desculpa, eu não devia ter ido tão longe.

H (18:34): Não, eu que comecei. Culpe a única taça de vinho que bebi. #fraca 😔

F (18:40): Além de ser sombrio e dramático... o que faz um homem ser o seu tipo? O que vai fazer um deles ser o cara certo?

H (18:43): Acho que... se ele conseguir achar um motivo para rir comigo nos piores dias.

F (18:44): Isso parece o oposto do seu tipo.

H (18:45): Né? Deve ser o vinho.

H (18:48): Ele precisa ter um armário cheio de discos e algum lugar onde colocar tudo para tocar, óbvio.

F (18:51): Bem, isso é lógico.

28 de fevereiro

Fox (19:15): Como foi o seu dia?

Hannah (19:17): Teve uma vibe meio "Fast Car", da Tracy Chapman.

F (19:18): Tipo... nostálgica?

H (19:20): É. Meio melancólica. Acho que estou com saudades de Westport.

F (19:20): Vem pra cá.

F (19:23): Se quiser.

H (19:25): Bem que eu queria! Acabamos de começar a escalar o elenco de um filme novo. Não é uma boa hora.

F (19:27): Você cumpriu sua resolução de ano-novo? De assumir mais riscos no trabalho?

H (19:28): Ainda não. Mas estou trabalhando nisso.

H (19:29): Sério. A qualqueeeer minuto agora. (grilos)

F (19:32): É nessa hora que eu te lembro que, quando a gente se conheceu, você estava brigando com um capitão de barco que tem duas vezes o seu tamanho, pronta para arrancar os braços dele por gritar com a sua irmã. Você é foda. 🤙

H (19:35): Obrigada pelo lembrete. Vou chegar lá. É só... síndrome da impostora, acho. Tipo, o que me faz pensar que sou qualificada para fazer trilhas sonoras de filmes?

F (19:37): Eu tenho síndrome do impostor também.

H (19:37): Tem?

F (19:38): Pena que você não pode me ouvir rindo.

H (19:39): Eu... queria poder. Ouvir você rindo.

F (19:40): É, eu não odiaria te ouvir rindo também.

H (19:45): Como foi o seu dia, Garotão?

F (19:47): Trabalhei no barco com Sanders, então foi cheio de Springsteen.

H (19:49): Rapazes trabalhadores. Fazendo dinheiro! Suando de jeans! Bandanas no bolso! 😍

F (19:50): Parece até que você estava lá.

8 de março

Hannah (8:45): Ei. Acho que você está no barco.

H (8:46): Espero que esteja bem.

H (9:02): Quando você está na água e não pode responder, eu percebo.

H (9:03): A falta que você faz.

H (9:10): Então fico feliz que somos amigos. É isso que estou tentando dizer mesmo que meio que sem jeito.

H (9:18): Se sonhar comigo de novo, tente sonhar que eu posso voar ou ficar invisível. Ou que minha melhor amiga é a Cher. É bem mais legal que um pneu furado.

H (9:19): Não que eu ache que você sonha comigo regularmente.

H (9:26): Eu não sonho muito com você, óbvio.

H (9:39): Enfim. Até mais!

Capítulo um

Hannah Bellinger sempre esteve mais para atriz coadjuvante do que para protagonista. Era a amiga que incentiva os outros. Se vivesse na Inglaterra no tempo da regência, seria o padrinho de todo duelo, mas nunca empunharia a pistola. E essa distinção nunca ficou tão óbvia quanto naquele momento, quando estava sentada em uma sala de audições escura assistindo a uma garota que exalava a aura de protagonista recitar uma cena dramática como se sua vida dependesse daquilo.

As mãos de Hannah desapareceram dentro das mangas do moletom, como tartarugas se escondendo em seus cascos, os dedos cobertos agarrando a prancheta no colo. Estava chegando. O grande final. Do outro lado do estúdio Storm Born, o ator principal ensaiava uma cena com a última esperançosa candidata do dia. Desde as oito da manhã, foi um entra e sai de mocinhas inocentes no estúdio, e é óbvio que nenhuma delas teria química com Christian até que Hannah estivesse morrendo de fome e com um gosto de café velho na boca.

Assim era a vida de uma assistente de produção.

— Você se esqueceu de confiar em mim — sussurrou a ruiva, a voz falhando, enquanto lágrimas deixavam rastros de rímel por suas bochechas.

Caramba, aquela garota era incrível. Até Sergei, o roteirista e diretor do projeto, estava hipnotizado de um jeito que raramente ficava, a haste dos óculos encaixada entre os lábios carnudos provocantes, e o tornozelo cruzado sobre o joelho, balançando sem parar. A postura dizia *Estou impressionado*. Após dois anos trabalhando como assistente de produção dele — e nutrindo uma paixão não correspondida por aquele homem havia muito tempo —, Hannah reconhecia todos os seus trejeitos. E aquela ruiva podia apostar o próprio aluguel que seria escalada para *Deslumbrados de Amor*.

Sergei se virou para Hannah, encolhida no canto da sala gélida, e ergueu uma das sobrancelhas escuras, em um sinal de empolgação. O momento de triunfo compartilhado foi tão inesperado que a prancheta deslizou do colo dela e caiu no chão. Atrapalhada, Hannah se abaixou para pegá-la, mas não queria perder o momento com o diretor, então se curvou enquanto fazia um sinal de joinha para Sergei — só para lembrar que seu dedão estava preso na manga do moletom, o que resultou em um gesto esquisito, que mais parecia uma estrela-do-mar, mas nem isso ele viu, porque havia voltado a atenção para os atores.

Sua idiota.

Hannah apoiou a prancheta no colo outra vez e fingiu que estava fazendo Anotações Muito Sérias. Graças a Deus estava escuro nos fundos do estúdio. Ninguém conseguiria notar a onda vermelho-tomate que subia pelo pescoço dela.

— Corta! — gritou Sergei, levantando-se da mesa dos produtores diante da área de audições e aplaudindo devagar. — Extraordinário. Simplesmente extraordinário.

A ruiva, Maxine, abriu um sorriso radiante ao mesmo tempo que tentava enxugar com a gola da camiseta preta o rímel escorrido.

— Nossa, uau. Obrigada.

— Foi tranquilo. — Christian suspirou, fazendo um gesto para Hannah levar um café gelado para ele.

Fui convocada.

Ela se levantou e deixou a prancheta na cadeira, indo buscar a bebida do ator no minibar junto à parede. Quando estendeu a caneca térmica de metal para Christian e ele não fez menção de pegá-la, Hannah tensionou o maxilar e levou o canudo até os lábios do sujeito. Ele teve a audácia de olhá-la nos olhos enquanto sugava ruidosamente, e ela retribuiu o olhar com frieza.

Era isso que você queria. Um emprego normal, que lhe permitisse ganhar dinheiro, e não depender dos muitos milhões que seu padrasto tinha no banco. Se mencionasse seu sobrenome, Christian Canudinho provavelmente cuspiria o café. Mas, fora Sergei, ninguém ali sabia que Hannah era filha do lendário produtor, e era assim que ela queria manter as coisas.

Enteada, Hannah se corrigiu mentalmente.

Uma distinção que nunca teria se dado ao trabalho de fazer antes do verão anterior.

Será que aquela viagem para Westport seis meses antes tinha realmente acontecido? As semanas que passara morando no andar de cima de um bar no noroeste do Pacífico enquanto o reformava com a irmã para homenagear o pai biológico delas pareciam um sonho nebuloso. Um sonho que Hannah não conseguia esquecer. A lembrança daqueles dias cruzava sua consciência como golfinhos escondidos em uma enorme onda, deixando-a nostálgica nos momentos mais estranhos. Como agora, com Christian esbugalhando os olhos de galã para avisá-la que já podia afastar o canudo.

— Valeu — agradeceu ele, bufando em seguida. — Agora tenho que mijar.

— Veja pelo lado bom — murmurou Hannah, baixinho para não interromper as efusões de Sergei. — Tem espelhos no banheiro. A coisa que você mais ama no mundo.

Christian soltou uma risadinha pelo nariz, relutantemente permitindo que um canto da boca se curvasse para cima.

— Meu Deus, você é insuportável. Eu te amo.

— É isso que você diz para os espelhos?

Eles trocaram um olhar divertido.

— Acho que falo em nome de toda a equipe de produção quando digo que encontramos a nossa Lark — disse Sergei, contornando a mesa para dar dois beijinhos na atriz entusiasmada. — Você está livre para começar a filmar no fim de março? — Antes mesmo que a mulher pudesse responder, Sergei apertou os nós dos dedos contra a testa. — Estou imaginando uma locação completamente diferente para o filme agora. A energia que Christian e Maxine criam juntos não funciona em um pano de fundo de Los Angeles. Tenho certeza. É tão natural. Tão original. Eles lapidaram a performance um do outro. Precisamos de um lugar mais suave. O lado bruto dessa cidade vai acabar prendendo os dois, reprimindo os protagonistas.

Hannah congelou, observando os produtores na mesa trocarem olhares ansiosos. O temperamento artístico realmente existia — e o de Sergei tendia a ser mais volátil que a média. Certa vez, ele fez a equipe inteira usar vendas no set para que seus olhares não acabassem com a magia da cena. *Cada par de olhos destrói uma camada de mistério!* Mas esse temperamento era uma das principais razões para Hannah ser tão fascinada pelo diretor. Ele operava na base do caos, curvando-se aos caprichos da criatividade. Acreditava em suas escolhas e não tinha tempo para energia negativa.

A síntese do protagonista.

Como seria a sensação de ser a estrela no filme da própria vida?

Hannah tinha ficado em segundo plano por tanto tempo que virara parte da paisagem. Sua irmã, Piper, atraíra os holofotes desde a infância, e Hannah sempre ficou mais à vontade esperando nos bastidores, aguardando sua deixa para entrar em cena como a melhor atriz coadjuvante, até pagando fiança em mais de uma ocasião. Era nesse papel que ela brilhava. Apoiando a heroína nos seus piores momentos, saindo em defesa da protagonista quando necessário, dizendo a coisa certa em uma conversa franca e crucial.

Atrizes coadjuvantes não queriam nem precisavam de glória. Ficavam contentes em apoiar a mocinha e ajudar na missão dela. E Hannah também estava contente nesse papel. Não estava?

Uma lembrança veio à tona sem que ela permitisse.

Uma lembrança que, por algum motivo, lhe causou um sobressalto.

Aquela tarde, seis meses antes, em uma exposição de discos de vinil em Seattle, quando ela havia se sentido como a personagem principal. Enquanto garimpava discos com Fox Thornton, pescador de caranguejo e sedutor de marca maior. Quando estavam ombro a ombro, dividindo um par de fones e ouvindo "Silver Springs", o mundo meio que esvaneceu ao redor deles.

Foi só um ponto fora da curva.

Um golpe de sorte.

Agitada, provavelmente devido às nove xícaras de café que tinha tomado ao longo do dia, Hannah guardou novamente a bebida de Christian no minibar e esperou para ver que tipo de surpresa Sergei estava prestes a lançar nos produtores. Sinceramente, ela adorava as mudanças inesperadas dele — ainda que fosse a única. A imaginação do diretor era algo que não podia ser controlado. Era invejável. Era um tesão.

Aquele cara era o tipo de Hannah.

Mas, se os últimos dois anos serviam como indício, ela não era o tipo dele.

— Como assim, você não vê mais Los Angeles como o pano de fundo? — perguntou um dos produtores. — Já conseguimos as licenças de filmagem.

— Eu sou o único que vê chuva nessa cena? A melancolia silenciosa se desdobrando ao redor deles? — Quem não gostaria de namorar um homem que falava daquele jeito com tamanha naturalidade? — Não podemos jogar esse casal contra a enormidade de Los Angeles. Vai afogar os dois. Precisamos dar margem para a nuance. Precisamos de oxigênio, espaço e luz do sol.

— Você acabou de dizer que queria chuva — rebateu o produtor, seco.

Sergei riu do jeito que artistas riam quando alguém era cabeça fechada demais para entender todo o conceito.

— Uma planta precisa de luz solar *e* água para crescer, não precisa? — A frustração estava fazendo seu sotaque russo, geralmente leve, ficar mais pronunciado. — Precisamos de uma locação sutil. Um lugar que evidencie os atores.

Latrice, a nova produtora de locação, ergueu a mão devagar.

— Tipo... o lago Toluca?

— Não! Fora de Los Angeles. Imagine...

— Eu conheço um lugar — disse Hannah, sem pensar.

Sua boca se moveu e as palavras pairaram no ar como um balão de fala, e era já tarde demais para estourá-lo. Todos se viraram para ela imediatamente. Era uma posição não coadjuvante demais, mesmo que fosse revigorante ter os olhos de Sergei sobre ela por mais tempo do que a meia dúzia de segundos fugazes de sempre. Aquilo lembrou Hannah, de forma um tanto inconveniente, do jeito como certa pessoa sempre lhe dava sua atenção total, às vezes captando seu humor só através de mensagens de texto.

Então ela deixou escapar o restante da informação em uma tentativa de bloquear aquele último pensamento.

— No verão passado, fiquei um tempo em Washington. Em uma cidadezinha de pescadores chamada Westport.

Ela só estava sugerindo aquilo por dois motivos. Um: queria apoiar a ideia de Sergei e talvez ganhar outro daqueles sorrisos fugazes. E dois: e se ela pudesse descolar uma viagem custeada pelo trabalho para ver a irmã? Contando a breve visita deles no

Natal, ela só vira Piper e o noivo dela, Brendan, uma vez nos últimos seis meses. A saudade era uma dor constante em seu peito.

— Uma cidadezinha de pescadores — refletiu Sergei, esfregando o queixo e andando em círculos enquanto repassava mentalmente o roteiro. — Conte mais.

— Bem. — Hannah tirou as mãos de dentro das mangas. Não podia propor uma ideia para um diretor genial, uma produtora de locação e um painel de produtores com os punhos enfiados em um moletom da Universidade da Califórnia. Ela já estava arrependida da sua decisão de esconder o cabelo cor de palha em um boné de beisebol naquela manhã. *Não vamos piorar a vibe de irmã mais nova.* — É um lugar pitoresco e enevoado, à beira-mar. A maioria dos moradores vive lá desde que nasceu e é muito, hã... — *Teimosa, hostil, maravilhosa, protetora.* — Focada na rotina. A pesca é a sua subsistência, então acho que podemos dizer que há um elemento de melancolia ali. Pelos pescadores que se perderam.

Como o pai dela, Henry Cross.

Hannah teve que engolir o nó na garganta para continuar.

— É peculiar. Tem um ar meio antigo. É tipo... — Ela fechou os olhos e vasculhou seu catálogo mental de música. — Vocês conhecem a banda Skinny Lister, que meio que faz versões modernas de canções de marinheiro?

Eles a encararam, impassíveis.

— Enfim. Sabem como são as canções de marinheiro, né? Imaginem um bar cheio de homens corajosos que temem e respeitam o mar. Imaginem que eles cantam odes à água. O oceano é a mãe deles. Sua amante. Dá a eles tudo de que precisam. E tudo na cidade reflete esse amor. A névoa salgada no ar. O cheiro de salmoura e tempestade. A sabedoria nos olhos dos moradores quando eles observam o céu para analisar qual vai ser o clima do dia. Com medo. Com reverência. Aonde quer que você vá, ouvirá o som de água batendo nas docas, gaivotas grasnando, o zumbido do perigo... — Hannah se calou quando percebeu que Christian a olhava como se ela tivesse trocado o seu café gelado por areia de gato. — Enfim, essa é Westport — concluiu. — É essa a atmosfera.

Sergei não disse nada por um longo momento, e Hannah se esforçou para não ficar se remexendo sob o brilho raro da atenção dele.

— É esse o lugar. É pra lá que precisamos ir.

Os produtores lançavam olhares raivosos para Hannah.

— Não temos verba para isso, Sergei. Vamos ter que pedir novas licenças. Teremos despesas de viagem para um elenco e equipe inteiros. Hospedagem.

Latrice deu batidinhas na prancheta, parecendo animada pelo desafio.

— Podemos ir de ônibus. É um trajeto longo, mas não está fora de cogitação... E evitar voos economizaria no orçamento.

— Deixem os custos por minha conta — disse Sergei, abanando uma das mãos. — Vamos fazer um *crowdsourcing*. Eu invisto meu próprio capital. O que for necessário. Hannah e Latrice, vocês trabalham nas licenças e preparativos da viagem?

— É claro — respondeu Hannah, concordando com uma série de noites insones.

Latrice assentiu, dando uma piscadinha para ela.

Mais olhares de raiva foram lançados por homens bobos a ponto de pensar que estavam no comando.

— Ainda nem procuramos locais de filmagem...

— Hannah vai cuidar disso. Obviamente conhece o lugar como a palma da mão. Ouviu a descrição que ela fez? — Sergei a olhou da cabeça aos pés, como se a visse pela primeira vez, e os dedos dos pés dela se curvaram dentro dos All Star vermelhos. — Impressionante.

Não fique vermelha.

Tarde demais.

Ela estava parecendo um tomate-cereja.

— Obrigada.

Sergei assentiu e começou a reunir suas coisas, jogando uma bolsa de couro gasta sobre o ombro magro e bagunçando os cachos escuros e joviais.

— Entraremos em contato — disse ele a Maxine, casualmente saindo do estúdio.

Fim de cena, como se dizia naquele meio.

Fugindo do olhar furioso dos produtores, Hannah correu da sala, já tirando o celular do bolso de trás para ligar para Piper. Ela se escondeu no banheiro feminino em busca de privacidade, mas, antes de apertar o botão para realizar a chamada, Latrice enfiou a cabeça pela porta.

— Ei — disse ela, fazendo um sinal de joinha pelo vão. — Bom trabalho. Estou doida para respirar um ar diferente. E, cá entre nós, a gente vai fazer dar certo.

Graças a Deus eles tinham contratado Latrice para tirar as incumbências de locação das mãos de Hannah. A mulher tinha energia para tudo.

— Com certeza. Vou começar a escrever um e-mail para você assim que terminar uma ligação.

— Vou esperar!

Latrice foi embora e, incentivada pelo voto de confiança, Hannah ligou para Piper. A irmã respondeu no terceiro toque, sem fôlego.

Seguido pelo gemido característico de molas de colchão.

— Eu nem quero saber o que você estava fazendo — disse Hannah devagar. — Mas mande um oi para o Brendan.

— Hannah mandou um oi — ronronou Piper para o capitão, seu noivo. Ele obviamente tinha acabado de satisfazê-la, o que era um evento constante na casa dos dois. Um fato que Hannah infelizmente sabia bem demais depois de morar duas semanas com eles no verão. — Como vai, irmãzinha?

Hannah se sentou na bancada ao lado da última pia.

— Seu quarto de hospedes está livre?

Houve um farfalhar de lençóis ao fundo.

— Por quê? Meu Deus. Por quê? — Hannah quase conseguia ver as mãos da irmã se agitando. — Você vem pra cá? Quando?

— Em breve. — Então completou: — Se conseguirmos licenças para filmar.

Passou-se um segundo.

— Licenças para filmar em Westport?

— Tenho quase certeza de que acabei de convencer Sergei de que esse é o único lugar no mundo que vai fazer jus ao que ele quer. — Hannah deu uma fungadinha. — Meus poderes de persuasão são muito subestimados.

— Até parece que uma equipe de filmagem vem pra cá — disse Brendan ao fundo.

Hannah sentiu o peito se apertar com a familiaridade do contraste entre a natureza expansiva da irmã e a personalidade resmungona e prática do noivo dela. Estava com muita saudade deles.

— Diga ao capitão que vai ser só por algumas semanas. Vou me certificar de lavar o fedor de Hollywood de todas as pedras antes de irmos embora.

— Deixe que eu lido com ele — disse Piper, brincalhona. — Brendan está se esquecendo de como vou ficar bem-humorada quando minha irmã estiver na cidade. E é claro que você pode ficar aqui, Hanns. Claro. É só que... espero que não esteja planejando vir *este* mês. Os pais de Brendan vêm nos visitar em breve e vão ficar no quarto de hóspedes.

— Ahh. — Hannah se encolheu. — Se conseguirmos uma resposta rápida para as licenças, pode ser no fim de março. Sergei está focado na missão. — Hannah se virou na bancada para ver seu reflexo, estremecendo com o cabelo que escapava pelos lados do boné. — Mas não se estresse, eu posso ficar onde quer que eles coloquem a equipe. Ver você é mais que suficiente.

— Você não pode enrolar o Sergei? Talvez falar pra ele que Westport é mais melancólica em abril?

— Como você sabe que ele quer uma atmosfera melancólica?

— O último filme dele se chamava *Alegria Fragmentada*, né?

— Bom ponto. — Hannah riu, apertando o celular com mais força no ouvido, tentando sentir o carinho da irmã pelo aparelho. — Mas sério, não se preocupa com o quarto de hóspedes. Não é proble...

— Sabe, tem uma segun... — Piper se calou. — Deixa pra lá.

Hannah ergueu a cabeça com a cortada apressada da irmã.

— O que foi?

— Não, sério. Foi uma ideia ruim.

— Então conta. Quero rir também.

Piper bufou.

— Eu ia dizer que o Fox tem um quarto vazio na casa dele. E, como você sabe, ele passa longos períodos no barco com Brendan. Mas, tipo, também fica em casa por longos períodos, e por isso é uma ideia ruim. Esqueça o que eu disse.

Era idiota, na verdade, o jeito como Hannah pulou da bancada e começou a enfiar fios de cabelo sob a aba do boné à menção do nome daquele sedutor malandro.

— Não é uma ideia ruim — disse ela, automaticamente defendendo Fox, ainda que eles não se vissem havia uns seis meses.

Só trocavam mensagens todo dia.

Coisa que ela definitivamente não mencionaria a Piper.

— Nós somos colegas. — *Abaixe a voz.* — Somos amigos.

— Eu sei, Hanns — disse Piper, condescendente.

— E você sabe — ela abaixou a voz mais ainda — que eu ainda tenho aquele *interesse* por um certo alguém. — Hannah não fazia ideia de por que, de repente, sentia a necessidade de provar para Piper, e possivelmente para si mesma, que era mesmo só amiga de um homem que pulava de uma mulher para outra que nem dinheiro pulando de mão em mão. Mas era exatamente o que estava fazendo. — Ficar na casa do Fox não é uma ideia terrível. Como você disse, ele só vai ficar lá metade do tempo. Vou poder deixar comida na geladeira, o que não seria possível em um quarto de hotel. Vai poupar alguns gastos da produção e me fazer ganhar uns pontos com Sergei.

— Falando em Sergei, você vai finalmente perguntar para ele?

Hannah respirou fundo, olhando para a porta do banheiro.

— É, acho que pode ser o momento certo, considerando que acabei de provar o meu valor aqui. Já temos uma coordenadora musical na folha de pagamento, mas vou pedir para ajudá-la. É um passo na direção certa, né?

— Com certeza — concordou Piper, batendo palmas no ritmo das asas de um beija-flor. — Você vai conseguir, garota.

Talvez.

Talvez não.

Hannah pigarreou.

— Você pode perguntar ao Fox por mim sobre o quarto de hóspedes? Talvez ele se sinta pressionado se eu perguntar diretamente. Só sugira a ideia, no caso de ser março mesmo e o seu quarto de hóspedes estar ocupado.

Piper hesitou por um segundo.

— Ok, Hanns. Te amo.

— Também te amo. Manda um abraço para o ranzinza.

Hannah desligou ao som de uma risadinha da irmã e pressionou o celular contra a boca. Por que sua pulsação estava acelerada? Com certeza não era pela possibilidade de ocupar um quarto no apartamento de Fox. Talvez ela tivesse sentido uma atração inexplicável pelo capitão substituto da primeira vez que se encontraram, mas depois que o celular dele apitou pela enésima vez com mensagens dos seus contatinhos, ficou bem óbvio que ele apostava na beleza para conquistar as mulheres.

Fox Thornton não era o tipo de Hannah. Ele não tinha aura de namorado.

Mas *era* amigo dela.

Seu dedão pairou sobre a tela do celular por um momento antes de abrir a conversa deles, lendo a última mensagem que ele enviara na noite anterior, logo antes de ela cair no sono.

Fox (23:32): O dia hoje teve uma vibe Hozier para mim.

Hannah (23:33): O meu foi muito Amy Winehouse.

Não havia nada mais amigável que compartilhar qual tipo de música definia o dia deles. Não importava que ela ficasse esperando ansiosamente por aquelas mensagens à noite. Morar com Fox não representaria qualquer risco. Era possível ser só amiga de um homem que exalava sexo — e ela não teria problemas para provar isso.

Satisfeita com sua lógica, Hannah pegou o celular e começou a se organizar.

Capítulo dois

Fox se reclinou nas almofadas do sofá e levou uma cerveja aos lábios, tomando um longo gole para disfarçar a vontade de rir da expressão séria do homem sentado à sua frente.

— O que é isso, capitão? Uma intervenção?

Não que ele nunca tivesse visto Brendan ranzinza antes. Vira inúmeras vezes, inclusive. Era só que Fox não via o capitão do *Della Ray* com qualquer expressão além de êxtase nos últimos seis meses, desde que tinha conhecido a noiva, Piper. Essa alegria toda quase era o suficiente para fazer um sujeito reavaliar sua opinião sobre relacionamentos.

Rá. Até parece.

— Não, não é uma intervenção — disse Brendan, ajustando o gorro na cabeça. Depois o tirou de vez e o apoiou no joelho. — Mas se você continuar adiando a conversa sobre assumir como capitão, talvez eu tenha que promover uma.

Essa era a oitava vez que Brendan pedia a ele para comandar a tripulação. A princípio, Fox tinha ficado completamente embasbacado. Será que tinha dado a impressão de que podia ser responsável pela vida de cinco homens? Se sim, devia ter sido um acidente. Ele estava contente em acatar ordens, fazer seu trabalho bem e ir embora com uma parte dos lucros, quer seus ganhos viessem dos caranguejos no inverno ou dos peixes no restante do ano.

Se virar sob pressão era algo que estava no sangue dos pescadores de caranguejo. Ele estivera ao lado de Brendan no *Della Ray* e enfrentara a morte cara a cara. Mais de uma vez. Mas lutar contra a natureza não era a mesma coisa que assumir o controle de uma tripulação. Tomar decisões. Admitir os erros que ele inevitavelmente cometeria. Esse era um tipo totalmente diferente de pressão — e Fox não sabia se tinha nascido para isso. E, principalmente, não tinha certeza se a tripulação *acreditava* que ele tinha o necessário para liderá-los. Com base em sua vasta experiência, sabia que a tripulação de um barco de pesca precisava ter confiança total no capitão. Qualquer hesitação poderia custar a vida de um homem. Aqueles babacas mal o levavam a sério como ser humano, que dirá como o cara dando as ordens.

É. Tudo que ele precisava era um lugar para dormir e assistir aos jogos de beisebol, umas cervejinhas no fim de um dia difícil e um corpo disposto e atraente no escuro.

Embora a necessidade desse último não fosse tão urgente nos últimos tempos.

Nem um pouco, na verdade.

Fox cerrou a mandíbula e se concentrou.

— Não precisa de intervenção. — Ele deu de ombros. — Já disse, fico honrado por ter pensado em mim, cara. Mas não estou interessado. — Ele encaixou a garrafa entre as coxas e tocou a pulseira de couro trançado ao redor do punho. — Não tenho problema em cobrir você quando necessário, mas não estou procurando uma posição permanente.

— É. — Brendan lançou um olhar significativo para o apartamento vazio de Fox. — Dá pra ver.

Justo. Qualquer um que entrasse no apartamento de dois cômodos com vista para Grays Harbor imaginaria que Fox estava de mudança, quando na verdade ele tinha acabado de completar seu sexto aniversário naquele lugar.

Aos 31 anos, estava de volta em Westport, sem planos de partir. Muito tempo antes, tinha feito questão de estudar em uma faculdade em Minnesota, mas aquilo não tinha dado muito certo. Era o que ele merecia por achar que Westport não o puxaria de volta. Sempre puxava, no fim. Para ir embora da primeira vez, ele precisara usar toda a sua esperteza, mas agora? Canalizava o que restava para a pesca.

E mulheres. Ou costumava fazer isso, pelo menos.

— Já pensou em oferecer o cargo para o Sanders? — Fox se obrigou a parar de mexer na pulseira. — Aposto que ele gostaria de uma grana extra com o bebê a caminho.

— O lugar dele é no convés. O seu lugar é na casa do leme. É o que diz minha intuição. — Brendan nem hesitou. — O segundo barco está quase pronto. Eu vou reunir uma tripulação nova e expandir. Quero deixar o *Della Ray* em boas mãos. Mãos em que confio.

— Meu Deus, você não desiste — disse Fox com uma risada, indo até a geladeira em busca de outra cerveja, embora tivesse bebido só metade da primeira. — Parte de mim está até gostando. Não é todo dia que posso dizer não para o capitão.

Brendan grunhiu.

— Eu vou te convencer, seu desgraçado teimoso.

Olhando para trás, Fox abriu um sorriso forçado.

— Não vai. E olha só quem está chamando os outros de teimoso, o cara que continuou usando a aliança de casamento por sete anos depois de ficar viúvo.

— Bem — respondeu Brendan —, encontrei um bom motivo para tirar.

Lá estava ele, parecendo todo alegrinho de novo.

Fox riu baixo, abriu a segunda cerveja com os dentes e cuspiu a tampa na pia.

— Falando em seu motivo para dar fim ao celibato autoimposto, não devia estar em casa jantando com ela?

— Ela está esquentando o espaguete para mim. — Brendan se remexeu na poltrona e congelou Fox no lugar com um olhar cortante que era famoso entre a tripulação. Traduzia-se como: *senta a bunda aí e cala a boca.* — Tenho outro motivo para estar aqui hoje.

— Precisa de conselhos sobre mulheres de novo? Considerando onde você está agora, nem consigo opinar. Se vai perguntar o que a sua noiva quer, é melhor me pedir para recitar a tabela periódica. Tenho mais chances de acertar.

— Não preciso de conselhos. — Brendan lançou um olhar severo para o colega. Atento. Alerta para qualquer papo furado. — Hannah está vindo para cá.

A garganta de Fox se fechou. Ele estava quase se sentando quando Brendan pronunciou as cinco palavras, então girou no último segundo, virando um pouco o corpo, e enfiou uma almofada desnecessária atrás das costas para não ter que olhar seu amigo mais antigo nos olhos. E, meu Deus, quão patético era isso?

— Ah, é? Por quê?

Brendan suspirou e cruzou os braços.

— Como você sabe, ela ainda está trabalhando para aquela produtora. De alguma forma, convenceu os caras de que Westport seria um bom cenário para um filme.

A risada de Fox ressoou na sala de estar vazia.

— Imagino que você esteja pulando de alegria.

O capitão era o prefeito não oficial de Westport. Era notoriamente um homem de poucas palavras, mas, quando dava sua opinião sobre algo, todo mundo fazia questão de escutar. Em algumas cidades, astros do futebol eram reverenciados. Naquele lugar, eram os pescadores — e isso valia duplamente para o homem atrás do leme.

— Não ligo para o que fizerem, contanto que fiquem bem longe de mim.

— Pessoas de Los Angeles mantendo distância de você — refletiu Fox, forçando-se a adiar a conversa sobre Hannah. Como uma espécie esquisita de punição autoinfligida. — Como isso acabou da última vez?

— É diferente. Era a Piper. — *Ora, quem diria.* As orelhas do homem estavam vermelhas. — Enfim, meus pais vão estar aqui durante a filmagem. Por isso Hannah não pode ficar no nosso quarto de hóspedes.

Fox fingiu irritação.

— Então você ofereceu o meu.

Era difícil dizer se Brendan estava acreditando na encenação dele.

— A Piper tinha quase descartado a ideia, mas a Hannah pareceu interessada.

Fox cutucou o rótulo da cerveja com o dedão e arrancou uma faixa reta da lateral.

— Sério? A Hannah quer ficar aqui? — Por que as palmas dele estavam tão suadas? — Quanto tempo eles vão filmar? Por quanto tempo ela ficaria?

— Umas duas semanas. Ela imaginou que ficaria com seu apartamento só para ela pela metade do tempo, quando estivermos no barco.

— Certo.

Mas a outra metade do tempo eles passariam juntos.

Merda, como Fox devia se sentir em relação a isso?

E o mais importante — e essa era uma pergunta que ele se fizera vezes demais: como devia se sentir em relação a Hannah? Ele nunca, jamais tivera uma amiga mulher. No verão anterior, Hannah e a irmã tinham caído de paraquedas em Westport, duas riquinhas de Los Angeles que tinham perdido a mesada do papai. Fox só estava tentando ajudar Brendan com seu desejo por Piper, distraindo a irmã mais nova com um passeio em uma loja de música.

Então eles foram juntos à exposição de discos de vinil. Passaram os últimos seis meses trocando mensagens sobre todos os assuntos possíveis... e ela teve a audácia de se infiltrar em seus pensamentos de um jeito que não fazia sentido nenhum para ele.

Sexo não era uma possibilidade para os dois.

Isso logo tinha sido estabelecido, e por uma série de motivos.

O primeiro era que ele não pescava em águas locais.

Quando precisava da companhia de uma mulher — e realmente devia voltar a fazer esse tipo de coisa o quanto antes —, ele ia para Seattle. Assim, não havia chance de acidentalmente transar com a irmã ou a esposa ou a prima do primo de alguém, e ele podia se livrar de um encontro posterior e voltar a Westport sem arriscar topar com uma mulher com quem fez sexo casual. Fácil. Sem confusão nem frescura.

O segundo motivo pelo qual ele não podia dormir com Hannah era o homem sentado na sua sala de estar. Fox tinha ouvido o maior sermão no verão anterior. Estava gravado na sua memória. Dormir com a irmã caçula de Piper seria um desastre, porque, se ela se apegasse, Fox sem dúvida a magoaria. E isso transformaria a vida do seu capitão e melhor amigo em um inferno, porque as irmãs Bellinger apoiavam uma à outra.

Mas Fox tinha uma terceira razão, a mais importante, para manter as mãos longe de Hannah. Ela era sua amiga. Era uma mulher que genuinamente gostava dele por algo além do seu pau. E ele se sentia assustadoramente bem perto dela. Conversando com ela.

Eles se divertiam. Um fazia o outro rir.

O jeito como ela traduzia letras de música em voz alta o fazia pensar. Nos seis meses desde que ela fora embora, Fox tinha reparado mais no nascer do sol. Tinha começado a prestar atenção em desconhecidos e suas ações. A ouvir música. Até parecia estar levando o trabalho mais a sério. De alguma forma, Hannah o fazia olhar ao redor e refletir.

Brendan o encarava com as sobrancelhas franzidas. Desconfortável.

— É claro que a Hannah pode ficar aqui. Mas tem certeza de que é uma boa ideia? — O estômago dele se embrulhou. — As pessoas podem reparar que ela está aqui. Comigo.

— Acho que um pouco de especulação vai ser habitual — replicou o capitão, enrolando. — Contanto que o que as pessoas especulem não esteja acontecendo de fato.

— Não precisa ficar de rodeios. — Fox soltou um ruído irritado, cada vez mais ciente do que estava por vir. — Fala logo que você não quer que eu transe com ela.

O outro esfregou o meio da testa.

— Olha, eu odeio ter que falar isso para você de novo. Parece desnecessário e... Jesus, a sua vida sexual é problema seu, mas pode ser diferente com ela morando aqui. Em um espaço pequeno e tal.

Fox se recusava a facilitar aquela conversa para o amigo — e suspeitava que Brendan sabia que seria assim quando foi até lá. Eles eram homens que regularmente assumiam a responsabilidade pela vida um do outro. Não ficavam se dando sermões. Era *mesmo* desnecessário. Talvez fosse por isso que a conversa parecesse um golpe baixo, quando da outra vez fora só um tapinha.

Quando o silêncio se prolongou e Fox não disse nada, Brendan suspirou.

— Ela é minha futura cunhada. Não vai sair da nossa vida de forma alguma, ok? Tira o olho. — Ele fez um gesto decidido. — É a última vez que toco nesse assunto.

— Tem certeza? Posso abrir um horário pra você amanhã...

— Não seja babaca. — Os dois nitidamente tentaram amenizar o desconforto ajeitando as roupas e fingindo se interessar pela TV. — Provavelmente nem precisávamos ter essa conversa, considerando que ela ainda gosta daquele diretor. Sergei. — Brendan bateu no joelho. — Será que eu devia fazer algo a respeito dessa situação também? Ameaçar quebrar a mandíbula dele se ele se aproveitar da Hannah?

— Não. Meu Deus, não é culpa do cara que ela gosta dele — deixou escapar Fox, para aliviar o peso no peito. Ele sabia da paixão de Hannah desde o verão anterior, e ela ainda estava atrás do cara em fevereiro, então provavelmente foi idiota da parte dele esperar que o sentimento tivesse passado. Não era o tópico de discussão favorito de Fox, porque qualquer menção ao diretor o fazia querer abrir um buraco na parede com um chute. — Você vai estar ocupado com seus pais enquanto a Hannah estiver aqui. Posso ficar de olho nisso, se quiser. Nessa história do diretor.

Por que ele se ofereceu para fazer isso, cacete?

Não fazia ideia.

Mas estaria mentindo se dissesse que a gratidão imediata de Brendan não aliviou a tensão da conversa anterior. Fox poderia ser galinha, mas era confiável quando se tratava de proteger alguém. Tinha construído uma carreira com base nisso.

— Tem certeza?

Fox deu de ombros e tomou um gole da cerveja.

— Claro. Se eu achar que algo está se desenrolando nesse sentido, vou... — Planos de uma sabotagem vieram à sua mente. — Me certificar de que ela esteja segura. — Ele nem queria tentar entender por que as palavras se espalharam feito mel quente em seus nervos agitados. Proteger Hannah. Estava assumindo uma grande responsabilidade. — Não que ela não seja capaz de fazer isso sozinha — acrescentou ele rapidamente.

— Certo, é óbvio — disse Brendan. E também depressa arrematou: — Mesmo assim...

— Pode deixar. Vou vigiar o sujeito como um falcão.

O capitão inflou o peito enorme e soltou o ar com força, batendo no braço da poltrona.

— Ótimo. Graças a Deus isso acabou.

Fox apontou com a cerveja.

— A porta fica ali.

O amigo grunhiu e se retirou. Fox nem fingiu estar interessado na bebida depois que ele saiu. Em vez disso, levantou-se e atravessou a sala, parando na frente do armário que tinha comprado em um brechó. Comprar mobília ia contra seus princípios, mas ele precisava de um lugar para guardar sua coleção de discos. Tinha adquirido o primeiro na viagem a Seattle. Rolling Stones. *Exile on Main St.* Até Hannah tinha aprovado sua escolha na exposição.

No fim das contas, aquele maldito disco tinha começado a parecer solitário ali, então Fox foi até a Disco e Aquilo e comprou mais alguns. Hendrix, Bowie e The Cranberries. Clássicos. A pilha tinha crescido tanto que seu silêncio quase parecia acusatório, então — depois de tentar se convencer a não fazer isso por algumas semanas — ele comprou um toca-discos.

Fox enfiou a mão atrás do armário, onde guardava a chave, e a removeu de uma bolsinha de couro. Abriu a porta e examinou o arco-íris vertical de álbuns, só hesitando um segundo antes de puxar Madness. Abaixou a agulha em "Our House" — *nossa casa*. Depois de ouvir a música inteira, pegou o celular e começou a tocá-la de novo, gravando um áudio e mandando-o para Hannah.

Alguns minutos depois, ela enviou um áudio da música tema de *Golden Girls*.

Pelas músicas, eles tinham concordado que ela ficaria no seu quarto de hóspedes — e era assim que Fox vivia desde que ela tinha partido. Ele achava que as mensagens uma hora parariam, segurava o fôlego no fim de cada dia e só soltava quando chegava mais uma.

Engolindo em seco, ele olhou para o quarto de hóspedes. Hannah morava em Los Angeles. A amizade deles era baseada em algo mais... puro do que ele estava acostumado. E era seguro. Mensagens de texto eram seguras. Um jeito de oferecer mais a alguém sem abrir mão de nada.

Será que ele conseguiria manter as coisas assim quando os dois morassem sob o mesmo teto?

Capítulo três

$\mathcal{P}$or duas semanas, Hannah e Latrice tinham feito hora extra para que a mudança de locação de Los Angeles para Westport acontecesse em nome da visão artística. Os empresários de Westport tinham sido convencidos, e a câmara de comércio, bajulada. As licenças foram asseguradas e a hospedagem foi resolvida. Agora elas tinham menos de dez minutos até que o ônibus fretado chegasse à cidadezinha pesqueira em Washington.

Se Hannah pretendia fazer avanços profissionais durante a filmagem de *Deslumbrados de Amor*, seria agora ou nunca. Ela finalmente teria que reunir coragem e pedir uma oportunidade a Sergei, porque, assim que o ônibus parasse, ele sairia correndo e ela perderia sua chance.

Enrolando vergonhosamente, Hannah se afundou no assento de couro fajuto e esfregou o rosto. Tirou os fones, interrompendo os maiores sucessos de Dylan, e os enfiou no bolso. Levou a mão à cabeça e tirou seu boné de beisebol, passando os dedos pelo cabelo várias vezes, nervosa, e tentando ver seu reflexo na janela. Seus movimentos pararam quando ela percebeu que o penteado improvisado não estava funcionando. Ela ainda parecia uma reles assistente. Uma mulher na base da cadeia alimentar.

Definitivamente não alguém em quem Sergei confiaria a trilha sonora inteira de um filme.

Ela se afundou no assento, balançando o joelho, e deixou a barulheira no ônibus abafar seu suspiro. No banco à sua frente, viu Sergei e Brinley, a coordenadora musical, aproximarem as cabeças para conversar e então se separarem, rindo.

O que dizer sobre Brinley?

Era a protagonista perfeita. Vinda diretamente de Nova York, feita sob medida, elegante, com cabelo curto e castanho e um colar chamativo diferente para cada roupa. Uma mulher que entrava na sala e conseguia o emprego pelo qual tinha se candidatado, porque estava vestida à altura. Porque exalava confiança e esperava o que lhe era devido.

E Brinley tinha o emprego dos sonhos de Hannah.

Dois anos antes, Hannah tinha propositadamente pedido ao padrasto que encontrasse uma posição baixa para ela em uma produtora, e ele entrou em contato com Sergei na Storm Born. A pedido de Hannah, o padrasto requisitara ao conhecido que fosse discreto quanto à conexão deles, para que ela pudesse ser apenas Hannah, não a enteada do famoso produtor Daniel Bellinger. Ela era formada em história da música pela UCLA, mas não sabia nada sobre filmes. Se tivesse se aproveitado ainda mais do nome do padrasto, provavelmente teria conseguido uma vaga de produtora, mas como isso seria justo quando ela nem conhecia a indústria? Hannah preferiu aprender assistindo aos outros.

E tinha aprendido. Ser responsável por montanhas de papel e contabilidade significava que ela havia tido muitas oportunidades para estudar as listas de direitos autorais, os contratos de sincronização e as anotações de Brinley. Tecnicamente, ninguém sabia de seu interesse secreto em seguir nesse ramo. Hannah ainda não tinha experiência prática, mas, dois anos depois, estava pronta para subir de cargo.

Ela observou Sergei e Brinley com um buraco no estômago.

Eles eram talentos dos bastidores, mas se aproximar deles era como abordar atores principais. Ainda assim, ela estava ficando cansada de segurar o canudo de Christian e ouvi-lo sugar o seu café.

Uma brisa salgada do mar se infiltrou pela janela entreaberta do ônibus. Ao mesmo tempo que a encheu de nostalgia, beijando sua pele, também indicava a Hannah que eles estavam muito perto de Westport. Se ela queria dar um pequeno passo rumo ao progresso, precisava agir naquele instante.

Hannah relaxou os ombros e enfiou o boné de beisebol na bolsa, ignorando os olhares curiosos do elenco e da equipe enquanto seguia até a frente do ônibus. Sua pulsação latejava na base do pescoço e suor pingava dos cantos da boca. Quando ela alcançou Sergei e Brinley, eles sorriram com expectativa. Com gentileza. No caso, *gentilmente explique por que está interrompendo a nossa conversa.*

Não era a primeira vez que ela se perguntava se Brinley e Sergei estavam saindo em segredo, mas o espaço entre eles no assento — e a aliança de noivado de Brinley, dada por outra pessoa — sugeria que eram apenas amigos.

O fato era que os dois tinham que trabalhar em proximidade. Coordenar a música de um filme era um processo intrincado, e a trilha muitas vezes era feita na pós-produção. Mas a Storm Born tinha seu próprio jeito de compilar as músicas que tocariam ao fundo de um diálogo ou durante as montagens. Eles traçavam a lista de músicas *durante* a filmagem, dependendo fortemente do humor do momento (leia-se: os caprichos de Sergei). E tendiam a usar faixas já existentes, editando-as de acordo com a necessidade, em vez de criá-las especialmente para o filme.

Hannah não conseguia imaginar nada melhor do que sintetizar um momento específico com a música certa. Ajudar a compor a atmosfera. A música era a espinha dorsal dos filmes. De tudo. Um verso de uma canção podia ajudar Hannah a definir seus próprios sentimentos, e a oportunidade de aplicar aquela paixão à arte era algo que ela desejava todos os dias.

Pergunte para eles. O ônibus está quase chegando.

— Hã...

Ah, belo começo. Um resmungo sem sentido.

Hannah procurou dentro de si a garota que tivera a coragem de sugerir Westport para uma sala cheia de produtores e artistas. Estava começando a achar que sua nostalgia pela cidade tinha falado por ela.

— Brinley, Sergei — começou, obrigando-se a olhar ambos nos olhos. — Eu estava me perguntando se...

É claro que o ônibus escolheu esse momento para parar.

E é claro que Hannah estava ocupada demais ajeitando a roupa e girando seus anéis nos dedos e se remexendo toda para agarrar qualquer coisa que pudesse impedi-la de tombar de lado bem no meio do corredor. Ela caiu com força sobre o ombro e o quadril, sua têmpora indo de encontro ao chão. Um *ai* humilhante saiu da sua boca, seguido pelo silêncio mais ensurdecedor já ouvido no planeta Terra.

Ninguém se moveu. Hannah considerou as vantagens de rastejar para baixo de um dos assentos até o mundo ter a decência de acabar, mas qualquer ideia de se esconder sumiu quando Sergei pulou por cima de Brinley e passou pelas pernas de Hannah, inclinando-se para ajudá-la a levantar.

— Hannah! — Os olhos dele a analisaram de cima a baixo. — Você está bem? — Sem esperar pela resposta, Sergei lançou um olhar furioso para a frente do ônibus, de onde o motorista os observava, imperturbável. — Ei, cara. Que tal ver primeiro se todos estão sentados antes de frear?

Hannah não teve chance de assumir a culpa como deveria, porque Sergei já a estava puxando para fora do ônibus enquanto todos encaravam boquiabertos a assistente com um galo crescente na cabeça. É, já conseguia senti-lo se formando. Nossa. Finalmente tinha reunido coragem para perguntar se podia observar o processo de criação da trilha sonora. Agora seria melhor só pedir demissão e começar a procurar um daqueles empregos de ficar segurando cartazes de propaganda na rua.

Por outro lado, não era tão ruim assim ter o braço do diretor ao redor de seus ombros, ajudando-a a sair do ônibus. Perto como estavam, Hannah conseguia sentir o cheiro da loção pós-barba dele, um aroma meio de cravo, meio de laranja. Era a cara de Sergei escolher algo único e inesperado. Ela olhou para o rosto expressivo daquele homem, o cabelo preto no meio da cabeça, quase formando um moicano sutil. Seu cavanhaque era esculpido à perfeição.

Se não tomasse cuidado, ela poderia interpretar a preocupação dele como algo a mais. Começaria a se perguntar se, talvez, no fim das contas, Sergei poderia amar uma atriz coadjuvante que sempre sofria acidentes em vez de uma protagonista.

Percebendo que o estava encarando, Hannah desviou o olhar ávido do homem por quem nutria uma paixão havia dois anos — e viu Fox cruzando o estacionamento em direção a eles, o rosto bonito congelado em uma máscara de alerta.

— Hannah?

A mente dela fez um zumbido arranhado, como na transição de uma música para outra em um disco. Provavelmente porque ela havia se comunicado com aquele homem todos os dias por seis — não, quase sete — meses, mas nunca mais ouvira a voz dele. Talvez pela identidade dele ter sido reduzida a palavras em uma tela, ela tivesse se esquecido que ele atraía atenção feito o *grand finale* de um show de fogos de artifício no céu noturno.

Sem se virar, ela soube que todas as mulheres hétero da produção estavam com o rosto pressionado contra as janelas do ônibus, observando o mestre em deixar mulheres molhadas atravessar a rua, seu cabelo loiro-escuro esvoaçando ao vento, a barba por fazer desgrenhada e grosseira, mais escura que os fios na cabeça.

Com aquele rostinho bonito, ele tinha tudo para ser um encostado. Alguém acostumado a conseguir o que queria. Até baixinho, talvez. *Deus, está me ouvindo?* Em vez disso, parecia um anjo encrenqueiro que se entediara com o paraíso; era alto, forte, resiliente e tinha pinta de quem era capaz de fazer o que quisesse. Além de tudo, ainda tinha o emprego mais perigoso nos Estados Unidos e levava em seus olhos azul-mar a consciência do medo, da natureza e das consequências.

O alívio de ver Fox praticamente a dominou, e ela começou a gritar um cumprimento, até que percebeu que os olhos atraentes do pescador estavam focados em Sergei, as bochechas se contraindo.

— O que aconteceu com ela? — rosnou Fox, colocando o mundo na velocidade normal.

Espera. Quando a cena começou a rodar em câmera lenta?

— Eu só caí no ônibus — explicou Hannah, cutucando o galo na cabeça com uma careta. Ótimo, havia se cortado também. — Estou bem.

— Vamos — disse Fox, ainda olhando desconfiado para Sergei. — Eu dou uns pontos em você.

Ela estava prestes a erguer uma das sobrancelhas e pedir para ver seu diploma de médico, mas então se lembrou de uma história que Piper tinha contado. Fox uma vez dera pontos improvisados em Brendan para fechar um ferimento na testa que sangrava sem parar, o tempo todo mantendo o equilíbrio em meio a um tufão.

Essa era a vida de um pescador de caranguejo.

Ele não podia ser baixinho, pelo menos? Era pedir demais?

— Estou bem — repetiu ela, dando batidinhas no braço de Sergei para avisar que conseguia ficar em pé sozinha. — A não ser que você tenha uma cura para humilhação pública no seu kit de primeiros socorros.

Com as sobrancelhas ainda franzidas, Fox voltou sua atenção ao diretor.

— Vamos examinar com mais cuidado quando chegarmos em casa. Tem uma mala que eu possa carregar ou algo assim?

— Eu… — Sergei se sobressaltou, olhando para Hannah como se houvesse algo novo nela e ele quisesse descobrir o quê. — Eu não sabia que você era tão… próxima de alguém na cidade.

Próxima? De Fox? Sete meses antes, ela pensaria que isso era forçar a barra. Agora? Não era exatamente mentira. Nos últimos tempos, ela falava mais com ele do que com Piper.

— Bem...

Fox a cortou.

— É melhor a gente examinar esse galo, Pintadinha.

— Pintadinha — repetiu Sergei.

Estava acontecendo alguma coisa ali?

Os dois homens se inclinavam sutilmente em direção a Hannah, como se ela fosse a última fatia de pizza.

— Hã... Minha mala está no bagageiro do ônibus.

— Eu pego — disseram os dois ao mesmo tempo.

Será que a ferida na cabeça tinha libertado algum tipo de feromônio alfa?

Fox e Sergei se avaliaram, claramente dispostos a discutir sobre quem ia pegar a mala de Hannah. Do jeito que o dia estava indo, provavelmente acabariam fazendo um cabo de guerra com a bagagem, o zíper quebraria e as calcinhas dela choveriam como confete.

— Eu pego — anunciou Hannah antes que qualquer um dos dois pudesse falar, correndo para longe do turbilhão de masculinidade antes que aquilo afetasse seu cérebro.

Ela se aproximou do ônibus enquanto Brinley descia as escadas, olhando curiosamente para Fox. Hannah ficou espantada ao ver — graças ao reflexo da janela — que ele não retribuiu o olhar. Aqueles olhos azul-mar estavam focados no galo dela. Provavelmente decidindo qual agulha precisaria usar para mutilá-la.

— Sergei — chamou Brinley, mexendo no brinco. — Está tudo bem?

— Tudo ótimo — respondeu Hannah, seguindo direto para o bagageiro e tentando abri-lo.

Todos assistiram quando ela puxou a alavanca, riu, e então puxou com mais força. Riu de novo, aí bateu o quadril contra o ônibus. Nada.

Antes que pudesse tentar uma terceira vez, a mão de Fox passou por ela e abriu o bagageiro.

— Você está tendo um dia de merda, né? — perguntou ele baixinho, para que apenas ela pudesse ouvir.

Hannah suspirou.

— Sim.

O pescador soltou um murmúrio e inclinou a cabeça com empatia.

— Me fala qual é a sua mala e eu te levo pra minha casa. — Gentilmente, ele afastou uma mecha de cabelo do rosto de Hannah. — Vou dar um jeito nisso tudo.

Era totalmente possível que ela tivesse batido a cabeça e acabado em um sonho erótico com Fox Thornton. Não seria a primeira vez — e ela não admitiria isso nem em um tribunal. Ou nem sequer para a irmã. Mas não havia como combater as transmissões sutis que ele emanava, que gritavam: *Eu sou bom de cama.* Tipo, muito, muito bom. Era impossível lutar contra aquilo. O problema era que isso também valia para todas as outras mulheres com quem ele entrava em contato. E ela não tinha interesse em ser uma entre milhares. Era por isso que eles eram amigos. Não era esse o combinado? Por que ele estava dando em cima dela?

— Como...? O que você quer dizer com... dar um jeito? Como vai fazer isso?

— Eu estava pensando em sorvete. — Ele sorriu para ela de um jeito que só podia ser de um cafajeste irreverente e... Jesus, ela se esquecera das covinhas. Covinhas, pelo amor de Deus. — Por quê? No que você estava pensando?

Hannah não fazia ideia de qual seria a sua resposta. Ela ia balbuciar alguma coisa, mas então viu Sergei e Brinley seguindo juntos em direção ao porto e ficou sem palavras. Ele não olhou para trás nem uma vez. Obviamente tinha imaginado a nova faísca de interesse que vira nos olhos do diretor. Ele só estava sendo um bom chefe e se certificando de que o tombo não havia sido sério.

Desviando o olhar dos dois à força, ela viu Fox observando-
-a atentamente.

Depois de cair e ser escoltada para fora do ônibus por Sergei, ela devia estar distraída. Agora que eram só ela e Fox — embora moradores de Los Angeles estivessem começando a sair em fila do ônibus —, uma bolha de gratidão e afeto se formou e explodiu dentro dela. Hannah tinha sentido saudades daquele lugar. Ele guardava algumas de suas lembranças favoritas. E Fox era parte delas. Suas mensagens ao longo dos últimos sete meses tinham permitido que ela se agarrasse a um pedacinho de Westport sem se intrometer na felicidade da irmã. Ela era grata por isso, então não questionou a própria decisão de abraçá-lo. Com uma risada, simplesmente se jogou nos braços dele e inspirou o aroma do oceano, sorrindo quando ele riu também e esfregou os nós dos dedos na cabeça dela.

— Oi, Pintadinha.

Ela esfregou a bochecha no algodão cinza da camisa de mangas compridas dele, recuou um passo e o empurrou de brincadeira.

— Oi, Garotão.

Ninguém estava dando em cima de ninguém. Nem se fazendo de macho alfa.

Amigos. Era isso que eles eram.

Ela não ia estragar isso objetificando Fox. Ele era mais do que um rosto esculpido, braços musculosos e um ar de perigo. Assim como ela era muito mais que uma mulher que segurava cafés e fazia anotações.

Fox pareceu reparar que a melancolia eclipsou a alegria de Hannah, porque ergueu a única mala preta na pilha — corretamente imaginando ser a dela — e jogou o braço ao redor dos seus ombros, guiando-a em direção ao prédio onde morava, do outro lado do cais.

— Deixa eu consertar seu cocuruto e te dou um cookie junto com o sorvete.

Ela se apoiou nele e suspirou.

— Fechado.

Capítulo quatro

Começou bem, hein, idiota.

Depois da intervenção de Brendan, ele tivera algumas semanas para ruminar o fato de que Hannah vinha passar uns dias com ele. Muito desse tempo tinha sido passado na água, que era o melhor lugar para desanuviar a cabeça. Não seria problema algum. Uma mulher dormiria no seu quarto de hóspedes. Ele dormiria no outro quarto. Sem qualquer expectativa de sexo. Ótimo.

Sexo casual era mais fácil.

Antes de Hannah, Fox dependera de sua personalidade para conquistar uma mulher um total de zero vezes. Seu único relacionamento sério não tinha terminado bem, principalmente porque só tinha sido sério para ele. Para sua namorada da faculdade, fora uma coisa completamente diferente. Assim, Fox tinha aprendido na marra que não podia fugir das suposições que as pessoas faziam sobre ele — que ele era um entretenimento temporário. Quando era jovem, não via a hora de fugir daquela cidade e do papel que seu rosto e, justiça seja feita, suas ações tinham designado para ele. Fox tinha tentado. Mas aquelas expectativas o seguiam aonde quer que fosse.

Então, ele parou de tentar.

Se você está rindo com eles, eles não podem rir de você, certo?

Olhando para o topo da cabeça de Hannah, Fox engoliu em seco. Estavam passando pelo Afunde o Navio, e ele conseguia praticamente ouvir cada banco no lugar girando para ver Fox escoltar Hannah rumo ao seu apartamento. Deviam estar fazendo piadas. Gargalhando em meio aos copos de cerveja. Especulando. E, merda, será que podia culpá-los? A maior parte do tempo, era Fox quem fazia piadas sobre si mesmo.

Como estava Seattle?, eles perguntavam, ávidos para serem entretidos com suas aventuras. Distraídos de suas histórias de pesca por um momento.

É um lugar depravado, ele respondia, com uma piscadinha. *Imundo.*

Agora ele tinha a audácia de pôr o braço ao redor de Hannah? Hannah, que era tão bonita que o distraía, infinitamente interessante, e não estava atrás do pau dele. Eles eram o Lobo Mau e a Chapeuzinho Vermelho atravessando a rua do cais, a mala dela pendendo na mão dele. E quando pararam na frente do prédio de Fox para que pudesse abrir a porta, ele ficou dolorosamente ciente de que Hannah olhou para trás, por onde vieram, esperando captar um vislumbre do seu diretor.

Ele nunca tinha sentido ciúmes de uma mulher antes — tirando essa. Quando viu Sergei descendo a escada do ônibus com os braços ao redor de Hannah e a cabeça abaixada perto da dela, aquele tom feio tinha se espalhado sobre a sua visão como uma onda revolta no convés, lembrando-o da primeira vez que tinha ouvido o nome do diretor. Seu impulso inicial tinha sido quebrar o nariz do cara — o oposto do que devia fazer. Se Hannah era sua amiga, por que ele desejaria atrapalhar o possível romance dela?

Será que estava com ciúmes como amigo?

Era totalmente possível.

As pessoas tinham ciúmes dos amigos, não tinham? Fazia sentido que a primeira amiga mulher de Fox inspirasse aquele sentimento. Ele queria muito manter aquela relação, ainda que o assustasse. Se houvesse uma escala, a esperança estaria em uma ponta e o medo na outra. A esperança de que ele pudesse ser mais do que uma transa casual para ela. O medo de fracassar e ficar vulnerável.

De novo.

— Obrigada por me deixar ficar aqui — disse Hannah, erguendo a cabeça e sorrindo para ele. — Espero que não tenha tirado todos os pôsteres de *S.O.S. Malibu* só por minha causa.

— Escondi no meu armário com a página dupla da Farrah Fawcett. — Isso arrancou uma risada dela, mas Fox podia ver que ainda estava distraída. Ele subiu a escada toda até se convencer de que não pioraria as coisas se abordasse o assunto. — Então... — começou, abrindo a porta do apartamento e inclinando a cabeça para indicar que ela entrasse. A primeira mulher que levava para sua casa. Nada de mais. — Quer me contar o que está te incomodando?

Ela semicerrou um dos olhos.

— Você esqueceu que eu bati a cabeça?

— Definitivamente, não. — Se não passasse antisséptico naquele corte logo, ele começaria a ficar nervoso. — Mas não é isso que está te incomodando.

Hannah foi até o batente da porta, hesitou como se fosse entrar e parou.

— Me prometeram sorvete e um cookie.

— E você vai ganhar, Pintadinha. — Ele deixou a mala junto à mesa de jantar para duas pessoas, perscrutando o rosto dela em busca de algum sinal de como se sentia sobre o apartamento. — Entre.

Simplesmente fazia parte da sua natureza se distrair com algo físico. Em um momento, os pés de Hannah estavam plantados no chão, no segundo seguinte, ele a tinha erguido e acomodado no balcão da cozinha. Tinha agido sem pensar. Pelo menos até os belos lábios dela se abrirem de surpresa quando sua bunda atingiu a superfície do balcão. A sensação da cintura dela permaneceu em suas palmas, e ele definitivamente estava pensando em coisas que não devia.

Afastando as mãos de Hannah, Fox pigarreou com força. Deu um passo para o lado, abriu um armário e tirou seu kit de primeiros socorros.

— Fala.

Ela balançou a cabeça como se quisesse desanuviá-la. Abriu a boca e a fechou em seguida.

— Lembra que eu disse que queria me arriscar mais no trabalho?

— Lembro. Você queria mudar para a área de trilhas sonoras.

Ela havia contado para Fox seus sonhos de compilar listas de músicas para filmes no verão anterior, bem no dia em que eles visitaram a exposição de vinis juntos. Fox se lembrava de cada detalhe daquele dia. Tudo o que ela havia dito e feito. Como era bom estar com Hannah.

Percebendo que estava encarando o nada enquanto lembrava como os dedos elegantes de Hannah tinham passeado por uma pilha de discos, ele molhou um algodão com antisséptico e se aproximou, hesitando só um segundo antes de afastar o cabelo dela da testa. Seus olhares se encontraram e dançaram para longe rapidamente.

— Você vai chorar quando isso arder?

— Não.

— Ótimo. — Ele limpou a ferida com algodão, seu estômago se apertando quando Hannah puxou o ar entre os dentes. — Então, o que aconteceu com o plano de criar trilhas sonoras? — perguntou depressa, para se distrair do fato de que estava causando dor a ela.

— Bem... — Hannah soltou um suspiro aliviado quando ele afastou o chumaço encharcado de algodão. — Eu sou meio que uma serva glamorizada na produtora. Quando surge uma tarefa que ninguém quer fazer, eles me convocam que nem com o Beetlejuice.

— Não consigo te imaginar como serva de ninguém, Hannah.

— Foi uma escolha minha. Eu queria aprender sobre a indústria, depois crescer na carreira por mérito próprio, sabe? — Ela o observou remexer nas gazes do kit. — Estávamos quase chegando em Westport. Achei que essa viagem podia ser minha chance de... flertar com uma posição mais alta. Estava prestes a perguntar a Sergei e a Brinley se podia observar o processo de construção da trilha sonora, e foi aí que me espatifei no chão.

— Ah, Pintadinha.

— Pois é.

— Então você não chegou a perguntar?

— Não. Talvez seja um sinal de que não estou pronta.

Fox bufou.

— Você nasceu para fazer trilhas sonoras. Eu tenho sete meses de mensagens de texto para provar.

À menção das mensagens, os olhos dos dois se encontraram e manchas rosadas surgiram nas bochechas dela. Hannah estava corando. A irmã mais nova de uma amiga estava sentada no balcão da sua cozinha e estava corando. Jesus Cristo. Antes que estendesse a mão para sentir a temperatura daquelas bochechas coradas com a ponta dos dedos, ele voltou a separar as gazes.

— Certo — disse. — Uma oportunidade perdida. Mas você vai ter muitas outras, não vai?

Hannah assentiu, mas não disse nada. E continuou não dizendo nada enquanto ele aplicava antisséptico no corte e colocava um pequeno Band-Aid em cima, alisando-o com o dedão.

Não se inclinar para beijá-la quando eles estavam a centímetros de distância era estranho. Será que ele já tinha chegado tão perto de uma mulher que não fosse sua mãe sem a intenção de beijá-la? Vasculhando suas lembranças, não conseguiu identificar uma única ocasião. Por outro lado, não conseguia se lembrar de todas as vezes em que *tinha* beijado mulheres. Não com clareza.

Ele se lembraria de beijar Hannah.

Não, não vai se lembrar porra nenhuma.

Fox pegou a embalagem de Band-Aid e abriu a porta mais baixa do armário para jogá-lo no lixo.

— Apenas observar o processo de construção de trilha sonora não me parece um pedido absurdo, Hannah. Tenho certeza de que eles vão topar.

— Talvez. — Ela mordiscou o lábio por um momento. — É só que... você reparou na mulher que estava com Sergei?

— Não — respondeu ele, com sinceridade.

— Hum — murmurou Hannah, olhando-o com um ar pensativo. — É a Brinley, a coordenadora musical. — Ela ergueu uma das mãos e a deixou cair. — Não consigo me imaginar fazendo qualquer coisa que aquela mulher faz. Ela é uma...

— Uma o quê?

— Uma protagonista — disse Hannah, em um suspiro, quase parecendo aliviada por ter tirado essa declaração incompreensível do peito.

A confusão de Fox se dissipou.

— Tipo, ela é uma das atrizes?

— Não, tipo, ela é uma protagonista na vida real. Que nem a minha irmã.

Deixa pra lá, ainda estava confuso.

— Não entendi, Hannah.

Ela se inclinou um pouco para a frente com uma risada.

— Esquece isso.

Droga. Ela só estava ali havia cinco minutos e ele já estava fracassando como amigo. Será que Hannah não queria se abrir com ele? Era assustador como ele queria ganhar sua confiança.

Fox foi até o freezer e pegou o sorvete. Um mix de chocolate e baunilha tinha parecido uma aposta certeira quando ele escolhera no mercado no dia anterior. O melhor dos dois mundos, certo? Observando a reação dela, ele pegou uma colher da gaveta e a espetou no topo, entregando o pote inteiro para Hannah.

— Explica o que quer dizer com esse papo de Piper e essa tal de Betty serem atrizes principais.

— Brinley — corrigiu ela, com um olhar divertido.

Fox fez uma careta.

— Tá aí um nome de Los Angeles.

— Você está parecendo o Brendan.

— Ai — reclamou ele, apertando o peito. Então deixou a mão cair. — Por favor, explique-se, Pintadinha.

Ela pareceu ponderar enquanto saboreava uma colherada de sorvete e puxava a colher dos lábios lentamente. Era hipnotizante.

Fox tossiu e desviou o olhar para cima.

— Eu sou boa em... dar apoio. Sabe? Oferecer conselhos e dar sugestões úteis. Mas quando se trata da minha própria vida... não tanto. — Ela deixou as palavras se assentarem silenciosamente na cozinha antes de continuar. — Tipo, eu consigo fazer as malas, largar meu emprego e me mudar para Westport porque a Piper precisa de mim. Mas não consigo nem pedir para o meu chefe uma chance de observar um processo. Não é doido? Não consigo nem — ela deu uma risada atordoada — falar para o Sergei que tenho uma paixãozinha idiota por ele há dois anos. Só fico meio paralisada, esperando que as coisas aconteçam, enquanto as outras pessoas parecem fazer tudo acontecer com muita facilidade. Eu consigo ajudar os outros, e gosto disso, mas sou uma coadjuvante, não uma protagonista. Foi isso que eu quis dizer.

Uau. Lá estava ela, se abrindo com ele, pessoalmente. Falando de suas inseguranças. Do cara que queria namorar. Aquela era a primeira conversa sincera que ele tinha com uma mulher, sem flertes nem fingimentos. Só honestidade. Até aquele momento, Fox talvez não tivesse percebido que Hannah realmente, de verdade, só pensava nele cem por cento como um amigo. Que todas aquelas mensagens não eram uma espécie de preliminar única e platônica. Afinal, ela já o vira, certo? Mas não havia interesse implícito da parte dela. Aquilo realmente *era* só uma amizade. Aparentemente, ela gostava do que quer que Fox tivesse a oferecer. E embora ele sentisse que tinha recebido um socão no estômago, queria atender às expectativas dela. Mas suspeitava que seu ego ficaria roxo de tantos hematomas quando tudo aquilo acabasse.

— Ei — disse ele, afastando a rouquidão da voz e colocando mais alguns centímetros de distância entre eles. — Olha, sinceramente, nunca ouvi tanta besteira na minha vida. Você é boa em dar apoio, é verdade. O jeito como defendeu a Piper do capitão... você é feroz e leal. Você de fato é tudo isso, Hannah. Mas você é... Não me faça falar em voz alta.

— Fala — sussurrou ela, os lábios se curvando para cima de leve.

— Você é a protagonista perfeita.

Aqueles lábios curvados se abriram em um sorriso.

— Obrigada.

Ainda que tivesse feito Hannah sorrir, Fox sabia que os problemas estavam longe de ser resolvidos. Em primeiro lugar, ela gostava do diretor e, por algum motivo que Fox não conseguia conceber, o otário não estava correndo atrás dela com um buquê de flores. Como ele poderia ajudá-la? Será que *queria* ajudá-la em relação a isso? A natureza de um pescador era tapar vazamentos e resolver problemas quando surgiam. Em segundo lugar, Hannah não se sentir cem por cento feliz era um problema grave, na opinião dele.

— O cara ficou com ciúmes, sabia? No ônibus, quando eu fui te buscar.

Ela ergueu a cabeça com uma expressão esperançosa, que desapareceu igualmente rápido — ao contrário do nó cada vez mais apertado dentro dele.

— Não, ele estava apenas sendo gentil — respondeu ela, atacando o sorvete de novo. Só o lado do chocolate, ele observou para a próxima vez.

Próxima vez?

— Hannah, confia em mim. Eu sei quando estou intimidando outro cara.

Ela franziu a testa.

— Ter ciúmes é o mesmo que ficar intimidado?

— Sim. Quando homens ficam intimidados por outros homens, principalmente sujeitos tão gostosos que chega a ser ridículo, como o que vos fala...

Ela bufou alto.

— ... eles tentam se impor. Lutam para recuperar a vantagem. É uma reação natural. A lei da selva. É por isso que ele queria pegar a sua mala. É por isso que ficou com o braço ao seu redor por tanto tempo. — Fox agarrou a pele da nuca suada e gelada. — Ele não gostou de você vir ficar aqui comigo, e não gostou quando te chamei de Pintadinha. Ficou intimidado e, portanto, com ciúmes.

Fox não acrescentou que estava falando por experiência própria.

Intimidado por um cara pretensioso, com cavanhaque, de Los Angeles. E um russo, ainda por cima. Os russos eram a principal competição durante a temporada do caranguejo, como se ele precisasse de mais um motivo para desgostar daquele filho da puta.

Nossa, ele estava meio nervoso.

— Enfim, só estou dizendo que... ele não está *desinteressado*.

— Isso tudo é muito fascinante — disse Hannah, com a colher ainda na boca. — Mas, se você tiver razão, se Sergei estiver com ciúmes, uma hora vai perceber que não tem nada acontecendo entre você e eu e não existe motivo para... recorrer às leis da selva. — Ela enfiou casualmente a colher no sorvete. — A não ser que a gente *deixe* ele acreditar que estamos dormindo juntos. Talvez ele precise de uma sacudida.

Um alerta correu até a ponta dos dedos de Fox. Ele tinha caído em uma armadilha. Uma que ele mesmo havia armado.

— Você não pode deixar ele pensar isso, Hannah.

— Eu só estava jogando umas ideias. — O que quer que ela tivesse visto no rosto de Fox a fez semicerrar os olhos. — Por que você é *tão* contra?

Tentando disfarçar o pânico, ele soltou uma gargalhada exagerada.

— Você não... não. Eu não vou deixar você associar sua reputação à minha, ok? Uns dois dias nessa cidade e ele provavelmente vai ficar sabendo tudo a meu respeito. Acredite em mim, se ele for um cara decente, o fato de eu ter feito o seu curativo vai deixá-lo com ciúme suficiente.

Hannah o analisou, impassível.

— Se ele for um cara decente, não vai acreditar em tudo que escuta. Principalmente sobre alguém que não conhece.

— A não ser que muito do que ele ouça seja verdade, né? — Ele sorriu ao fazer aquela pergunta retórica, tentando dar a impressão de que a resposta não o incomodava. Quando ela só pareceu observá-lo com mais atenção, curiosa, Fox disse algo de que se arrependeu imediatamente só para distraí-la e afastá-la do tópico de sua reputação. — Você já tentou demonstrar pra ele que está interessada? Sabe, mordendo o lábio, apertando o braço dele...

— Eca. — Ela o olhou de cima a baixo. — Isso funciona com você?

Nada funcionava com ele ultimamente. Nada, exceto três pontinhos aparecendo na conversa dos dois. E, agora, machucados na cabeça. Não era patético?

— Não se preocupe com o que funciona comigo. Estou falando daquele cara. Ele provavelmente nem imagina que você gosta dele, e muitos homens não percebem essas coisas se não tiverem um pouco de incentivo.

Nitidamente achando graça, ela inclinou a cabeça.

— Você é um desses homens?

Fox suspirou e resistiu ao impulso de coçar a nuca.

— Eu sempre recebo os incentivos.

— Certo — disse ela após uma pausa, com um lampejo diferente nos olhos.

Como a conversa tinha chegado naquele ponto? Primeiro, ele estava dando dicas para ela cair na cama do diretor, e, agora, inadvertidamente estava se gabando da sua sorte com as mulheres? *Começou bem, cara.*

— Escuta, eu não estou atrás de um relacionamento e nunca vou estar. Você claramente está. Eu só queria te ajudar. Flertar com Sergei é uma coisa, mas a questão é que não vamos deixar ninguém achar que — ele moveu a mão entre os dois — *isso* está acontecendo. Para o seu próprio bem, ok?

Hannah definitivamente queria continuar a discussão e apresentar seus argumentos, mas por sorte deixou aquilo de lado.

— Você não tem que me dizer que não está atrás de um relacionamento — disse ela, mordendo o lábio. — Vejo isso muito bem pelo seu apartamento.

Grato pela mudança de assunto, ele bufou.

— Quê? — Fox cutucou o queixo dela. — Você não acha que as mulheres curtem um ar de sala de espera?

— Não. Sério, um tapetinho e uma vela aromática iam matar você?

Fox pegou o sorvete e a colher das mãos dela e os deixou no balcão.

— Você não vai mais ganhar aquele cookie. — Ele a agarrou pela cintura e a jogou de cabeça para baixo sobre o ombro, extraindo um gritinho agudo de Hannah enquanto seguia a passos pesados em direção ao quarto vazio. — Eu não vou tolerar uma hóspede ingrata, Pintadinha.

— Eu estou muito grata! Agradeço demais!

A risada de Hannah foi cortada abruptamente quando eles entraram no quarto dela — como ele já tinha começado a pensar no cômodo —, sem dúvida notando a fileira de velas aromáticas, as toalhas dobradas e a luminária de sal rosa do Himalaia. Ele a tinha visto na vitrine de uma loja para turistas e decidiu que Hannah precisava de uma, mas, no momento, a compra o fazia se sentir um completo idiota.

Balançando a cabeça para si mesmo, Fox tirou Hannah do ombro e a colocou delicadamente na cama *queen size*, seu peito doendo ao ver como o cabelo dela caiu sobre o rosto.

— Ah, Fox... — murmurou ela, examinando todos aqueles objetos.

— Não é nada de mais — disse ele depressa, recuando para se recostar contra o batente da porta.

Fox cruzou os braços. Com certeza não estava pensando em como seria fácil se aproximar lentamente dela na cama, provocá-la um pouquinho mais, passar a ponta dos dedos pela pele entre os quadris e a cintura dela, flertar até que fosse ela quem tivesse a ideia de beijá-lo, quando na verdade tinha sido a intenção dele o tempo todo. Ele conhecia bem aquela dança.

Mas nenhum daqueles passos era apropriado para uma amiga.

— Escuta. — Quando sua voz soou áspera aos próprios ouvidos, ele se forçou a instilar um pouco de leveza nela. — Eu vou no cais para carregar o *Della Ray*. Vamos estar na água a partir de amanhã. Volto na sexta. Não taque fogo no apartamento enquanto eu estiver fora e não me obrigue a me arrepender da minha primeira vela comprada.

— Não vou, Garotão — garantiu ela, os cantos dos lábios se erguendo, a mão alisando a colcha que ele esperava que ela não percebesse que era nova. — Obrigada. Por tudo.

— Sempre que precisar, Pintadinha.

Ele se virou para sair, mas parou quando ela disse:

— E, só para constar, eu ficaria honrada em dormir de mentirinha com você. Apesar da reputação sórdida e tudo o mais.

Com uma pedra bloqueando sua traqueia, ele só conseguiu assentir, pegando as chaves ao sair do apartamento.

— Os cookies estão no armário — gritou, saindo para a luz do sol e agradecendo pelo modo como o ofuscou.

Capítulo cinco

Hannah saiu do elevador, parou na porta da avó e tirou os fones do ouvido, silenciando a playlist "Caminhando por Westport". A seleção de músicas consistia principalmente de Modest Mouse, Creedence e Dropkick Murphys, todas bandas que a lembravam do oceano, fossem piratas ou um hippie tocando gaita no píer. Assim que a melodia parou, ela bateu na porta, abafando uma risada logo depois. Dentro do apartamento, Opal estava murmurando sozinha sobre imbecis que deixavam vendedores entrar no prédio, seus passos se aproximando.

Em que momento ter uma avó paterna começou a parecer normal? A existência de Opal tinha sido escondida de Hannah e Piper a vida toda, mas elas a tinham encontrado — por acaso — no verão anterior. E a mulher era encantadora. Intensa, doce e engraçada. Cheia de histórias sobre o pai das garotas também. Era por isso que Hannah tinha demorado quatro dias para vir visitá-la?

Tudo bem, ela andava ocupada no set da primeira locação. Além de suas outras incumbências, precisaram dela para filmar a cena do reencontro entre os namorados de ensino médio interpretados por Christian e Maxine do lado de fora do farol. Levaram quatro dias inteiros para acertar — mas, durante a noite, ela voltara para o apartamento vazio de Fox em vez de ir ver Opal. Piper estava fora da cidade naqueles quatro dias, acompanhando os sogros em uma viagem a Seattle, então Hannah decidiu que devia só esperar. Assim, elas poderiam visitá-la juntas. Entretanto, Hannah tinha outros motivos para enrolar.

Ela levou uma das mãos ao estômago para conter o sentimento de culpa.

Depois que a irmã voltou para a cidade, ela havia ligado e pedido a Piper para encontrá-la na casa de Opal naquela tarde. Mas onde ela estava?

Hannah esticava o pescoço para o fim do corredor quando Opal atendeu a porta. A senhora a encarou por um longo momento, boquiaberta.

— Você não está vendendo assinatura de revistas. Você é minha neta. — Hannah se aproximou e Opal a envolveu em um abraço, dando tapinhas em suas costas. — Quando chegou na cidade? Não acredito. Só consigo te fazer um sanduíche de presunto.

— Ah, não. — Hannah recuou, balançando a cabeça. — Já almocei, juro. Só vim ver você!

A avó corou de alegria.

— Bem, então entre, entre.

O apartamento tinha mudado drasticamente desde a última vez em que Hannah estivera ali. A mobília antiquada tinha sumido, assim como o cheiro de desinfetante de limão e mofo, que deixavam um ar de solidão no lugar. Agora, havia um cheiro fresco. Girassóis adornavam uma mesa de jantar nova, e não se via mais sinal de plástico cobrindo o sofá.

— Uau. — Hannah deixou sua sacola no chão e abriu a jaqueta corta-vento da Storm Born, pendurando-a no gancho. — Me deixe adivinhar. Piper teve algo a ver com isso?

— Exatamente. — Opal uniu as mãos, sua expressão satisfeita e orgulhosa enquanto examinava as melhorias do apartamento. — Não sei o que faria sem ela.

O afeto pela irmã se insinuou junto à culpa de Hannah, mas não conseguiu afastá-la. Nos últimos sete meses, ela só tinha falado com Opal algumas vezes por telefone e enviara um cartão no Natal. Não é como se ela não adorasse a mulher. Elas se davam superbem; Hannah fizera uma playlist temática de Woodstock para Opal no verão anterior, e elas tinham ficado mais próximas por conta disso. Mesmo agora, a vibe convidativa do apartamento envolvia e aquecia a jovem.

Era quando as histórias sobre o pai dela — o único filho de Opal — inevitavelmente começavam que ela ficava desconfortável.

Hannah não se lembrava dele. Tinha apenas dois anos quando o pescador de caranguejo fora puxado para o fundo do mar de Bering. Piper se lembrava da risada e da energia dele, mas a mente de Hannah não evocava nada. Nenhuma melancolia, afeição ou nostalgia.

Para Piper, reformar o bar de Henry tinha sido uma jornada de autoconhecimento e conexão com a memória do pai.

Para Hannah, tinha sido... um jeito de apoiar Piper naquela jornada.

É claro, ver o resultado após semanas de trabalho tinha sido satisfatório, especialmente quando eles trocaram o nome para Cross e Filhas, mas Hannah nunca teve a sensação de fechar um ciclo. Então, sempre que ia ver Opal e a avó pegava fotos de Henry, ou contava histórias sobre ele no telefone, Hannah começava a se perguntar se suas emoções estavam distorcidas. Ela conseguia chorar com uma música dos Heartless Bastards, mas o próprio pai não tirava uma lágrima sequer dela?

Hannah sentou-se com Opal no novo sofá cor de anil e apertou os joelhos por cima dos jeans.

— Na verdade, estou na cidade porque a produtora em que eu trabalho está gravando um curta. Um daqueles filmes cult de quebrar o coração.

— Um filme? — Opal se encolheu. — Em Westport? Imagino que muita gente não tenha gostado do transtorno.

— Ah, não se preocupe, eu pensei nisso. Estamos dando todos os papéis possíveis de figurantes para o pessoal da cidade. Quando perceberam que podiam aparecer num filme, foi tranquilo.

Com uma risadinha, Opal bateu a mão na coxa.

— Foi ideia sua?

Hannah ajeitou o rabo de cavalo.

— Sim, senhora. Fiz o diretor pensar que foi ideia dele incluir os moradores daqui para aumentar a autenticidade. É bom que eu não use meus poderes para o mal, senão todo mundo estaria encrencado.

Seria fantástico se ela pudesse usar seus poderes para avançar profissionalmente também, não seria? Lubrificar as rodas da produção era fácil para ela. Não havia interesses pessoais envolvidos. Não havia risco. Dedicar-se à coordenação musical era mais assustador, porque aquilo importava para ela.

Muito.

Opal riu e apertou o pulso de Hannah.

— Ah, querida, senti saudades da sua coragem.

O som de uma chave se virando na fechadura fez Hannah se virar abruptamente, e Opal bateu palmas entusiasmadas. Piper mal tinha entrado pela porta quando Hannah se lançou sobre as costas do novo sofá e pulou na irmã, uma tensão de que mal estava ciente vazando dos poros. Abraçar Piper era como entrar em uma sala cheia das melhores lembranças dela. O macacão de mangas compridas transparentes, os saltos nada práticos e o perfume caro fizeram Hannah sentir que elas estavam de volta em Bel-Air, sentadas no chão do quarto de Piper, organizando a coleção de joias dela.

Elas saltitaram em um círculo feliz, rindo, enquanto Opal se atrapalhava com o celular, tentando — sem sucesso — abrir o aplicativo da câmera.

— Você está aqui! — exclamou Piper, fungando e apertando Hannah com força. — Minha irmãzinha perfeita, linda, com alma de hippie. Como ousa me fazer sentir tanta saudade?

— Eu podia falar o mesmo pra você — disse Hannah, a voz abafada pelo ombro da irmã.

Elas se separaram, enxugando o rosto de jeitos muito diferentes: Hannah com um gesto largo e eficiente, enquanto Piper passou um dedinho com cuidado em uma forma perfeita de U para arrumar o delineador. De braços dados, elas contornaram o sofá e se sentaram coladas uma na outra.

— Então, quando você vai se mudar pra cá de vez? — perguntou Piper, sua voz ainda um pouco embargada. — Tipo... amanhã, né?

Hannah suspirou, apoiando a cabeça nas costas do sofá.

— Parte de mim não odeia a ideia. Podia recuperar meu emprego na Disco e Aquilo. Ocupar o quarto de hóspedes na sua casa pra sempre... — Ela cutucou uma lantejoula no corpete de Piper. — Mas acho que Los Angeles vá ficar comigo. É onde minha carreira dos sonhos me aguarda.

Piper passou a mão pelo cabelo dela.

— E você fez algum progresso com isso?

— A qualquer momento... — respondeu Hannah, mordiscando o interior da bochecha. — Eu acho.

Opal se inclinou para a frente.

— Carreira dos sonhos?

— É. — Hannah se endireitou, mas manteve o corpo encostado no de Piper. — Trilhas sonoras de filmes. Eu quero fazer parte da produção delas.

— Que interessante! — exclamou Opal, com um sorriso largo.

— Obrigada. — Hannah tirou o cabelo do rosto e mostrou o galo com curativo na testa. — Infelizmente, foi isso que aconteceu da primeira vez que tentei pedir essa nova oportunidade. — Piper e Opal olharam o ferimento com preocupação, como era de se esperar. — Não é nada. Não está doendo. — Ela riu de leve, deixando o cabelo cair de volta no lugar. — Fox fez o curativo e me deu sorvete.

Foi fugaz e sutil, mas ela sentiu Piper enrijecer e emanar um ar de irmã mais velha protetora.

— Ah, é?

Hannah revirou os olhos.

— Esse vai ser o seu primeiro e único lembrete de que eu ficar com Fox foi ideia sua.

— Eu retirei a sugestão na hora — disse Piper, ansiosa. — Ele tentou alguma coisa?

— Não! — respondeu Hannah, quase grasnando. Mesmo que ela ainda conseguisse sentir a forma e a musculatura maravilhosamente definida dos ombros dele ao redor do seu torso. — Para de falar dele como se fosse um predador sexual. Sou adulta, consigo julgar essas coisas sozinha. E ele tem sido um cavalheiro.

— Isso é porque não tem estado na cidade — resmungou Piper, alisando o macacão.

— Ele decorou meu quarto com uma luminária de sal do Himalaia.

Piper ficou horrorizada.

— É praticamente a mesma coisa que te atacar!

— Alguém me explica o que está acontecendo! — Opal aproximou a cadeira delas. — Quero participar de uma conversa sobre homens. Faz séculos.

— Não tem nenhuma conversa — garantiu Hannah. — Eu sou amiga de um homem que... aprecia mulheres. Frequentemente. Mas ficou estabelecido que ele não vai me apreciar.

— Conta pra ela do álbum do Fleetwood Mac — disse Piper, cutucando o joelho de Hannah com vigor. — Vai, conta pra ela.

Hannah soltou o ar devagar, com a cabeça virada para cima, para esconder o nó estranho que surgia dentro dela quando pensava no álbum e como o conseguira.

— Não é nada de mais, de verdade. — *Mentirosa.* — No verão passado, nós fomos todos a Seattle. Eu, Piper, Fox e Brendan. A gente se separou por um tempo e Fox me levou a uma exposição de vinis, onde eu encontrei um álbum que estava me chamando. Do Fleetwood Mac. *Rumours.* — Era uma descrição insuficiente do choque ao seu sistema nervoso. — Mas era caro. Na época, eu e Piper estávamos com uma verba apertada, então não comprei...

— E aí, no dia em que Hannah ia para Los Angeles, ele estava na minha porta. Fox voltou lá e o comprou sem que ela soubesse.

O queixo de Opal caiu.

— Minha nossa. Que romântico.

— Não, vocês estão enganadas, senhoras. Foi uma gentileza.

Piper e Opal trocaram um olhar muito sabichão.

Parte dela não podia culpá-las. Fox ter comprado aquele vinil para ela era a única coisa que não conseguia definir como cem por cento amigável. O disco ficava em um lugar de honra na casa dela, virado para fora na prateleira com seus álbuns. Toda vez que passava por ele, Hannah se lembrava do momento na exposição em que tinha arquejado com a descoberta, passando os dedos pela borda quadrada do álbum. O calor do braço de Fox ao redor dela, a batida irregular do coração dele. Como, pela primeira vez, ela deixara alguém entrar na música com ela em vez de desaparecer sozinha.

Hannah se sacudiu.

— Na verdade, você está me ajudando a provar meu ponto, Pipes. Se ele quisesse... me apreciar, por que esperaria até eu ir embora em vez de aproveitar a oportunidade de me entregar pessoalmente?

— Ela tem um bom argumento.

— Obrigada, Opal. Caso encerrado.

Piper rearrumou as ondas perfeitas na ponta do cabelo, fisicamente aceitando o fim da discussão.

— Então, como vai Los Angeles? Estou fazendo falta?

— Está. A casa parece enorme sem você. Grande demais.

A mãe delas, Maureen, tinha se mudado de Westport para Los Angeles mais de duas décadas antes, em meio ao luto após a morte de Henry Cross, e tinha trabalhado lá como costureira para um estúdio de cinema. Então conheceu e se casou com o padrasto de Hannah e Piper no auge do sucesso dele como produtor. No que pareceu ser da noite para o dia, as três tinham saído de um apartamento minúsculo e ido morar em uma mansão em Bel-Air, onde Hannah ainda vivia.

Com Piper na casa, a mansão nunca deixava de parecer um lar. Mas, desde que a irmã se mudara para Westport, Hannah sentia-se mais como uma visitante. Deslocada e desconectada no palácio gigantesco. Tinha ficado óbvio que os pais delas levavam uma vida separada, e, ultimamente, ela começara a se sentir como uma observadora, em vez de alguém feliz por ter total controle da própria vida.

— Estou pensando em sair de casa — disse, deixando o comentário escapar. — Estou pensando em muitas coisas.

Piper se virou para encará-la, inclinando a cabeça.

— Tipo?

Ser o foco da conversa era incomum, no mínimo. Não que ela ficasse encabulada de ser o centro das atenções, só não havia por que envolver todo mundo em problemas que podia resolver sozinha, não? Como dar um jeito de descolar uma viagem a Westport porque a solidão e a consciência de que estava sentindo falta de algo tinham começado a incomodá-la.

— Deixa pra lá — disse Hannah. — Como estão as coisas com os pais do Brendan?

— Ela está mudando de assunto — sinalizou Opal.

— Está. Não faça isso. — Piper a cutucou com a ponta de uma unha vermelha. — Você vai se mudar de Bel-Air?

Hannah deu de ombros.

— Está na hora. Está na hora de eu... crescer de vez. Fiquei empacada na metade do processo. — Ela pensou em Brinley. — Ninguém vai considerar dar uma promoção para uma mulher que mora com os pais. Ou vão me considerar menos, no mínimo. Se quero responsabilidades de uma mulher adulta, preciso ser adulta. Tenho que acreditar que sou, em primeiro lugar.

— Hanns, você é a pessoa mais responsável que eu conheço — disse Piper delicadamente. — Seu interesse no Sergei tem algo a ver com isso?

— Tem *outro* homem na história? — Opal olhou para as duas netas e suspirou. — Ah, senhor, se eu fosse jovem outra vez...

— Ele é o meu diretor. Meu chefe. E só. Nada mudou nesse ponto — explicou Hannah. — O que eu quero da minha carreira e da minha vida amorosa são coisas completamente diferentes, mas estaria mentindo se dissesse que não queria que Sergei me olhasse como se eu fosse uma mulher, entende? Em vez da assistente de produção desleixada.

O cara ficou com ciúmes, sabia? No ônibus, quando eu fui te buscar.

A voz de Fox se infiltrou nos pensamentos de Hannah. Ela estivera ocupada nos últimos quatro dias, acomodando todo mundo em suas hospedagens temporárias, desempacotando suprimentos nos trailers, encontrando-se com donos de empreendimentos locais. Mas nunca ficaria ocupada a ponto de não reparar em Sergei. É claro que sempre o via no set. Com toda aquela paixão que emanava o tempo todo, ele era um ímã para sua atenção. Mas, se o diretor realmente sentiu ciúmes de Fox, tinha esquecido totalmente, pois voltara a tratar Hannah com uma distração educada.

Acredite em mim, se ele for um cara decente, o fato de eu ter feito o seu curativo vai deixá-lo com ciúme suficiente. Lá estava a voz grave e rouca de Fox outra vez na sua cabeça quando ela devia estar pensando em Sergei. Ainda assim... Hannah não conseguia parar de pensar no que o ele tinha lhe dito na cozinha, sobre sua reputação. Sobre como não queria que as pessoas pensassem que eles eram um casal, porque achava que seria ruim para Hannah. Ele não acreditava mesmo naquela bobagem, acreditava?

— Bem. — Piper interrompeu seus pensamentos. — Como alguém que acabou de embarcar na vida adulta, posso dizer que é assustador, mas gratificante. Também envolve preparar minhas próprias refeições e usar jeans. — Ela fingiu chorar, e Hannah riu. — Mas eu não teria conseguido sem você, Hannah. Você me fez considerar possibilidades com que nunca tinha sonhado. É por isso que sei que você é capaz de qualquer coisa. Não deixe que um machucado na cabeça e um pouco de desleixo atrapalhem você. Minha irmã é confiável, criativa e não aceita desaforo de ninguém. Se esse estúdio não te der uma oportunidade, outro vai dar, cacete. — Piper abriu um belo sorriso. — E perdão por xingar, Opal. Só quero que ela entenda.

— Eu sou mãe de um pescador, querida. Xingamentos são parte do meu vocabulário.

Hannah não pôde deixar de notar que, pela primeira vez, Piper estava sendo a atriz coadjuvante da irmã. A inversão de papéis, além da pressão quente atrás dos olhos, provavelmente foi o motivo de Hannah fazer algo totalmente atípico.

— Você pode me ajudar com o desleixo? Só hoje. — Ela passou um dedo pelo buraco do dedão do seu moletom. — Vão dar uma festa para o elenco numa das casas que estamos alugando.

A irmã lentamente apoiou a mão no braço dela, as unhas apertando de leve.

— Você está me pedindo pra te arrumar?

— Só hoje. Preciso de toda a confiança profissional que conseguir.

— Ai, meu Deus — sussurrou Piper, com lágrimas nos olhos. — Eu já sei o vestido perfeito.

— Nada muito chamativo...

— Xiu. Não quero ouvir mais nada. Você vai ter que confiar em mim.

Hannah conteve um sorriso e assentiu. Talvez houvesse uma parte vaidosa dentro dela que queria chamar a atenção de Sergei na festa do elenco naquela noite, e ela se perguntou se um vestido no estilo de Piper funcionaria. Mas aquele definitivamente não era o seu motivo para querer se vestir melhor. Se queria ascender naquela indústria, as pessoas tinham que começar a levá-la a sério. Um visual básico? Em Hollywood, a imagem importava, mesmo que isso não fosse certo. Brilho recebia atenção e forçava as pessoas a escutar. A levar alguém em conta. Ninguém jamais pediria a Piper ou Brinley para segurar seu canudo ou mexer seu café em sentido anti-horário, pediria? *É com você mesmo que estou falando, Christian.*

Nem esperariam que Brinley fizesse todo o trabalho pesado no estúdio sem pagá-la por isso. Por muito tempo, Hannah pensou que seu salário não importava. Ela morava com os pais em Bel-Air, pelo amor de Deus. Eles tinham uma piscina olímpica no jardim e uma equipe completa de funcionários. Desde que havia caído de novo nas graças do padrasto, Hannah tinha dinheiro disponível caso precisasse de fundos que seu salário não cobria. Mas seus parcos ganhos estavam se tornando uma questão de princípio. Eles não teriam conseguido aquela locação para filmar sem que ela e Latrice varassem noites trabalhando. A diferença era que o salário de Latrice cobria o volume de tarefas pelo qual ela era responsável.

Vestir-se para o sucesso parecia quase fácil demais comparado com todo o trabalho que ela vinha fazendo, mas não custava tentar.

— Esse papo de trilhas sonoras e Fleetwood Mac me lembrou de uma coisa — disse Opal, distraindo Hannah de suas ruminações. — Tenho algo pra mostrar pra vocês, garotas.

A avó se levantou e caminhou com confiança até o outro lado da sala, tirando uma fina pasta azul do topo de sua estante de livros. Sabendo que o que quer que estivesse dentro da pasta tinha a ver com o pai, o estômago de Hannah se contraiu. Essa era a parte que ela sempre temia ao colocar a conversa em dia com a avó: quando Piper e Opal ficariam comovidas ao ver alguma peça da história de Henry e ela se sentiria uma estátua, tentando imitá-las.

— Um dos antigos companheiros de tripulação de Henry trouxe isso para o Afunde o Navio no fim de semana. Eu estava fora, com as garotas.

A avó falou a última parte com orgulho, dando uma piscadinha para Piper. Por muito tempo, o luto de Opal pela morte do filho a manteve trancada no apartamento. Pelo menos até Piper chegar, lhe dar um corte de cabelo ousado e roupas novas e reapresentá-la à cidade de que ela vinha sentindo falta. Hannah gostava de pensar que suas playlists tinham motivado Opal a socializar de novo também.

— Elas foram escritas pelo pai de vocês — explicou, abrindo a pasta.

As duas irmãs se inclinaram e semicerraram os olhos diante da letra pequena que ocupava várias páginas de papel manchado e amarelado pelo tempo.

— São cartas? — perguntou Piper.

— São músicas — murmurou Opal, passando um dedo por algumas frases. — Canções de marinheiro, para ser exata. Ele vivia cantando em casa, no começo. Eu nem sabia que tinha colocado no papel.

Hannah sentiu uma pontada de interesse quase relutante. Tinha acalentado esperanças, algumas vezes, de que uma foto ou lembrança do pai causasse uma onda de emoção, mas nunca acontecia e não aconteceria agora.

— Ele cantava bem?

— Tinha uma voz grave. Potente. Rica. Assim como a risada dele, era capaz de atravessar as pessoas.

Piper fez um barulhinho de animação, pegando a pasta e folheando-a.

— Hannah, você devia ficar com isso.

— Eu? — Ela se encolheu mentalmente e tentou suavizar o tom, pelo bem de Opal. — Por que eu?

— Porque são músicas — respondeu Piper, como se ela fosse doida de perguntar. — É o que você ama.

Opal se inclinou para esfregar o joelho de Hannah.

— Talvez Henry seja a fonte do seu amor pela música.

Por que ela queria tanto negar?

O que havia de errado com ela?

O "não" estava na ponta da língua. *Não, meu amor pela música é só meu. Eu não o divido com ninguém. É uma coincidência.* Em vez disso, ela assentiu.

— Claro, eu... adoraria levar e dar uma lida nelas.

Opal ficou radiante.

— Fantástico.

Hannah aceitou a pasta e a fechou, sentindo um desespero familiar para mudar de assunto se acomodando sobre ela.

— Certo, Pipes. Você já fez mistério o suficiente. Conta sobre os pais do Brendan. Como está indo a visita dos seus sogros?

A irmã se recostou, cruzando as longas pernas que tinham sido hidratadas até brilhar.

— Bem. Como você sabe, eu levei os dois para Seattle essa semana, já que Brendan está no barco. Planejei todo o nosso tempo lá, segundo a segundo.

— E aí? — incentivou Opal.

— E aí percebi que todos os planos envolviam... fazer compras. — A voz dela se tornou um sussurro escandalizado: — A mãe de Brendan odeia fazer compras.

Opal e Hannah se jogaram para trás em seus lugares, rindo.

— Quem odeia fazer compras? — resmungou Piper, cobrindo o rosto.

Hannah ergueu a mão. Piper deu um tapa para abaixá-la.

— Graças a Deus, Brendan volta pra casa hoje. Não sei mais como entreter os dois. Saímos para tantas caminhadas, Hanns. Tantas caminhadas para lugar nenhum.

A ansiedade se espalhando na barriga de Hannah não tinha nada a ver com o fato de Fox também voltar naquela noite junto com Brendan. Ela estava simplesmente empolgada por ver o amigo de novo e não ficar sozinha no apartamento estranhamente despojado dele.

Piper olhou de Opal para Hannah.

— Vocês podem me dar umas ideias?

Hannah pensou por um momento, entrando no seu papel coadjuvante como se vestisse uma segunda pele.

— Peça a ela para te ensinar a fazer o prato preferido de Brendan quando era pequeno. Ela vai se sentir útil, e não é uma coisa terrível de aprender, tipo, para aniversários e ocasiões especiais, né?

— Genial! — gritou Piper, abraçando Hannah e a empurrando contra o sofá enquanto Opal ria. — Eu vou me conectar muito com a minha futura sogra. O que eu faria sem você, Hannah?

Hannah pressionou o nariz contra a pele da irmã e inspirou, absorvendo o abraço, o momento, enquanto "Time After Time", de Cyndi Lauper, tocava em um canto da sua cabeça. Era tentador ficar ali, deliciando-se com a sensação confortável de apoiar os outros. Não havia nada de errado nisso, e ela adorava aquele papel. Mas ficar confortável foi o que a deixara em segundo plano por tanto tempo... e naquela noite ela entraria na frente das câmeras.

Capítulo seis

Hannah caminhava devagar pela calçada, levando uma garrafa de vinho na mão. Seu ritmo de lesma tinha muito a ver com os saltos de oito centímetros, mas era principalmente o vestido que atrapalhava seu progresso. Assim que Piper tinha aberto a capa que guardava o vestido, ela começara a balançar a cabeça. Vermelho? *Vermelho?* O guarda-roupa de Hannah tinha sido montado pensando em conforto e praticidade. Muito cinza, azul, preto e branco, para ela não ter que se preocupar em combinar roupas. Os únicos itens vermelhos que tinha eram um chapéu de beisebol e um par de All Star. Era uma cor que se usava para dar um destaque. Não a principal de um visual.

Mas então ela experimentou o vestido — e nunca havia ficado tão irritada ao ver outra pessoa ter razão. A peça tinha um ar meio anos 1990, o que tocou a alma velha e grunge de Hannah. Lembrava o minivestido que Cher usou na festa do Valley em *As Patricinhas de Beverly Hills*. Piper tinha concordado, fazendo Hannah repetir "Mas eu estava parada!" pelo menos quarenta e oito vezes enquanto elas alisavam o seu cabelo.

Na maioria dos empregos, aquela roupa teria sido considerada inapropriada, mas o mundo do entretenimento era um negócio à parte. No fim da noite, não era raro pegar membros da equipe dando uns amassos nos corredores — ou ao ar livre. Muitas vezes havia drogas envolvidas, e sempre álcool. O fato era que, contanto que todos aparecessem na manhã seguinte e fizessem seu trabalho, valia tudo. Embora julgamentos e fofocas fossem inevitáveis, a falta de profissionalismo após o expediente tornava os funcionários parte do grupo, em vez de párias.

A uma quadra da casa alugada, Hannah podia ver as silhuetas do elenco e da equipe nas janelas pouco iluminadas e ouvir a batida baixa da música. As risadas altas. Sabendo bem como aquelas festas da indústria podiam sair do controle, mesmo em uma escala pequena como aquela, ela alugara um lugar quase na periferia da cidade para evitar reclamações de barulho. E ainda bem, porque alguém já estava desmaiado no jardim e não eram nem dez horas da noite.

Hannah pulou por cima do estagiário com um assobio baixo, subiu os degraus em seus sapatos deslumbrantes — quem imaginaria que ela se sentiria tão chique com lacinhos brilhantes nos dedos dos pés? — e entrou sem bater, já que ninguém ia ouvir mesmo. Antes de sair do apartamento de Fox, ela se dera um discurso motivacional na frente do espelho do banheiro, que cheirava como a colisão de uma geleira mentolada e algo mais interessante... como um óleo essencial com traços de gengibre.

Será que ele usava óleos essenciais?

Por que ela ficou tão tentada a entrar no banheiro dele e procurar um difusor para inspirar o aroma diretamente da fonte?

Estalando a língua de impaciência, Hannah entrou na casa e na mesma hora teve que controlar o impulso de achar o encarregado da playlist. Se seguisse seus instintos, ficaria sentada no canto a festa toda procurando a próxima música perfeita — provavelmente algo do Bon Iver para acalmar todo mundo após uma semana louca —, mas essa não era a missão naquela noite.

Resignando-se a um longo período de techno ambiente, Hannah tirou o casaco e o jogou na cadeira mais próxima, acenando para alguns engenheiros de som no corredor a caminho da sala de estar onde todos pareciam ter congregado.

A música terminou assim que ela entrou na sala. Ou talvez isso só tivesse acontecido na sua cabeça, porque todo mundo — todo mundo *mesmo* — se virou para encará-la. Se era assim que se sentia uma protagonista, ela preferiria ser figurante.

Só que não estava mais feliz ficando de lado, estava? Então, apesar de se sentir uma cretina por estar usando um vestido de grife em uma reunião casual, e de suas mãos estarem suando, não teve escolha exceto fingir ser ousada e prosseguir com o plano.

— Só eu recebi o aviso sobre o código de vestimenta? — Ela fez uma careta exagerada para os jeans e camisetas usados por um grupo de cabeleireiros e maquiadores. — Triste.

Houve algumas risadas, mas a maioria das pessoas voltou para suas bebidas e conversas. Hannah soltou o ar. Um pouco de coragem seria útil. Ela tomaria uma bebida e então faria a jogada profissional da sua vida. Pelo menos, esse era o plano.

Hannah avistou um carrinho portátil com garrafas e mixers no canto da sala e seguiu naquela direção, lembrando que não tinha tolerância alguma para álcool e não devia exagerar. Ainda estava se recuperando de sua primeira aventura bebendo durante o dia com Piper na vinícola local no verão anterior.

— Ei — disse Christian em um tom entediado, surgindo ao lado dela. — O que está bebendo? Veneno, espero.

Ela franziu os lábios e examinou as várias garrafas de álcool.

— O que eu posso beber que vá te dar uma personalidade?

Encarando abertamente o vestido dela, Christian soltou o ar em apreciação.

— Então, tipo, você decidiu fazer um esforço agora?

— Você podia fazer o mesmo, por favor? Precisou de dezesseis tomadas para acertar quatro frases de diálogo hoje de manhã.

— Não se pode apressar a perfeição. — Ele fez um som de impaciência e pegou um copo plástico vermelho. — O que vai beber, assistente de produção? Eu faço pra você.

O queixo de Hannah caiu.

— Você vai preparar uma bebida pra mim?

— Não deixe subir à sua cabeça. — Enquanto servia a vodca, ele a olhou de cima a baixo. — Ou ir para os seus quadris. Esse vestido está um pouco apertado.

Ele acrescentou um pouco de suco de toranja no copo, então praticamente empurrou a bebida nas mãos dela.

— Odeio gostar de você.

— Adoro te odiar.

Ambos fizeram um esforço óbvio para não rir.

— Hannah?

Christian e Hannah se viraram ao mesmo tempo e encontraram Sergei, Brinley e um grupo de atores se aproximando deles, incluindo Maxine e o melhor amigo dela na trama. Pela primeira vez, Sergei parecia estar sem palavras, e foi abaixando a mão que segurava a bebida até parar do lado da coxa.

— Você... está de vestido — disse ele, os olhos pousando brevemente na bainha de Hannah. — Se eu não a visse discutindo com Christian, não a teria reconhecido.

— Eu fico mesmo com um olhar horrorizado quando ela está por perto — disse Christian com sua voz arrastada, dando uma cotovelada preguiçosa na lateral do corpo de Hannah.

— Sim, você está fantástica — disse Brinley, embora estivesse concentrada no celular.

— Obrigada.

Ser o centro das atenções exigiu que ela tomasse um gole da sua (com sorte, não envenenada) bebida, a quantidade absurda de vodca queimando a garganta ao descer.

Talvez fosse o vestido ou o álcool, que rapidamente amenizou seu nervosismo, que a incentivou a falar — ou talvez fossem as palavras de Piper mais cedo. Hannah só sabia que, se não pedisse o que queria agora, nunca mais pediria.

— Brinley — soltou ela, agarrando o próprio punho para que o gelo no copo parasse de chacoalhar. — Eu estava pensando se podia ajudar você com a trilha sonora. Não que você precise de ajuda — acrescentou depressa. — Só queria ver se podia aprender com você. Com o processo.

Fez-se um silêncio no círculo.

Não era raro que as pessoas usassem festas como uma chance de crescer na indústria, mas era incomum que uma assistente de produção se dirigisse a alguém tão acima dela na hierarquia — e na presença de outras pessoas, ainda por cima. Talvez Hannah devesse ter esperado ou pedido para falar com Brinley e Sergei a sós? Ela torcia para que Brinley achasse o pedido mais palatável assim, já que foi feito casualmente em vez de em caráter oficial. Hannah não queria que a mulher pensasse que ela estava tentando roubar o seu emprego.

— Ah... — Brinley a olhou demoradamente, examinando-a com um interesse renovado. — Trilhas sonoras são algo a que você quer se dedicar a longo prazo?

— Ainda não pensei tão longe — disse Hannah, soltando o ar. — Mas adoraria aprender mais sobre o processo... ver se seria um bom caminho a seguir.

Brinley se balançou nos calcanhares por um momento e depois deu de ombros, os olhos voltando ao celular.

— Não tenho problema em te deixar ver, se Sergei puder te dispensar.

Só então Hannah percebeu como Sergei estava atipicamente calado, a testa franzida enquanto a examinava. Ele se sobressaltou quando Brinley o mencionou, como que se dando conta do próprio silêncio.

— Você é essencial para mim, Hannah. Sabe disso. — Ela não conseguiu impedir o rubor que se espalhou nas bochechas ao ouvir as palavras. *Você é essencial para mim.* Controlou-se para não jogar a bebida no próprio rosto para se resfriar. Enquanto isso, o silêncio se prolongava conforme o diretor passava o dedo pelo interior da gola rulê preta de tricô. — Mas, se conseguir conciliar as duas funções, não vou te impedir.

Hannah sentiu os olhos pinicando e uma pontada inesperada de orgulho no peito. Alívio — e o medo nítido do fracasso — percorreram seu corpo tão rápido que ela quase derrubou o copo. Mas abriu um sorriso tenso, assentindo em agradecimento para Brinley e Sergei.

— Quem vai me trazer café entre as tomadas? — reclamou Christian.

Um resmungo/riso coletivo quebrou a tensão, felizmente, e o assunto passou a ser o cronograma de domingo de manhã. Eles vinham esperando um dia de tempo bom para filmar uma cena de beijo com Christian e Maxine no porto, e os próximos dias prometiam sol.

Enquanto Sergei entretinha o grupinho com sua visão para uma tomada ampla e dramática do beijo, Hannah folheou seu catálogo mental em busca da música certa, do sentimento certo... e ficou surpresa ao descobrir que nada combinava. Nada.

Nem uma única música vinha à mente.

Estranho.

E se ela tivesse acabado de receber essa oportunidade só para perder seu dom de escolher a trilha certa para cada ocasião? E se tivesse esquecido como tecer a atmosfera, algo que fazia desde que tinha idade suficiente para usar um toca-discos?

A ideia a perturbou tanto que ela nem reparou que Christian encheu seu copo de novo. Duas vezes. A música eletrônica começou a entrar no ritmo da sua pulsação e, quando ela ficou com vontade de dançar, soube que era o momento de parar de beber. Só que... era um pouco tarde para isso. Uma agitação agradável corria pelas suas veias, e ela perdeu todo o constrangimento, falando com qualquer um disposto a ouvir sobre qualquer assunto que lhe desse na telha, desde a corrida de touros em Pamplona ao fato de que as orelhas das pessoas nunca paravam de crescer. E seu cérebro disse que era tudo interessante. Talvez fosse? Todos pareciam estar rindo, e uma das atrizes chegou a puxá-la para a pista de dança improvisada, onde ela fechou os olhos, tirou os sapatos e se entregou ao ritmo.

Em certo ponto, seu pescoço formigou; ela abriu os olhos e viu Sergei observando-a do outro lado da sala, embora ele tivesse se distraído rapidamente quando Christian fez uma pergunta. Hannah voltou a dançar, insensatamente aceitando outra bebida de um maquiador.

Seus movimentos ficaram mais lentos quando o ar na sala mudou.

O lugar meio que... pareceu se iluminar.

Hannah olhou ao redor e reparou que os olhos de todos estavam grudados na entrada da sala. Porque Fox estava parado lá, com um antebraço apoiado alto no vão da porta, observando-a com ar de diversão.

— Puta merda — murmurou Hannah, parando para encará-lo junto com todo mundo.

Não havia outro jeito de anunciar a chegada dele exceto ficando calada e imóvel. Fox entrando todo sedutor na festa era como um tubarão nadando lentamente através de um cardume. Seu cabelo estava bagunçado pelo vento do oceano, sua pele bronzeada levemente desgastada por sal, sol e trabalho duro. Ele se impunha sobre tudo e todos. Arrogante. Tão arrogante e confiante e estupidamente gostoso. Ridiculamente gostoso.

— É ele — disse uma das mulheres próximas. — O cara que a gente viu do ônibus.

— Jesus, ele parece um filme pornô ambulante.

— Eu vi primeiro.

— Foda-se, *eu* tinha visto primeiro.

Uma contração na bochecha de Fox indicou que ele tinha ouvido o que estava sendo dito, mas ele não tirou os olhos de Hannah, e ela começou a... ficar meio irritada. Não, ela *estava* irritada. Quem falava "eu vi primeiro" sobre um ser humano? Ou se referia a ele como um filme pornô ambulante? Como elas ousavam imaginar que seria tão fácil... apreciar o amigo dela?

Mas e se fosse fácil mesmo?

E se ele gostasse de uma delas?

Isso não era da conta de Hannah. Era?

Ela viu quando outros sussurros alcançaram Fox e o sorriso dele perdeu a força. Não foi a primeira vez nos últimos quatro dias que repassou o que ele tinha dito quando ela chegara à cidade. *Eu não vou deixar você associar sua reputação à minha, ok?*

Os passos dele hesitavam a caminho de Hannah. Será que ele estava reconsiderando se aproximar dela porque todas aquelas pessoas estavam observando?

Sem pensar em mais nada, Hannah deixou o copo no peitoril de uma janela próxima e foi em direção ao pescador, decidida. A efervescência do álcool em sua corrente sanguínea podia estar contribuindo com suas ações naquele momento, mas era mais indignação que qualquer outra coisa. Aquelas mulheres nem *conheciam* Fox. Nem pareciam ter aprendido algo sobre seu caráter enquanto estavam na cidade. De onde vinham aquelas suposições?

Ela também tinha pensado as mesmas coisas. Não tinha?

No primeiro dia, ela o chamara de ajudante bonitinho. Imaginou que ele era mulherengo.

Tantas vezes mandou mensagens perguntando se ele estava sozinho. Fazendo gracinha. Como se houvesse uma boa chance de ele estar transando.

Então, talvez fosse uma necessidade súbita e arrebatadora de pedir desculpas que a impeliu. Hannah não ia deixar mais ninguém julgar Fox em sua presença, e nunca que ia deixá-lo hesitar ao se aproximar dela em uma festa. Ele estava no meio de uma sala sendo objetificado e ela queria ser a sua âncora.

Queria reconfortá-lo.

E, certo, talvez estivesse com ciúme também. Ciúme da possibilidade de alguém se achar no direito de reivindicá-lo, mas ela não queria pensar demais no assunto. Em vez disso, passou a língua nos lábios e definiu um local de pouso para a boca.

Hannah estava a cerca de cinco passos de Fox quando ele entendeu as intenções dela e mudou de expressão. Sua insegurança crescente desapareceu e, em um segundo, ele ascendeu a um status de pecado em pessoa. Os olhos azuis ficaram mais intensos, e o maxilar quadrado, com a barba por fazer, se flexionou. Ele estava pronto — era um homem acostumado a ser desejado e sabia o que fazer quanto a isso.

Ele sussurrou o nome dela antes que Hannah se equilibrasse na ponta dos pés, juntando a boca na dele, bem ali na entrada da sala. A garota imediatamente foi arrebatada pela avidez dos lábios de Fox, e um momento depois ele a girou, pressionando as costas dela contra a parte interna da entrada em arco, abrindo a boca e unindo sua língua à dela com um ruído engasgado.

Com os pensamentos enevoados e um calor lânguido que deixava seus lábios relaxados, Hannah percebeu que tinha cometido um erro gigante. Ela era Eva no Jardim do Éden, e tinha acabado de dar uma mordida na maçã.

Capítulo sete

Grande erro.

Enorme.

Infelizmente, tentar parar de beijar Hannah era um esforço inútil.

Fox não devia ter ido à festa, para começo de conversa. Acontece que entrara no apartamento depois de quatro noites no mar esperando encontrá-la, mas topara com um bilhete dizendo que ela havia ido a uma festa. Seu apartamento cheirava a verão, e uma capa para vestido pendia atrás da porta do quarto de hóspedes. Ele tinha começado a andar de um lado para o outro, encarando aquilo, perguntando-se que roupa de Hannah precisava ser guardada em uma capa especial.

Tentou tomar um banho e beber uma cerveja, mas se viu saindo para caminhar pela cidade, procurando a festa pela qual ela obviamente tinha se esforçado. Não foi muito difícil localizar uma casa cheia de turistas em um lugar como aquele. Ele avistou um cara cambaleando no caminho e perguntou de onde ele tinha vindo, convencendo-se de que iria apenas verificar se Hannah estava bem e garantir que ela voltasse para casa em segurança. Afinal, ele tinha prometido a Brendan que ficaria de olho nela, não tinha?

Mas aquele vestidinho vermelho...

Ele o amava — e odiava — do fundo do coração.

Porque ela não o tinha usado para ele. Nem o estava beijando por ele.

Antes de Fox viajar, Hannah tinha pensado em um jeito de deixar o diretor com ciúmes: fazer o homem pensar que ela e Fox eram mais do que amigos. Fox tinha visto o filho da puta no instante em que entrou na sala, nem a vinte metros de onde Hannah dançava adoravelmente. E agora o cara estava observando os dois se beijarem. Estava na cara que ela havia ignorado o aviso de Fox sobre associar a reputação deles, e aí... *Merda.*

Ele não conseguia parar por nada. Já estavam se beijando, e convencer os outros de que seu prazer era autêntico não foi exatamente difícil. Nem um pouco.

Jesus Cristo, o gosto dela era incrível. Frutado e doce, capaz de prendê-lo ali.

Embora tivesse desembarcado do *Della Ray* mais cedo, só naquele instante ele voltava para a terra firme.

Será que a empurrara contra a parede forte demais? Ele nunca tinha sentido tanta necessidade de enfiar a língua na boca de uma mulher. Nunca antes tinha sido tomado por urgência ou ciúme ou mil outras emoções sem nome que o fizeram abaixar o queixo dela com o dedão para explorar mais aquela boca. Meu Deus. Meu Deus.

Ela não vai sair da nossa vida de forma alguma, ok? Tira o olho.

A voz de Brendan em sua cabeça obrigou Fox a abrir os olhos, e ele viu os de Hannah apertados. Muito apertados. Passou o dedão pelo pescoço dela e sentiu crescendo ali um gemido que teria dado de tudo para saborear. Provavelmente conseguiria prolongar aquele momento — sair da festa, levá-la para casa e para a cama, dar a ela um orgasmo que a deixaria atordoada —, porque nunca precisou fazer esforço para seduzir mulher alguma.

É, um pouco mais e Hannah passaria a noite embaixo dele, mas será que ela queria isso mesmo? Não. Não, ela estava atrás de outro homem. Eles estavam passando a impressão de que definitivamente transariam mais tarde, mas dormir com Fox enquanto queria Sergei não era o estilo de Hannah. Ela era leal demais. Tinha princípios demais. E ele não tiraria isso dela, por mais que o gosto da boca daquela mulher o deixasse louco. Por mais que ela o estivesse deixando duro com aquela língua envolvente enquanto as mãos puxavam a camisa dele.

No fim das contas, Brendan tinha razão.

Hannah estava muito longe de ser algo que logo sairia da vida deles, e Fox só se relacionava a curto prazo. Curtíssimo. Essa regra pessoal o impedia de criar esperanças, de pensar que podia estar em um relacionamento de novo. As mulheres não levavam Fox para casa ou para conhecer os pais. Ele era mais o cara com quem elas traíam o namorado. Tinha ouvido a vida toda que acabaria exatamente como o pai, e confirmara muito tempo antes que compartilhava mais do que um rosto bonito com o sujeito. Ele era perfeito para deixar o diretor de Hannah com ciúmes.

É, aquilo só podia ser uma farsa. Um amigo ajudando uma amiga. Infelizmente, ele sabia o suficiente sobre mulheres para ver que Hannah não estava fingindo gostar do beijo. Aqueles gemidos ofegantes eram só para os seus ouvidos. Cabia a Fox garantir que eles não levassem aquilo longe demais — ou seja, até a cama dele.

Com um enorme esforço, Fox interrompeu o beijo e pressionou a testa na dela enquanto ambos se esforçavam para recuperar o fôlego.

— Certo, Pintadinha — disse ele. — Acho que convencemos o cara.

Os olhos dela encontraram os dele, atordoados.

— Quê? Quem?

Pela primeira vez, Fox sentiu o coração disparar em algum lugar que não o mar. Será que Hannah o tinha beijado... por ele mesmo? Porque queria fazer isso? O pescador pensou em como Hannah tinha parado de dançar quando ele entrou, como tinha se movido em direção a ele como se atraída por um ímã. Será que ele tinha entendido tudo errado? A intenção não era deixar o diretor com ciúmes?

— Hannah, eu... pensei que você queria mostrar ao Sergei o que ele está perdendo.

Ela piscou várias vezes, encarando-o.

— Ah. *Ah*. É, estou ligada — sussurrou ela depressa, balançando a cabeça algumas vezes. — Sei o que você quer dizer. S-sinto muito. — Por que ela não queria olhar para ele? — Obrigada por... ser tão convincente.

Fox não conseguiu explicar a pontada dolorosa no estômago quando ela olhou de canto de olho para Sergei para ver se ele estava assistindo.

Ah, o cara estava assistindo. Sem dúvida.

O plano já estava funcionando.

De repente, ele quis enterrar o punho na parede.

Quando Hannah se mexeu, Fox percebeu que ainda a imprensava contra a parede e recuou antes que ela sentisse sua ereção.

— Como, hum... — Hannah apertou a base do pescoço, como se quisesse esconder o rubor que começava a aparecer. — Como você sabia que eu estava aqui?

— Segui o rastro de pessoas bêbadas. — Ele se lembrou do copo vermelho na mão dela quando tinha chegado e a preocupação o fez unir as sobrancelhas. — Você não está bêbada também, né? Eu não percebi que...

— Para, eu não bebi o suficiente para você se aproveitar de mim, Fox. Só dancei música eletrônica demais. — Ela riu. — Enfim, eu que te beijei, lembra?

— Lembro, Hannah — garantiu ele em voz baixa, sem conseguir desviar os olhos dos lábios inchados dela. — Quer ficar mais um pouco?

Ela balançou a cabeça. Parou. Um sorriso se abriu em seu rosto, e tudo que ele conseguia fazer era observar, hipnotizado.

— Eu consegui — murmurou ela. — Pedi para ajudar com a trilha sonora e eles toparam. E eu não caí e quase abri a cabeça dessa vez.

Coração idiota. Coração idiota e inútil, faça o favor de parar quieto.

O problema era que Hannah ficava muito fofa depois de algumas doses e pela felicidade de uma boa notícia. Fox só conseguia pensar em beijá-la de novo, e não podia fazer isso. Tinha cumprido seu papel, agora precisava voltar urgentemente para o status de amigo. Ela parecia não ter problemas em considerá-lo assim, certo? Ele valorizava aquela amizade, então precisava seguir o exemplo dela. E rápido.

— Parabéns — disse ele, retribuindo o sorriso. — Isso é incrível. Você vai se sair muito bem.

— É... — Uma leve ruga se formou entre as sobrancelhas dela. — É. Vou mesmo. Vou acordar amanhã e as músicas vão ter voltado.

A música era como ela comunicava seus humores e sentimentos. Como interpretava tudo. Ele descobrira isso no verão anterior, e, depois de sete meses de mensagens, passou a conhecê-la melhor. Saber exatamente o que ela estava dizendo o fez se sentir... especial.

— Aonde as músicas foram?

— Não sei. — Os lábios dela estremeceram. — Talvez um sorvete ajude?

— Vamos ter que comprar a caminho de casa. Só sobrou o lado de baunilha.

— O lado que não é chocolate, você quer dizer? — Ela examinou a sala. — Acho que eu devia me despedir. Ou... — Uma expressão estranha cruzou o seu rosto. Algo como relutância, mas ele não tinha certeza. — Ou eu podia te apresentar para, hã... tem algumas pessoas interessadas...

Ele levou um minuto para perceber aonde ela queria chegar.

— Está falando das garotas que gritaram "eu vi primeiro" quando entrei na sala? — Fox beijou a testa de Hannah para que ela não visse como isso o incomodava. Não devia; ele tinha aceitado como as pessoas o viam. — Dispenso, Pintadinha. Vamos comprar um sorvete.

Depois das três primeiras vezes que Hannah cambaleou nos saltos, Fox começou a se preocupar que ela estivesse mesmo trêbada. Será que ela realmente queria aquele beijo? Se soubesse que estava tão alterada, ele no mínimo não teria deixado que durasse tanto tempo.

A nitidez da fala de Hannah apaziguou a maioria dos seus receios — todos exceto o de a garota quebrar o pescoço por causa daqueles saltos. Então, saindo da loja de conveniência, ele entrou na frente dela e gesticulou com impaciência para que Hannah subisse nas suas costas, mas não suspeitasse que ele *queria* carregá-la.

— Em geral, não é assim que as mulheres montam em mim. — Ele dobrou os joelhos de leve para compensar a diferença de altura entre eles. — Mas o sorvete vai derreter se tivermos que fazer uma pausa no pronto-socorro, então suba aqui.

Ele adorou que ela simplesmente saltou. Não teve um segundo de hesitação para ler as intenções dele, nem disse que andar de cavalinho era uma ideia louca. Só enfiou o pote de sorvete de chocolate embaixo do braço e pulou, envolvendo o braço livre frouxamente ao redor do pescoço de Fox.

— Reparou na minha falta de habilidade com salto alto, né? Sabe o que é doido? Eu gosto muito deles. Piper não quis dizer quanto custaram... suspeito que seja porque ela nunca chegou a verificar a etiqueta... mas o preço astronômico significa que é meio como andar em bolas de algodão. — Ela bocejou no pescoço dele. — Eu a julgava por usar sapatos desconfortáveis em nome da moda, mas eles são confortáveis e realmente alongam a perna, Fox. Acho que só preciso de treino.

Certo, ela não estava bêbada, mas tinha bebido o suficiente para divagar, e ele não conseguia parar de sorrir enquanto passavam embaixo de um poste.

— Ficam bem em você.

— Obrigada.

Que eufemismo gigante. Eles faziam as pernas dela parecerem delicadas e fortes ao mesmo tempo, flexionando suas panturrilhas. Fazendo-o reconhecer quão perfeitas ficariam sob a palma da sua mão. Fazendo-o querer acariciá-las. Fox engoliu em seco, apertando com mais força os joelhos dela. *Não ouse subir ou descer as mãos, pervertido.*

— Então você conseguiu permissão para ajudar na trilha sonora. O que isso significa? — Ele sentiu um peso na garganta. — Você vai passar mais tempo com o Sergei?

Se ela percebeu o tom levemente esganiçado, escolheu ignorá-lo.

— Não. Só com a Brinley. A protagonista, sabe?

Um pouco da pressão em seu peito se dissipou.

— Não gosto que chame outras mulheres assim. Como se você não estivesse na mesma categoria.

Ela apoiou o queixo no ombro dele.

— Hoje à noite eu senti que era uma delas. Ganhei meu grande beijo dramático de filme e tudo o mais.

— É. — A voz dele parecia vir do fundo de um barril. Agora que o choque do beijo estava passando, ele só conseguia se preocupar se as pessoas da cidade descobririam. *Ficou sabendo que o Fox beijou a sua irmã mais nova? Era só questão de tempo.* — Houve algum progresso no front Sergei enquanto eu estava fora? — ele se obrigou a perguntar.

— Ah... não. Não avançamos nem um metro.

A decepção silenciosa em sua voz fez Fox se virar bruscamente, batendo os pés na escada que levava ao seu apartamento, a sensação sufocante de volta no peito, junto com aquela pontada estranha de ciúmes à qual ele não queria mesmo se acostumar.

— Isso serve para você aprender a não dispensar de cara meu conselho de morder lábios e apertar braços — ele se forçou a dizer.

— Ah, vai, não era um conselho sério e aproveitável. O que mais você tem, Garotão?

O que ele devia fazer? Recusar-se a dar um conselho e deixar seu ciúme infundado nítido? Por um instante, ele considerou dar sugestões terríveis para ela. Tipo dizer que os homens amam diagnosticar erupções cutâneas esquisitas, ou ser o único homem em uma noite de karaokê só de garotas bêbadas. Só que Hannah era esperta demais para cair nisso. Ele só teria que torcer para ela ignorar esse conselho como da última vez.

Por que mesmo ele estava torcendo por isso? Não devia ser amigo dela?

— Hum. — Ele tentou engolir a culpa, mas só metade desceu. — Os homens gostam de se sentir úteis. Isso mexe com nosso precioso orgulho de macho alfa. Encontre algo pesado e fale que precisa que ele levante. Vai enfatizar suas diferenças físicas e, portanto, o fato de que ele é um homem e você, uma mulher. Os homens precisam de bem menos incentivo para pensar em...

— Sexo?

Jesus, era como se ele tivesse comido algo apimentado. Não conseguia parar de pigarrear... ou de pensar nela com o diretor.

— Exato — ele praticamente rosnou.

— Nota mental — disse ela, fingindo escrever no ar —, encontrar pedregulho. Pedir ajuda. Manipular a psique masculina. Uau, acho que entendi.

Fox duvidava que os bracinhos de lápis daquele sujeito conseguiriam erguer uma pedrinha sequer, que dirá um pedregulho, mas guardou isso para si.

— Você aprende rápido.

— Obrigada. — Ela deu um sorrisinho por cima do ombro dele. Foi tão adorável que ele teve que retribuir. — Como foi a viagem de pesca?

Fox soltou o ar enquanto procurava as chaves no bolso, usando o luar para decifrar qual era a do seu apartamento.

— Boa. Meio difícil.

Ele provavelmente nunca teria admitido isso em voz alta se não estivesse distraído pelo ciúme. Que inferno, aquilo *não* combinava com ele.

Não era como se quisesse namorar com ela.

Nossa, não. Namorar? Ele? Fox apagou a centelha ridícula de esperança antes que crescesse. Já era ruim ter permitido que o beijo continuasse por tanto tempo. De jeito nenhum a arrastaria para a lama consigo.

Assim que passaram pela porta do apartamento, Fox a fechou com um chute e Hannah deslizou das suas costas. Ele não conseguiu deixar de notar como ela puxou a barra do vestido para baixo. O tecido tinha subido bastante nas suas pernas longas. E, Deus, a pele no interior das suas coxas parecia lisa. Lambível.

— Por que a viagem foi difícil? — perguntou ela, seguindo-o até a cozinha com seu pote de sorvete.

Uma dureza, de fato.

Fox balançou a cabeça enquanto tirava duas colheres da gaveta.

— Por nada. Esquece o que falei.

Corada e com os olhos arregalados, ela se apoiou na ilha da cozinha.

— Foi culpa do Brendan? Porque não posso falar mal do noivo da minha irmã. A não ser que você queira. — Ela esperou um segundo. — Certo, você me convenceu. Qual é a dele? Às vezes é tão grosso. E, tipo, qual é a daquele gorro? Está colado na cabeça dele?

Uma risada escapou antes que ele conseguisse se conter.

Como ela fazia isso? Como conseguia libertá-lo das garras do ciúme e fazê-lo se sentir em um lugar de conforto e pertencimento de novo? Na sua cozinha, sem mais ninguém por perto, era muito mais fácil relaxar. Só havia eles. Só Hannah, agora descalça, abrindo a tampa do pote de sorvete e dando atenção total a Fox. Ele queria aprofundar esse foco nela. Ele era... egoísta quando se tratava de Hannah. É. Queria sua amiga só para si. Diretores estavam proibidos.

— Acho que podemos dizer que foi tensa por causa do Brendan — confessou Fox devagar, oferecendo uma colher para Hannah sobre a ilha. — Mas também tenho a minha parcela de culpa.

— Vocês brigaram?

Ele balançou a cabeça.

— Não foi uma briga. Só uma diferença de opiniões. — Isso era um eufemismo, considerando que ele e o melhor amigo tinham passado a semana toda parecendo água e óleo. Brendan continuara a abordar o assunto desconfortável das intenções de Fox com Hannah, levando-o a evitá-lo, o que não era fácil no meio do oceano. Eles saíram do barco enfurecidos, marchando em direções opostas assim que atracaram. — Você sabia que Brendan vai comprar mais um barco de pesca? Está sendo construído no Alasca e está quase pronto.

Hannah assentiu com a primeira colherada na boca.

— Piper comentou, sim.

Ele teve que respirar fundo para falar a próxima parte em voz alta. Não tinha contado a ninguém.

— No verão passado, mais ou menos na época em que você e Piper apareceram, Brendan pediu que eu assumisse como capitão do *Della Ray*. Assim, ele poderia ficar no barco novo e focar em reunir uma segunda tripulação para conseguirmos ter uma presença mais expressiva durante a temporada de caranguejo.

Ele esperou os parabéns. Esperou que ela ofegasse, contornasse a ilha e o abraçasse. Para ser sincero, não teria se incomodado com o abraço.

Em vez disso, ela abaixou a colher e o observou solenemente, uma série de pensamentos dançando em seus olhos.

— Você não quer ser o capitão do *Della Ray*?

— Claro que não, Hannah. — Ele riu, sentindo uma serra contra a nuca. — É uma honra ser convidado. Aquele barco é... uma parte da história desta cidade. Mas, caramba, não estou interessado em assumir uma responsabilidade dessa. Não quero isso. E ele devia me conhecer bem o suficiente pra perceber. Você também devia me conhecer bem o suficiente pra perceber.

Hannah piscou.

— Eu te conheço bem o suficiente, Fox. A primeira conversa que tivemos foi sobre como você ficava feliz em acatar ordens e sair com o seu salário.

Por que ele odiava a primeira impressão que tinha dado a ela mesmo sendo extremamente precisa? Ele até estava perpetuando a ideia agora. Insistindo. Porque era a verdade — ele *estava* feliz assim. Precisava estar.

Aos dezoito anos, aspirara ser mais que um pescador. Tinha até fundado uma *start-up* com um amigo da faculdade e colega do curso de administração. Westport e sua fama de galinha estavam quase no espelho retrovisor quando ele percebeu que nunca poderia escapar. Mesmo a milhares de quilômetros, seu passado e as expectativas que as pessoas tinham dele projetavam uma sombra sobre sua vida. Arruinaram seu negócio e a parceria que ele tentou construir. Sua reputação o seguiu, envenenando tudo em que tocava. Então, sim, não havia por que tentar ser algo que não era.

Os homens não queriam um líder, um capitão, que não respeitavam.

— Isso mesmo. — Ele se virou e pegou uma cerveja da geladeira, abrindo-a com os dentes. — Estou bem assim. Nem todo mundo tem que almejar o sucesso. Às vezes, sobreviver já é igualmente recompensador.

— Certo. — Ele encarou Hannah outra vez e a viu assentir. Ela parecia querer ficar em silêncio, mas não conseguiu. — Mas você já tentou se visualizar sendo o capitão?

— Visualizar? — Ele arqueou uma sobrancelha. — Você está, mais do que nunca, parecendo uma garota de Los Angeles.

— Se aquela cidade sabe fazer uma coisa, Garotão, é terapia.

— Eu não preciso de terapia, Hannah. E não preciso que você interprete a atriz coadjuvante, certo? Não foi por isso que te contei, para você me ajudar a resolver meus problemas.

Hannah recuou e afrouxou o aperto na colher, que caiu na ilha com um tinido alto. Ela teve que colocar a mão sobre o talher para silenciar o barulho metálico.

— Você tem razão — sussurrou. — É exatamente o que estou fazendo. Desculpa.

Fox queria que um poço de areia movediça o engolisse para não ter que ver a resignação atordoada no rosto dela. Tinha sido ele mesmo a provocar aquela expressão? Qual era o problema dele?

— Não, eu é que peço desculpa. Foi uma coisa desprezível de se dizer. Perdão. Eu só estou… na defensiva.

Um canto da boca de Hannah se ergueu, mas o sorriso não era totalmente genuíno.

— Na defensiva? Você está, mais do que nunca, parecendo um garoto de Los Angeles.

Meu Deus, como ele gostava dela.

— Escuta, eu não consigo… — Havia um nó pulsante bem no seu âmago, exigindo que ele dissesse a ela algo sincero para compensar a grosseria. — Visualizar. Tá bem? Quando me visualizo como capitão, eu vejo um impostor. Não sou o Brendan. Não levo absolutamente tudo no mundo a sério. Sou só um cara que gosta de se divertir, todo mundo sabe disso.

Ele tomou um longo gole da cerveja e a pousou com força na ilha. Alguns anos antes, Brendan o tinha promovido a capitão substituto e, apesar das reservas de Fox, ele aceitara a posição a contragosto, sabendo que raramente precisaria tomar o leme das mãos do confiável Brendan. Desde então, os homens gostavam de brincar que Fox não se importava em comer os restos dos outros. Quando ele tomava o leme por um breve período, eles comparavam a ocasião aos seus casos de uma noite.

É entrar e sair. Só o suficiente pra molhar o pau, né, cara?

Fox ria, fingindo não se importar, mas os comentários se enterravam sob sua pele, cada vez mais fundo. Especialmente desde o verão anterior. E agora Brendan queria que ele fosse o capitão? Que enfrentasse ainda mais ceticismo e desrespeito? Sem chance.

— Uma hora ele vai perceber que foi um erro. Só estou tentando ser solícito e poupar o tempo precioso de todo mundo.

Hannah ficou em silêncio por um instante.

— Acho que é assim que você se sente quando digo que não sou uma protagonista.

Ele hesitou. O fato de ela se escalar para um papel permanente de reserva o enlouquecia. Mas não: as situações eram completamente diferentes.

— A diferença é que você quer ser uma protagonista. Eu não quero ser o herói da história. Não estou interessado.

Ela pressionou os lábios, formando uma linha fina.

Fox semicerrou os olhos.

— Você está fazendo esse negócio com a boca porque está tentando segurar todos os termos psicológicos que quer jogar em mim?

Ela fez uma expressão desolada.

— Estou.

Fox deu uma risada forçada.

— Sinto muito pela decepção, Pintadinha, mas não tem nada aqui. Nem todo mundo é um terreno fértil para consertar.

Ela ergueu os ombros, então os deixou cair.

100 TESSA BAILEY

— Tá bom, não vou tentar. Se você diz que não quer ser capitão, vou acreditar e apoiar você.

— Sério?

— Sim. — Alguns segundos se passaram. — Depois que você se visualizar sendo bom no papel. Se coloque na casa do leme e se imagine gostando da experiência. A tripulação acha que você curte se divertir, mas existe hora para diversão e hora para responsabilidade. Eles veem que você reconhece a diferença.

— Hannah... — Por que ele estava entrando em pânico? Não queria se imaginar sendo levado a sério como substituto de Brendan. Só criaria falsas esperanças. Ela não percebia isso? Além disso, era impossível. Mesmo se a imaginação dele conseguisse conjurar algo tão improvável, ele nunca seria capaz de realisticamente se ver em uma posição de liderança. — Não consigo — disse, dando de ombros. — Não consigo ver, e não quero. Tudo bem? Mas valorizo que você tenha tentado por mim.

Ela assentiu depois de um segundo.

— Tá bom. — Então abriu um sorriso lento e brincalhão. — Receio que nosso tempo acabou. Vamos retomar essa discussão na sessão da semana que vem.

— Sinto muito por não ter feito nenhum grande avanço.

Ela saboreou lentamente outra colherada de sorvete de chocolate, e as suspeitas dele aumentaram quando sua boca se curvou de forma convencida ao redor da colher. A garrafa de cerveja dele permaneceu a um centímetro dos lábios enquanto ele observava Hannah contornar o balcão confiante e colocar a colher no lava-louça.

— Ah, acho que plantei uma sementinha.

E talvez tivesse mesmo.

Porque, quando ela o olhou nos olhos, ele extraiu força suficiente para se visualizar na casa do leme por um brevíssimo momento. Pela primeira vez desde que Brendan pediu que considerasse o trabalho, Fox se permitiu agarrar o leme imaginário, sabendo que não teria que cedê-lo no instante em que o atual capitão voltasse de uma ida ao banheiro ou depois de consertar alguma coisa na sala de motores. Fox estaria no comando desde o momento em que partissem até atracarem de novo. Imaginou ouvir a própria voz no rádio, a movimentação no convés.

Voltar para casa depois de fazer tudo certo, merecendo o respeito da tripulação — era aí que ele tinha dificuldade. Não conseguia imaginar isso de jeito nenhum.

Fox espantou a imagem o quanto antes, pigarreando alto.

— Boa noite, Pintadinha.

— Boa noite — disse Hannah carinhosamente, ficando na ponta dos pés para beijar a bochecha dele. — Que tipo de música foi o dia de hoje?

O pescador suspirou, feliz em estar de volta em território familiar.

— Voltar pra casa depois de quatro dias na água? Humm. Algo sobre o lar.

— "Home", de Edward Sharpe and the Magnetic Zeros.

Ele quase não conseguiu impedir sua mão de se aproximar para ajeitar o cabelo dela.

— Não conheço essa — disse com esforço.

— Vou te mandar antes de dormir. É perfeita.

Fox assentiu.

— E a sua?

Hannah mexeu as sobrancelhas e deu um passo para trás.

— "Just One Kiss", do The Cure.

Só um beijo.

— Que engraçado.

Observando-a cruzar o apartamento no seu vestido vermelho curto, lançando um sorriso convencido para ele antes de desaparecer no quarto de hóspedes, Fox começou a se perguntar se receber Hannah em sua casa poderia ser ainda mais perigoso do que havia imaginado.

Se coloque na casa do leme e se imagine gostando da experiência. A tripulação acha que você curte se divertir, mas existe hora para diversão e hora para responsabilidade. Eles veem que você reconhece a diferença.

Hannah achava que, se cavucasse um pouco, encontraria algo interessante ou que valesse a pena dentro dele? Que encontraria a ambição de Fox, há tanto tempo enterrada?

Talvez ele devesse mostrar a ela o que fazia de melhor.

Ele poderia tirar cada pensamento de sua linda cabecinha, deixando apenas a certeza de que estava à altura do que diziam. Que só servia para uma coisa.

Fox imaginou Hannah do outro lado da parede, o vestido vermelho deslizando até seus tornozelos. Como sua pele coraria se ele simplesmente abrisse a porta.

Só um beijo, ele diria, respirando contra a nuca dela. *Vamos ver isso aí.*

Não. Não estrague tudo.

E ele estragaria. Em um segundo. A verdade era que... pela primeira vez em muito, muito tempo, Fox não queria que uma mulher pensasse que ele só era bom para uma coisa. Hannah era como um soprador de folhas voltado diretamente para a pilha intocada de possibilidades dele — e, cacete, até que era legal ter esperanças. Ao mesmo tempo, ele queria enfiá-las de volta sob a lona. Protegê-las.

Fox deu um passo na direção do quarto dela, repassando o beijo na mente, imaginando a cama quicando e os gritos dela enchendo o apartamento. Só pela graça de Deus conseguiu entrar no seu quarto sem bater na porta de Hannah — mas com certeza passou a noite toda pensando nisso.

Capítulo oito

Eles não filmaram no sábado, e a maior parte do elenco e da equipe foi para Seattle aproveitar o tempo livre. Hannah recebeu uma mensagem de Christian às dez da manhã dizendo: *Você vai pra Seattle, sim ou não? Enfim, tanto faz.* E embora fosse muito difícil recusar um convite tão gentil e generoso, ela não via a hora de passar um tempo só com a irmã. Com Brendan de volta na cidade para manter os pais entretidos, o capitão sabiamente entregou seu cartão de crédito a Piper, resmungou para ela tomar cuidado, deu um beijo na noiva como se o céu estivesse desabando e a empurrou meio atordoada na direção de Hannah, que esperava na entrada da garagem fingindo vomitar com a demonstração pública de afeto.

— Não, sério mesmo — disse Hannah, subindo no banco do passageiro da caminhonete de Brendan, que elas pegaram emprestada para o passeio. — Sua vagina não fica cansada?

Piper riu.

— Às vezes até fica, mas é só um sinal para eu me hidratar. — Hannah caiu de lado no assento, rindo, e a irmã bagunçou seu cabelo com um sorriso indulgente. — Quando ele faz do jeito certo, eu nunca me canso. — Piper conferiu a maquiagem no retrovisor, estalou os lábios e ligou o carro. — Um dia, você vai ter motivos para concordar.

Hannah não gostou de para onde sua mente imediatamente a levou.

O modo como Fox a tinha observado na noite anterior enquanto ela entrava no quarto.

Ele não devia achar que ela olharia para trás, senão não estaria com aquela expressão. Sinceramente, a palavra "sedutor" parecia ridícula para Hannah em condições normais. Fazia com que ela se lembrasse de trailers de filmes antigos da Sharon Stone. E ouvia a palavra de vez em quando, enquanto zapeava pelos canais da TV a cabo, o reduto dos comerciais de café.

Blends sedutores. Aroma sedutor.

Ela nunca considerara o verdadeiro significado de "sedutor" até aquele momento. Fox era bonito. Tipo, muito. Isso era óbvio. Mas, na noite anterior, sua expressão tinha acidentalmente fornecido um vislumbre dos bastidores com ele, e foi como chegar em outro país, com uma moeda e um clima diferente. Ela até arriscaria chamar a expressão de "secada". Ele estava pensando em sexo enquanto a olhava — não tinha dúvida. E embora ela estivesse mentindo se dissesse que não sentia uma corrente de tensão física entre eles, Hannah sempre achou que era uma coisa que Fox emanava naturalmente, por si só. Era uma consequência de ficar perto dele.

Mas a noite anterior tinha sido diferente.

Na noite anterior, por um breve momento, toda aquela energia sexual intensa estivera concentrada nela, e, como se houvesse entrado em um forno, o clima tinha esquentado para Hannah, os botões de sua consciência virados para a potência mais alta. Será que Fox queria passar a noite com ela? O fato de que tinha dado conselhos para ela conquistar a atenção de Sergei fazia a possibilidade parecer remota. Mas só a ideia de Fox desejá-la era como pular de paraquedas. Uma queda livre de revirar o estômago.

Na UCLA, ela namorara um dos colegas do curso de história da música, um relacionamento que durou pouco mais de um ano. Foi sério o bastante para que apresentasse o rapaz aos pais e eles viajassem juntos para Maui nas férias. Mas seu interesse nele se baseava principalmente em conveniência, já que os dois tinham aulas juntos e ele não dava chilique quando Hannah ia para o mundo da lua com seus fones de ouvido. Só ligava o Xbox e viajava também. Depois de um tempo, o relacionamento se transformou em uma competição de melhores maneiras de ignorar um ao outro — com certeza não havia motivo para usar a palavra "sedutor" nesse caso.

Enquanto alimentava seu interesse por Sergei, ela havia saído com outras pessoas. Um figurante que conhecera no set, recém-saído de uma fazenda em Illinois, que estava correndo atrás de seus sonhos em Los Angeles. Um coordenador de dublês que passou a noite toda testando o conhecimento dela sobre filmes clássicos, o que tecnicamente não a incomodou — eram amigos nas redes sociais agora —, mas não rolou uma conexão viável.

Em outras palavras, Hannah estava jogando na segunda divisão.

Se o beijo na festa fosse um indicativo, Fox era uma divisão à parte quando se tratava de intimidade. Lógico, ela sabia disso. Em teoria. Ele era um Casanova renomado e nem se dava ao trabalho de negar. Experimentar suas habilidades na noite anterior, colocando todo aquele conhecimento em prática, tinha sido revelador — para dizer o mínimo.

Hannah tinha quase certeza de que seu cérebro e seus ovários haviam trocado brevemente de lugar durante o beijo.

Se ele quisesse dormir com ela — e, tudo bem, era bem possível ela ter entendido tudo errado —, o que Hannah faria com aquela... secada sedutora? Por que não conseguia parar de pensar naquilo? O jeito como ele se moveria. Como grunhiria quando atingisse o clímax. A sensação da frente de suas coxas musculosas contra a parte de trás das dela.

Ele faria a coisa do jeito certo.

Ele a deixaria desidratada.

— Hannah.

— Quê? — berrou ela.

Piper deu um gritinho e virou bruscamente a caminhonete, lançando um olhar chocado para a irmã.

— Eu perguntei se você queria parar pra tomar um café.

— Ah. Desculpa. — Será que estava suando? — Vamos.

Hannah balançou a cabeça, se concentrando em contar as linhas brancas da faixa de pedestres no meio da rua. A culpa se assentou em seu estômago como sedimento em uma taça de vinho. Não ia mais pensar em Fox daquele jeito. Um jeito sexual. O beijo, seguido por aquele olhar faminto, a havia desconcertado. Agora ela precisava recuperar o foco. Voltar para a segunda divisão. Voltar para a sua paixãozinha inofensiva pelo diretor. Provavelmente tinha entendido errado as intenções de Fox.

Depois de pararem para comprar lattes gigantes cheios de caramelo e chantilly, Piper dirigiu por cerca de quarenta minutos até um outlet mais ao sul da cidade. Elas passaram o dia garimpando araras de roupas, mas estavam ocupadas demais colocando a fofoca em dia para comprar muita coisa, embora Piper tivesse saído da loja de lingerie parecendo muito satisfeita com uma sacolinha cor-de-rosa e Hannah tivesse comprado um novo par de óculos de sol com aro de tartaruga redondo. Elas passaram a maior parte da tarde no almoço demorado em um bistrô francês aconchegante, pedindo um café de tempos em tempos para não serem expulsas.

Na volta para Westport, o céu escurecia e Hannah cantava junto com o rádio — mal, mas a irmã estava acostumada.

— Ei — disse Piper quando a música acabou. — Brendan vai levar os pais no Cross e Filhas hoje. Quer ir também?

— Como se eu fosse perder a chance de conhecer os responsáveis por gerar o sr. Cruel. — Ela tirou o celular do bolso. — Só deixa eu avisar o Fox.

Piper fungou alto.

— Estou ficando na casa dele. É questão de educação. — Hannah começou a escrever uma mensagem rápida, então hesitou. — Será que eu devo perguntar se ele quer ir também?

— É sábado à noite. Ele não tem... — A irmã deu um olhar significativo para ela. — Planos?

— Planos, tipo... ah. — O estômago de Hannah não tinha o direito de embrulhar. — Eu... Quer dizer, ele não comentou sobre nenhum encontro nem nada. Mas, se eu convidar, o pior que pode acontecer é ele dizer não.

Por que ela estava com medo de Fox recusar? De que ele dissesse que estava a caminho de Seattle para suas atividades recreativas de sempre? Como Fox ocupava o tempo dele não era problema dela. Os dedos de Hannah pairaram sobre a tela por alguns segundos antes de ela digitar uma mensagem.

> **Hannah (19:18):** Indo para o Cross e Filhas com a Piper, se estiver interessado.

Ele respondeu um minuto depois.

> **Fox (19:19):** Te vejo lá, Pintadinha.

Hannah soltou o ar devagar e recostou a cabeça no assento. A rapidez com que seu estômago se acalmou foi alarmante. Mas era verdade. Foi como um mar revolto virando um lago tranquilo com apenas quatro palavras. O que era *aquilo*? Será que ela só estava ansiosa para aproveitar o curto período que tinha com um amigo? Era uma possibilidade, certo?

Elas entraram no Cross e Filhas pouco tempo depois, quando a clientela da noite estava começando a chegar. O coração de Hannah se apertou assim que ela cruzou a entrada, bombardeado por lembranças dela e de Piper lixando o bar velho e abandonado, encontrando aquela foto de Henry atrás de um pedaço de madeira compensada, correndo até a porta com uma frigideira em chamas, preparando-se para a grande inauguração. Tantas lembranças contidas em um espaço tão pequeno... E ainda sentia uma baita satisfação por saber que fora ela quem pendurara a rede de pesca pintada com spray dourado no teto.

Piper foi para trás do bar para falar com Anita e Benny, a garçonete e o bartender recém-contratados que havia mencionado no almoço. A irmã parecia muito confiante, apontando itens no menu de bebidas e respondendo a uma pergunta sobre como operar a caixa registradora. Um ano antes, Piper nunca tinha sequer conferido seu saldo no banco, muito menos sabia calcular o fluxo de caixa. Agora era a dona de um bar de sucesso.

Nossa, Hannah estava orgulhosa da irmã.

— Tudo bem aí?

Ela se virou ao som da voz grave e arrastada de Fox, encontrando-o em uma banqueta do bar, um braço apoiado nas costas do assento e o outro segurando uma garrafa de cerveja no colo. Hannah não teve como evitar o arrepio que correu pelo seu pescoço e se espalhou pela frente do corpo, endurecendo os mamilos. Aconteceu tão rápido que ela não teve tempo de pensar em algo para impedir o efeito, como lesmas, meleca ou um fungo de pé.

Fox observou tudo acontecer com um olhar malicioso, os olhos azuis ficando um tanto mais sombrios enquanto desciam para os seios dela e ele erguia a garrafa de cerveja até os lábios esculpidos para dar um gole longo.

Controle-se, Hannah.

Aquele era o efeito que Fox tinha nas mulheres, mas ela não precisava ser como todas as outras e permitir que aquilo se tornasse um problema. Podia reconhecer que ele era atraente e continuar na linha, certo?

— Oi. É. Eu estava só, hã... — Implorando a si mesma para parar de ser idiota, Hannah se acomodou na banqueta ao lado dele. — Só estava lembrando de todo o trabalho que tivemos com este lugar.

Ele assentiu.

— Vocês duas ressuscitaram este bar.

Ela o cutucou com o cotovelo, suspirando internamente quando os músculos firmes de Fox nem se mexeram.

— Você ajudou.

— Eu só estava aqui pela companhia — disse ele em voz baixa, sustentando o olhar de Hannah por tempo suficiente para revirar o estômago da garota.

Então, como que se obrigando a trocar de marcha, ele estendeu a mão e cutucou o nariz dela.

— Vai beber o quê?

— Hum. Não quero destilado. Esgotei minha cota anual ontem à noite. Cerveja, talvez?

— Cerveja, então.

Fox assentiu para Benny e pediu algo que soava vagamente alemão. Um instante depois, Hannah bebericava um copo frio com uma substância dourada e uma rodela de laranja na borda.

— Isso é bom. É cerveja?

Ele sorriu.

— Vixe. Alguém vai esgotar sua cota anual de cerveja também.

— Ah, não. De jeito nenhum. Tenho que estar no set de manhã.

— Veremos. — Ele cruzou os braços, convencido. — Faz um tempo que você não vem aqui.

Hannah parou no meio de um gole.

— O que quer dizer com isso?

Ela não chegou a ouvir a resposta, porque, nesse momento, Piper cutucou seu ombro e a apresentou aos pais de Brendan com um floreio.

— Hannah, esses são o sr. e a sra. Taggart. Michael e Louise, essa é minha irmã, Hannah.

Ah, eram os pais de Brendan, sem dúvida. Não tinha como negar. Eles tinham ombros rígidos e um olhar sério, e não estavam nem um pouco confortáveis no bar. Mas estavam tentando, ainda que ostentassem um sorriso meio forçado. Mesmo sem olhar para Piper, Hannah conseguia sentir o nervosismo da irmã por estar com os dois ali, então fez o que fazia de melhor: convocou a garota sociável dentro de si.

Abrindo um sorriso largo, se levantou do banco e beijou o casal mais velho na bochecha, apertando a mão dos dois e dedicando toda a sua atenção a eles.

— É um prazer conhecer vocês. Estão gostando da estadia em Westport?

A tensão de Louise se dissipou um pouco.

— Estamos, sim. A cidade não mudou muito, o que é bem reconfortante.

Tal mãe, tal filho, hein?

— Piper passou a tarde inteira falando sobre como foi incrível receber vocês aqui. Deviam ficar preocupados de ela trancar os dois em casa e não deixar vocês irem embora.

Louise deu uma risadinha, corando um pouco.

— Ah. Bem, é muito gentil da parte dela.

Hannah assentiu.

— Ela até criou um coquetel especial para a visita. O... Taggart-tini. Né, Pipes? — A irmã a encarou de volta sem piscar, com um sorriso congelado na cara. — Está esperando o quê? Vá fazer um pra eles.

Piper se virou e contornou o bar com a agilidade de um bicho-preguiça.

Querendo dar um tempo para a irmã inventar o Taggart-tini, Hannah pôs uma das mãos no braço de Fox.

— Vocês devem conhecer o Fox, certo? Ele cresceu com o Brendan.

Não havia como não reparar que a expressão de Louise ficara mais fria. Foi muito sutil, mas Hannah notou a tensão nos cantos da boca da mulher.

— Conhecemos, sim. Olá, Fox.

Fox virou um pouco o corpo e assentiu para o casal.

— É bom ver vocês, sr. e sra. Taggart. — Seu sorriso parecia artificial. — Espero que estejam aproveitando a visita.

— Estamos, obrigada — respondeu Michael, igualmente rígido.

Por dentro, Hannah estava franzindo a testa e querendo perguntar para Fox o que estava rolando ali, mas Piper escolheu aquele exato momento para deslizar dois martínis vermelhos sobre o balcão.

— Aqui está! — cantarolou ela, por entre os dentes cerrados. — O Taggart-tini.

— Ah, bem, eu não deveria... — começou Louise, apalpando o colarinho.

— Ah, mas vai experimentar, não vai? — Hannah passou as bebidas ao casal, ajudando-os a bater as taças uma na outra. — Um golinho não vai fazer mal.

Vinte minutos depois, Louise segurava o rosto de Piper, suas palavras levemente arrastadas.

— Nunca vi meu filho tão feliz. Você é um anjo. Um anjo, não é, Michael? Nosso filho sorri agora! É quase constrangedor como não para de sorrir, e vocês... vocês vão me dar netos, não vão? Ah, por favor. Você é um anjo. Meu filho é um homem sortudo.

Piper olhou para Hannah, piscando para conter as lágrimas de gratidão.

Obrigada, ela fez com a boca.

Hannah suspirou, satisfeita, e voltou para a sua cerveja, que já estava quente. Só depois de um tempo percebeu que Fox a encarava.

— Caralho, Hannah. Que jogada de mestre.

Ela fez uma mesura discreta.

— O poder do álcool, Garotão.

— Sem essa. — Ele balançou a cabeça categoricamente. — Foi tudo você.

— A Piper estava tendo dificuldades para se conectar com a Louise. Elas só precisavam de um empurrãozinho. Quem não ama a Piper? — Ela olhou por cima do ombro e viu a mãe de Brendan tentando dançar uma música lenta com a nora. — Vamos ver se ela ainda vai estar grata amanhã, quando tiver que lidar com uma sogra de ressaca.

Fox riu baixinho.

— Nada que umas batatas cheias de gordura não possam curar. O importante é que elas quebraram o gelo.

Não mencione o clima estranho entre Fox e Louise. Não. Por que você tem que falar sobre tudo?

— Falando em gelo... — *Ótima transição, hein.* — Foi coisa da minha cabeça ou realmente houve um certo desconforto entre você e a mãe do Brendan?

Ele levou um tempo para responder.

— Não, não foi coisa da sua cabeça. — A risada alta de Fox ressoou enquanto ele se remexia na banqueta. — Não é nada sério. Eles só eram protetores quando Brendan era pequeno, e eu era, sabe, a má influência do filho perfeito deles.

Não havia amargura em sua voz — era só um fato.

— Você acha que era uma má influência?

— Não — respondeu ele devagar, depois de vários segundos. — Eu era, hum... promíscuo antes que os outros garotos da minha idade estivessem prontos para isso. Mas nunca pressionei ninguém a fazer... o que eu fazia. O que eu faço — emendou depressa. — Eu nunca faria isso, meu Deus.

Parecia que ele queria dizer mais. Muito mais.

E Hannah queria ouvir. Aquela explicação mascarava algo mais profundo, mas ele já estava pedindo mais cerveja para os dois e mudando de assunto, perguntando sobre o dia dela. A pauta obviamente delicada foi esquecida, e logo eles estavam rindo. Outros tripulantes do *Della Ray* começaram a chegar aos poucos no bar e se uniram ao grupo, até que todos estavam ao redor das duas banquetas, contando histórias enquanto Hannah se refamiliarizava com os moradores locais que tinham se tornado tão importantes para ela no verão anterior.

Ela não tinha aquilo em Los Angeles. E sentia falta. Muita.

Lá, ela ia do trabalho para casa e vice-versa. De vez em quando, saía para beber com os colegas da Storm Born, mas nunca tinha *aquela* sensação. A de que estava no lugar certo. Que estava em casa e seria aceita ali, sem questionamentos. Sempre.

Durante uma história particularmente longa de Deke, Hannah sentiu Fox observando-a e retribuiu o olhar, o álcool pulsando em suas veias, fazendo seus braços e pescoço se arrepiarem lentamente.

Ok, é o álcool.

Fascinada, ela o viu umedecer o lábio inferior e esfregá-lo no superior, dando um aspecto fresco e viril para aquela boca. Sob as pálpebras pesadas, os olhos de Fox nunca se afastavam dela.

Blends sedutores. Aromas sedutores.

Sharon Stone.

Vá pra casa, você está bêbada.

— É hora de jogar moedas! — gritou Benny atrás do bar, tocando um sino que ficava acima da caixa registradora. — Quem são as vítimas de hoje?

Fox agarrou o punho de Hannah e ergueu sua mão antes que ela entendesse o que estava acontecendo.

— Que tal irmã contra irmã? — gritou Brendan dos fundos do bar.

Hannah e Piper se entreolharam através da multidão como duas pistoleiras do Velho Oeste.

— Pode vir! — gritou Hannah.

O bar irrompeu em vivas.

Lá se foi a ideia de voltar cedo para casa.

Fox se reclinou no banco para ter uma visão melhor de Hannah, que era o centro das atenções no meio do bar enquanto competia contra a irmã no jogo de moedas mais bobo que ele já testemunhara.

Só havia uma regra: quicar a moeda na mesa e fazê-la cair no copo de cerveja.

Mas, no Cross e Filhas, eles tinham uma regra adicional. Toda vez que um jogador acertava a moeda no copo, tinha que contar ao bar inteiro um fato constrangedor sobre si mesmo. A tradição nasceu em uma noite em que um turista bronzeado decidiu jogar e, de alguma forma, foi convencido de que aquela era uma regra válida. O que tinha começado como uma brincadeira com um turista logo se tornou oficial.

Hannah nem tinha hesitado ao ouvir as regras, só assentiu como se elas fizessem total sentido. Não foi a primeira vez que Fox se maravilhou ao ver como ela se encaixava facilmente ali, como se morasse desde sempre na cidade. Ela havia chegado no verão anterior e arranjado um emprego na Disco e Aquilo, misturando-se naturalmente com a geração mais nova que aos poucos deixava sua marca na tradicional cidade de pescadores. Como seria a vida ali se as duas Bellinger não tivessem aparecido? Brendan ainda estaria usando sua aliança de casamento, os anos passando e ele ficando mais ranzinza, mais fechado. Fox...

Nada seria diferente com ele, pensou depressa.

Ele seria exatamente o mesmo.

Tá, tudo bem. Talvez ele não estivesse parado às margens da multidão com um sorriso enorme no rosto, observando Hannah rir tanto que mal conseguia ficar de pé. Não dava para evitar. Ela parecia o sol nascendo sobre as águas depois de uma tempestade. E era terrível no jogo. Sua única vantagem era que Piper era pior.

As duas tinham ficado sem moedas antes de acertarem qualquer uma no copo. Agora, as irmãs recolhiam do chão, guardando-as no bolso e voltando para a posição, tentando competir enquanto se contorciam de tanto rir. Fox não era o único completamente fascinado. Os moradores estavam encantados com as duas irmãs, mas ele não conseguia tirar os olhos de Hannah. O lugar inteiro cercava as duas jovens, incentivando-as — até que, finalmente, *finalmente*, Hannah acertou uma moeda no copo, levando todos à loucura.

— Qual é o seu fato constrangedor? — gritou Fox, mais alto que a torcida.

Hannah fez uma careta.

— Reprovei na prova da autoescola porque fiquei mudando a estação de rádio. — Ela ergueu alguns dedos. — Três vezes.

— A concentração dela no volante pode até ser péssima, mas ela compensa me levando de carro da cadeia pra casa — acrescentou Piper, tascando um beijo na bochecha da irmã. — É brincadeira, Louise! — gritou para a sogra boquiaberta, o que fez Hannah e ela caírem em um novo acesso de risos histéricos. Hannah quase caiu, e Fox entendeu que aquela era sua deixa para levá-la para casa.

Ele largou a cerveja inacabada na mesa mais próxima e se aproximou, fortemente ciente de que todo mundo podia ouvir suas palavras, incluindo Piper e Brendan. Eles já estavam com um pé atrás com a história de Hannah ficar no quarto de hóspedes. Cada palavra que saía de sua boca, cada ação sua, era analisada para julgar seus interesses e intenções. A última coisa que Fox queria era outra "conversinha" com Brendan. Já tinham discutido bastante no barco. Então, tentou soar o mais casual possível quando parou na frente de Hannah, abaixando-se um pouco para falar com ela quando seus olhares se encontraram.

— Ei, vou pra casa, se quiser ir andando comigo. — O olhar de Fox cruzou com o de Brendan rapidamente. — Ou pode ficar e pegar uma carona. Você que sabe.

Ele sabia que, se ela escolhesse a opção número dois, ficaria sentado no quarto esperando até ela voltar a salvo.

— Preciso ir também, não quero ficar que nem um zumbi no set amanhã — disse ela, virando-se e jogando os braços ao redor de Brendan e Piper. — Amo vocês. Até mais.

— Também te amamos — respondeu Brendan, dando um tapinha na cabeça dela e ganhando um olhar apaixonado da futura esposa.

Não que ele tivesse visto, porque estava ocupado demais fulminando Fox com o olhar.

Certo.

Era fácil entender o que o amigo estava tentando comunicar.

Sair do bar com Hannah transmitiria a ideia errada. Uma péssima ideia. Todo mundo começaria a fofocar, e no fim ela ficaria falada. Caramba, era a última coisa que ele queria. Precisava tomar mais cuidado. Por enquanto, eles tinham mantido a estadia temporária dela no seu quarto de hóspedes em segredo, mas sair juntos do bar em um sábado à noite daria margem para qualquer especulação que pudesse já estar nascendo.

— Encontro você lá fora — disse Fox depressa, virando-se e atravessando a multidão sem olhar para ninguém, com um frio na barriga.

Quando chegou à névoa fresca de primavera, não conseguiu se impedir de olhar de volta pela janela e observar Hannah acenando para todo mundo e sendo parada para longas despedidas antes de sair e se juntar a ele nas sombras da noite.

Sem falar nada, Hannah entrelaçou o braço no dele e apoiou a cabeça no ombro de Fox. A demonstração de confiança cimentou o buraco no estômago dele.

— Meu Deus, Pintadinha — disse Fox, passando a mão no cabelo dela. — Precisamos melhorar suas habilidades no jogo de moedas.

Ela arquejou.

— Como assim? Eu ganhei!

— Hum, não. Você foi a menos pior.

A risada dela ecoou na rua enevoada.

— Qual é a vantagem de vencer quando você tem que contar algo constrangedor sobre si para as pessoas? Está tudo ao contrário.

— Bem-vinda a Westport.

Ela suspirou, esfregando a bochecha no braço dele.

— Em noites assim, acho que eu poderia morar aqui.

O coração de Fox deu um salto tão forte que ele precisou de um momento antes de falar.

— Sério?

— Sim. Mas aí lembro que é uma ideia doida. Não posso morar em Westport e continuar trabalhando no mundo do entretenimento. E o bar... — Ela sorriu. — O bar é da Piper.

Bem, então era isso. Não era?

E como ele lidaria com Hannah morando ali, cacete? Ele a veria constantemente. Todo sábado à noite seria assim, fingindo para ela e para todos ao redor que ele não queria levá-la para casa. Levá-la para casa *para valer*. E uma vez que isso acontecesse, bem... Ele estaria ferrado. Teria quebrado sua própria regra de não transar com ninguém de Westport, arruinaria seu relacionamento com Brendan e potencialmente magoaria Hannah. Era melhor para todos que ela ficasse em Los Angeles.

Mas ele não conseguiu evitar aquela decepção tão pesada que praticamente o puxava em direção ao chão de paralelepípedos.

Eles viraram à direita na Westhaven e atravessaram a rua, caminhando perto da água sem nem precisarem combinar.

— Você ama o oceano tanto quanto o Brendan?

Lá estava ela, fazendo perguntas que o faziam pensar. Perguntas que não permitiam que ele se safasse com uma piadinha. E, de toda forma, ele não gostava de fazer isso com Hannah. Gostava de conversar com ela. Adorava, na verdade, mesmo quando era difícil.

— Acho que amamos de jeitos diferentes. Ele ama a tradição e a estrutura da pesca. Eu amo como a natureza pode ser selvagem. Como pode ser mais do que uma coisa. Como evolui. Num ano, os caranguejos estão em um lugar; no seguinte, em outro. Ninguém pode... definir o oceano. Ele se define sozinho.

Hannah devia estar segurando a respiração, porque soltou o ar todo de uma vez.

— Uau. — Ela olhou para a água. — Que bonito.

Ele tentou ignorar a satisfação de ser admirado e compreendido por causa de algo que saiu da sua boca. Não acontecia com frequência. Mas não conseguiu se livrar da sensação, então só a deixou se assentar sobre ele.

— Tá, acho que você me convenceu. Quero caçar caranguejos. — Hannah assentiu com firmeza. — Serei sua nova *caixote*.

Ele não conseguia dizer se ela estava brincando ou não.

Era melhor que estivesse.

— Um novato é chamado de *pexote*... e isso não vai acontecer, meu bem. Você não consegue nem manter o equilíbrio num jogo de moedas. — Um arrepio real o percorreu só de imaginar Hannah no convés, com ondas do tamanho de prédios de quinze andares se erguendo ao fundo. — Se me ouvir gritando no meio da noite, a culpa dos pesadelos é sua.

— Eu posso só ficar encarregada da música.

— Não.

— Você me fez ficar toda romântica sobre o oceano. É culpa sua.

Ele olhou para o rosto dela e então, finalmente, graças a Deus, teve certeza de que era brincadeira. E cacete. Sob o luar, as feições divertidas de Hannah, seus olhos brilhantes... eram uma obra-prima. O corpo dele concordava. Gostava principalmente da boca da garota, da maneira como ela umedecia os lábios macios, como se estivesse se preparando para um beijo. Quem não beijaria aquela mulher linda, tão cheia de vida, em plena luz do luar?

Fox abaixou a cabeça de leve.

— Hannah...

— Cuidado com esse aí — alguém gritou do outro lado da rua. — Fuja enquanto pode, garota!

Risos se seguiram, e Fox sabia, antes mesmo de se virar para olhar, que eram os clientes de sempre do Afunde o Navio, fumando do lado de fora, como de costume. Os mesmos homens para quem ele fizera centenas de piadas sobre suas aventuras em Seattle. Porque era mais fácil dar o que eles queriam. Rir com eles, em vez de ser o alvo dos risos. Fazer a piada, em vez de ser a piada. E, acima de tudo, não deixar que vissem como tudo aquilo o incomodava.

Hannah piscou várias vezes e deu um passo para trás, como se de repente percebesse onde estava e o que quase tinha acontecido entre eles. Quase tinham se beijado. Ou ele tinha imaginado? Era difícil pensar com um alarme tocando na cabeça. Jesus, ele não queria que Hannah ouvisse o tipo de imundice que saía da boca daqueles sujeitos.

— Quem são esses caras? — perguntou ela, esticando-se de leve para olhar.

— Ninguém. — Ele segurou a mão dela e começou a andar em um ritmo veloz, feliz por Hannah estar de tênis e conseguir acompanhá-lo. — Só ignore. Estão bêbados.

— Sua mãe não te avisou sobre galinhas que nem esse aí? Não deixe ele dar uma desculpa para não pagar o táxi...

Hannah parou de repente ao lado de Fox, desvencilhando o braço do dele.

Antes que ele pudesse puxá-la de volta, Hannah tinha atravessado metade da rua a passos furiosos.

— Ei, otário! Que tal calar a boca? — Ela apontou um dedo para o líder do grupo, e o cigarro do sujeito congelou a meio caminho dos lábios. — Nenhuma mãe se dá ao trabalho de avisar as filhas sobre cretinos feito você porque ninguém chegaria a dez passos de você. Seu escroto fedorento!

— Ei, calma lá, era só uma brincadeira — justificou-se o homem.

— Às custas de quem? — gritou Hannah, se virando e começando a procurar algo no chão.

Parado atrás dela, completamente pasmo — entre maravilhado e com nojo de si mesmo —, Fox se forçou a reagir.

— O que você está fazendo?

— Procurando alguma coisa pra jogar neles — explicou Hannah, paciente.

— Certo, como foi que a *Piper* acabou na cadeia?

Ele envolveu a cintura dela com o braço e a puxou pela rua em direção ao seu prédio, sem ideia do que dizer. Nenhuma. Nunca ninguém o defendera daquele jeito. E ele não queria sentir o calor que se insinuava em seu peito e o deixava ofegante. Nunca estaria pronto para a... esperança perigosa que começava a dar as caras. A esperança de que, se aquela mulher acreditava tanto assim nele — o suficiente para defendê-lo na rua daquele jeito —, talvez Fox valesse mesmo o esforço.

Não. Ele conhecia bem aquela dança com o otimismo e não queria participar dela.

Certo?

— Hannah, você não precisava ter feito aquilo. Na verdade, preferia que não tivesse feito.

Ele não gostou nada do lampejo de mágoa nos olhos dela.

— Eles passaram do limite.

— Não, não passaram. — Ele riu, ainda que fosse como engolir uma navalha. — Eles sabem que podem fazer essas piadas comigo, porque eu faço isso o tempo todo. Não tem problema.

— É, estou vendo — murmurou ela, permitindo que Fox a puxasse pelas escadas do prédio e esperando em silêncio enquanto ele abria a porta.

Parte dele genuinamente queria abraçá-la e agradecer, mas não faria aquilo. Não, ele não precisava de uma defensora. Sinceramente, tinha merecido aquela zoação, não tinha?

Os últimos sete meses não haviam sido nada além de um ponto fora da curva.

Ainda que seu celibato e a amizade duradoura de Hannah o tivessem feito se sentir melhor do que sentia havia anos.

Os dois entraram no apartamento e Fox acendeu a luz.

Ele queria se trancar no quarto antes que a vergonha por Hannah ter testemunhado aquele deboche na rua se tornasse visível, mas não ia permitir que a expressão magoada dela fosse a última coisa que visse naquela noite. Então fez o que fazia de melhor e fingiu não se importar.

— Tenho que admitir que fiquei bem impressionado com o seu uso da expressão "escroto fedorento". Nota dez.

Ela deu um leve sorrisinho.

— Estamos bem? — perguntou. — Você está bem?

— Está tudo bem, Pintadinha. — Ele riu, o apartamento vazio zombando dele. — Vá dormir, ok? Vejo você de manhã.

Depois de um instante, ela assentiu. E só então ele se afastou, deixando Hannah com um olhar pensativo a meio caminho entre a cozinha e a porta da frente.

Assim que ficou sozinho no quarto, Fox encostou a testa contra a porta fria, mal resistindo ao impulso de bater a cabeça contra ela. Obviamente não tinha convencido Hannah de que não dava a mínima para tudo aquilo. De que a vida era só uma série de prazeres e diversões para ele. Aquela mulher enxergava a verdade por trás das mentiras que ele contava. Pior: queria conhecê-lo de verdade. Mas ele não podia deixar que aquilo acontecesse.

E sabia exatamente como impedi-la de bisbilhotar demais.

Capítulo nove

$\mathcal{H}$annah acordou às seis da manhã com ratos usando seu cérebro como trampolim.

Ela bateu a mão na mesa de cabeceira, pegou os fones e enfiou-os nos ouvidos. Em seguida, pegou o celular, seu dedão buscando o aplicativo de música e selecionando Zella Day na biblioteca, e deixou as notas a acordarem lentamente. Era domingo. Não era um dia ideal para trabalhar, mas era seu primeiro dia no set como algo um pouco além de assistente de produção — ela era uma observadora agora, uaaau — e precisava entrar na vibe certa. Calma, mas focada.

Hannah, você não precisava ter feito aquilo. Na verdade, preferia que não tivesse feito.

A reprimenda de Fox na noite anterior voltou com tudo, e os ratos pararam de quicar no seu cérebro, indo se esconder em um buraco em algum canto. Ah, caramba, ela gritou mesmo com aqueles velhos no meio da rua, né? Não foi um sonho? Mas, para ser sincera, não tinha problema em admitir o que havia feito. Ainda que *tivesse* jogado algo neles, os caras teriam merecido a concussão.

Tinham merecido aquilo por tratar Fox — ou qualquer um, na verdade — de forma tão desrespeitosa.

Por que ele não pensava assim?

Fox parecia bem antes de ir dormir. Talvez o álcool tivesse amplificado uma situação que não era tão séria, no fim das contas. E se os pescadores só falassem desse jeito uns com os outros e ela não tivesse entendido a intenção por trás do comentário?

Mesmo assim, aquilo parecia errado para ela, então decidiu que ia perguntar a Fox sobre o assunto depois e obrigou-se a se concentrar no dia de trabalho que a esperava. Repassou as cenas na cabeça, buscando inspiração para enriquecer a trilha, mas depois de uma hora nada parecia se encaixar. O que era preocupante. Ela nunca tinha chegado a pensar que criar trilhas sonoras para filmes era sua vocação — seria colocar o carro na frente dos bois —, mas sempre confiara em sua capacidade de extrair canções da memória para aperfeiçoar o clima de qualquer situação. E se tivesse sido confiante *demais*?

O aroma de gengibre a distraiu de suas preocupações.

Não era um cheiro desagradável, de forma alguma. Na verdade, era o oposto. Era quase... estimulante, embora intenso. E ela sentira aquele aroma no apartamento antes, mas nunca tão forte. O que poderia ser?

Hannah jogou as cobertas de lado e saiu da cama, permanecendo com os fones no ouvido enquanto escovava os dentes e usava o banheiro, removendo o acessório para tomar banho com relutância. Fox não tinha motivos para estar acordado tão cedo, então ela tentou ser o mais silenciosa possível ao amarrar uma toalha ao redor do corpo e seguir na ponta dos pés em direção ao quarto de hóspedes.

Quando a porta do quarto principal se abriu e Fox saiu casualmente de lá, em meio a um bocejo e sem nenhuma peça de roupa além de uma cueca preta, Hannah esbarrou na lateral do sofá, sentindo uma pontada de dor no quadril. Ela então cambaleou alguns passos para trás e sua bunda colidiu com uma luminária. *Óbvio* que encontraria os únicos dois móveis do apartamento extremamente vazio e bateria neles... e agora ela o estava encarando. Lógico que o estava encarando. O que mais devia fazer?

Fox estava vindo em sua direção com um sorriso torto e quase nenhuma roupa.

Com as covinhas à mostra. Pronto para filmar um comercial de barbeador.

E, uau. Até aquele momento, ela não fazia ideia de que ele tinha tatuagens.

O contorno de uma raposa se estendia pelo lado direito do quadril dele, uma lula gigante envolvia uma âncora do lado esquerdo das costelas, havia uma série de estrelas de tamanho diferentes no peitoral e mais algumas tatuagens que ela não conseguiu identificar porque os músculos daquele homem exigiam atenção. Músculos deveriam ser tão marcados? Sim. Sim, porque ele não os cultivara em uma academia. Eram de erguer covos de metal gigantes da água, puxar redes de pesca, equilibrar-se no convés durante tempestades.

— Eita, Pintadinha — disse ele com a voz rouca, inclinando a cabeça para a luminária oscilante. — Ainda aprendendo a ficar de pé na água?

— Hum... — Ela olhou resolutamente para o chão. — Acho que estou mais de ressaca do que imaginei. Melhor ficar em casa hoje à noite.

Quanto mais ele se aproximava, mais forte ficava o cheiro de gengibre. E mais difícil era não encarar Fox em sua glória seminua. Quer dizer, Hannah sentia tesão como qualquer outra pessoa. De vez em quando, pelo menos. Principalmente quando ouvia Prince. Mas as vezes que se sentira levemente excitada e desconfortável eram muito diferentes daquele retesar de músculos, do fluxo de calor correndo para suas partes íntimas.

A culpa a invadiu. Não o suficiente para sobrepor a excitação, mas o bastante para que se censurasse mentalmente por ser uma péssima amiga. Pelo visto ela não era melhor do que as mulheres que gritaram "eu vi primeiro" quando avistaram Fox na festa de sexta.

— Eu, hã... — Ela abaixou a cabeça para que o cabelo molhado escondesse seu rosto. *Você precisa resistir ao chamado desses músculos esculpidos.* — A gente vai começar cedo hoje. Tenho que correr e descer logo.

— Onde vocês vão filmar?

A voz dele estava mais próxima que antes? Os arrepios percorrendo a pele dela a fizeram desejar algo mais substancial que uma toalha para se cobrir.

— No porto. Uma cena de beijo, na verdade. O grande final. Deve ter a iluminação que estamos procurando.

— Final? — repetiu ele, depressa. — Vocês mal começaram.

— Nem sempre filmamos as cenas na ordem da montagem do filme. Às vezes depende da disponibilidade das locações...

Ele se posicionou na frente de Hannah, sem lhe dar qualquer opção exceto erguer o olhar para o teto, onde ela fingiu procurar rachaduras. Caso contrário, não confiaria em si mesma para não encarar diretamente o olho da tempestade.

Também conhecido como a virilha dele.

— Você não consegue olhar pra mim, né? — perguntou Fox, se divertindo. — Não estou acostumado a ter outra pessoa em casa. Quer que eu vista uma calça, da próxima vez?

Jesus, não, gritou a pervertida que tinha alugado um espaço em sua cabeça.

— Sim, por favor. E eu... vou usar meu roupão também. Achei que você não estaria acordado.

O calor do peito de Fox aqueceu os ombros expostos dela, e tudo lá embaixo ficou leve e molhado. Hannah ficou bastante ciente do som das mãos dele acomodando-se nos quadris, pele contra pele. Da altura e da força dele, comparadas com as suas.

Era vergonhoso reagir a um amigo dessa forma.

Obviamente, ela não ia dormir com ele. Na atual conjuntura, não estava interessada em sexo casual. Sobretudo com Fox.

Ele não apenas evitava o longo prazo; ele não trabalhava com *nenhum* prazo. Tê-la por perto depois o deixaria desconfortável. Ele se arrependeria de transar com ela e isso arruinaria a amizade deles.

Sou só um cara que gosta de se divertir, todo mundo sabe disso.

A declaração de sexta à noite invadiu os pensamentos de Hannah e, por algum motivo, a lembrança a fez querer olhá-lo nos olhos. Ele a examinava quase que com expectativa, como se esperasse que ela morresse de tesão ou tentasse pular nele. Será que ele... será que ele estava tentando constrangê-la por algum motivo? Por quê?

Ela não conseguia raciocinar com aquele cheiro embaralhando seu cérebro. Que tipo de feromônios nucleares aquele cara exalava?

Muito discretamente, ela esperava, Hannah inspirou seu aroma.

— O que é isso?

Ele franziu a testa.

— O que é o quê?

— O cheiro de gengibre. É tipo... um creme ou loção pós-barba ou algo assim?

— Não. — Ele deu um sorrisinho. — Nenhum dos anteriores.

Ela esperou uma explicação. Ele não deu nenhuma.

— O que é, então?

Fox levou rapidamente a ponta da língua ao canto dos lábios, os olhos azuis cintilando.

— Óleo de massagem.

De todas as explicações, Hannah não estava esperando aquela.

— Óleo de massagem. — Ela riu. — Você estava, tipo, se dando uma massagem... — Chamas subiram pelo rosto dela. — Ah. Uau. Eu caí direitinho nessa. Eu... Você estava... f-fazendo isso hoje? — Ela agitou as mãos freneticamente. — Não importa. Não responde.

O sorriso dele só aumentou.

— É, estava. Foi a primeira vez que tive a chance desde a nossa última viagem de pesca. Tive que extravasar. Devia ter pedido permissão primeiro?

— Não.

Ah, não. Agora ela estava imaginando Fox pedindo a permissão dela para se masturbar. Era como alguém dizer "não pense sobre elefantes cor-de-rosa".

Só que o elefante cor-de-rosa era o pênis de Fox.

— Não, claro que não. Esse apartamento é seu. — E agora ela estava relutantemente fascinada. — Você usa óleo de massagem pra isso?

Ele confirmou com um murmúrio.

— Serve como lubrificante também. Pode pegar emprestado, se quiser. — O olhar dele caiu para o nó entre os seios dela, depois desceu mais, até onde a bainha da toalha roçava no meio de suas coxas. — Mas só se você gostar de ficar sensível antes. — Ele esfregou os nós dos dedos sobre o umbigo, entre pelos loiro-escuros e tinta desbotada. — É tipo uma preliminar com os próprios dedos.

Hannah tentou engolir e quase engasgou.

Uma gota de suor escorreu pela sua lombar.

— Vou deixar no armário do banheiro. — Ele deu uma piscadinha enquanto recuava, por fim virando-se para o quarto. — É a garrafa laranja.

— Ceeerto — disse ela, a língua mais pesada que chumbo. — Obrigada?

Amigos compartilhavam lubrificante?

Talvez só amigos *desse* homem específico?

— Vou passar o dia trabalhando no barco — informou ele a caminho do quarto, fechando a porta atrás de si antes de falar: — Vejo você no porto, Pintadinha.

Ah.

Ótimo.

Ela entrou no quarto de hóspedes atordoada.

Fox observou a equipe de filmagem se mover como um conjunto de engrenagens do seu ponto de observação no convés do *Della Ray*. Três grandes trailers brancos estavam estacionados na rua, e jovens com fones de ouvido e pranchetas corriam para todos os lados. Outros se aglomeravam ao redor de uma mesa com petiscos e bebidas. Coisas grandes parecidas com lâmpadas fluorescentes cercavam dois atores — um cara emburrado e magrelo e uma ruiva, que, depois de ficarem babando um no outro, pegavam o celular e não se falavam entre as tomadas.

Ao longo da última hora, Fox vinha reabastecendo os suprimentos com Sanders e consertando o sistema hidráulico. Eles só precisariam do equipamento para a temporada de caranguejos, mas aparentemente Fox estava aproveitando todas as desculpas possíveis para ficar no convés.

De onde tinha uma visão ampla do set de filmagem.

Com sorte, depois daquela manhã, Hannah não sentiria mais a necessidade de defender o caráter dele. Só passaria por ele com um sorrisinho malicioso, como todos os outros, e Fox poderia se livrar da esperança que ela o fizera sentir. Ele poderia ficar na zona de conforto. Onde seus colegas da tripulação e os outros moradores de Westport riam e faziam piadas sobre ele, mas pelo menos não questionavam sua legitimidade como líder.

Com certeza ela ia rir de um cara que tinha uma marca e cheiro favoritos de óleo de massagem, certo? Mesmo que ele nunca tivesse precisado daquela merda até recentemente.

Em geral, se precisava de alívio e sua mão era a única opção, ele só fazia o que precisava no banho. Agora que estava saindo exclusivamente com seus cinco dedos, tinha gastado um pouco com algo melhorzinho. Quem podia julgá-lo?

Brendan acabaria com ele se soubesse que Fox tinha falado com Hannah daquele jeito, mas teve que pesar a possível fúria do melhor amigo contra as expectativas crescentes de Hannah. Porque ele definitivamente não era a porra de um capitão. Não era alguém a quem se confiaria um barco valioso ou a vida de cinco homens. Definitivamente não era alguém a quem Hannah deveria oferecer a boca ao luar — ou por quem brigar com desconhecidos.

Era só um cara que gostava de se divertir. Nada mais.

Sanders apareceu no convés ao lado de Fox e o cumprimentou com um grunhido. Jogou a chave inglesa que estava usando para consertar a bomba de óleo e passou uma das mãos na cabeleira ruiva.

— Está quente pra caralho aqui embaixo. Estou pensando em instalar uma janela no casco. Acha que Brendan vai ligar?

— Que você afunde o barco só para sentir uma brisa? Não, de jeito nenhum — respondeu Fox, seco, sentindo um peso se assentar sobre ele ao ver Hannah e Sergei discutindo algo enquanto olhavam uma prancheta. Ele apertou a corda que estava enrolando, deixando o material beliscar sua pele cada vez mais forte até que Hannah finalmente se afastou. O diretor estava olhando para ela?

Sim. Estava.

Aquele beijo na outra noite tinha funcionado. Ótimo.

Talvez ela tivesse pedido para o diretor erguer um equipamento de filmagem pesado ou dado uma mordida estratégica no lábio. Tudo graças aos conselhos dele.

Não demoraria muito para os dois voltarem para Los Angeles com um interesse renovado um pelo outro.

Ótimo.

Ignorando o gosto amargo na boca, Fox voltou a consertar o equipamento e tentou se concentrar na tarefa. O sol incidia no convés, mais quente do que o esperado naquela estação, até que ele e Sanders por fim desistiram de usar camisas e sapatos.

Fox detestava aquele tipo de trabalho entediante. Gostava de estar no meio do vendaval, lutando contra as ondas, resistindo ao seu impacto, testemunhando a fúria da natureza. Observando-a mudar de ideia em questão de segundos. Talvez as pessoas não pudessem mudar, mas a natureza mudava. A natureza vivia para a mudança.

Ultimamente, porém, não se incomodava tanto com as tarefas tediosas — a repetição de levar o *Della Ray* para o mar, atracá-lo com segurança e prepará-lo para a viagem seguinte. O convés estava quente ali, e o barco oscilava vagarosamente na água, pegando as ondas criadas por embarcações que levavam turistas para observar baleias ou outros passeios de lazer. O ar estava salgado. Gaivotas planavam na brisa.

Em outra vida, talvez ele pegasse no leme do seu próprio barco e fosse atrás da natureza do seu jeito. Ele se apresentaria como o homem no comando, em vez de aquele que recebe or-dens e volta para casa sem o peso da responsabilidade. Crescer e ocupar a casa do leme tinha sido um sonho. Uma certeza. Mas ele tinha aprendido a bloqueá-lo. E o tinha bloqueado tão bem que a luz não conseguia nem se infiltrar pelas bordas.

Um trinado no bolso de Fox o fez passar um antebraço na testa suada e pegar o celular.

Carmen.

Ele apertou os olhos ao ler o nome, tentando lembrar do rosto a quem pertencia. Não conseguiu. Talvez fosse a aeromoça? Se ele atendesse, a voz provavelmente dispararia uma lembrança. Ou ele podia pedir um lembrete do nome de usuário dela nas redes sociais e descobrir desse jeito. A maioria das garotas com quem ele se encontrava em Seattle não se incomodava muito com a memória ruim dele, no fim das contas. Estavam tão pouco interessadas em compromisso quanto Fox.

Encarando o celular, ele deixou a chamada ir para a caixa postal sem responder, sabendo perfeitamente bem que a caixa estava cheia. Fazia meses que não ouvia suas mensagens. Um minuto depois que o celular parou de tocar, uma mensagem apareceu na tela.

Vai estar por aí hoje à noite? – C

Uma veia começou a latejar no meio da sua testa. Provavelmente por causa do sol.

Ele jogou o celular de lado, esfregando a nuca. Responderia depois. Ou não responderia. Alguma coisa naquele fluxo constante de casos de uma noite quase o deixava... em pânico ultimamente. Sempre foram tantas?

Fox não se sentia culpado por gostar de sexo. Da escalada e do alívio. Aquela corrida no final, quando ele não tinha que pensar e seu corpo agia sozinho.

O celular tocou com outra mensagem — o que não era raro em um domingo, já que seus fins de semana geralmente eram reservados para mulheres, embora seu telefone visse mais movimentação nas sextas à noite. Nos últimos tempos, ele chegava a enfiar o maldito aparelho na geladeira para não ter que ouvir ou ver nenhuma das mensagens que chegavam. Quando foi a última vez que ele tinha respondido a uma delas? Ou saído de Westport para transar?

Você sabe exatamente quanto tempo faz.

Depois que Hannah fora embora, no verão anterior, ele tinha ido a Seattle. Uma vez. Determinado a se livrar do nó que ela deixara em seu peito, a constante torrente de imagens dos dias que passaram juntos.

Ele tinha saído para beber com alguém, literalmente suando enquanto pensava em como se sentia péssimo o tempo todo, sem conseguir se concentrar em uma única palavra do que a mulher dizia ou no ambiente. Quando a conta chegou, tinha jogado um bolo de notas no bar, dado uma desculpa e fugido, o embrulho no estômago suavizando apenas quando parou para mandar uma mensagem para Hannah.

Sanders abriu uma Coca à sua direita.

— Não vai responder a essas mulheres, cara? — O ajudante de convés tomou um grande gole da bebida, equilibrando-a na amurada. — Como posso viver através de você se você nem está vivendo?

— Ah, eu vou ligar de volta para elas. — Fox abriu um sorriso que fez sua cabeça latejar mais forte. — Talvez para todas de uma vez.

A gargalhada de Sanders ressoou pelo porto.

Bem na hora, o telefone de Fox começou a tocar de novo.

Ele puxou uma, duas vezes a pulseira de couro ao redor do punho.

— Atende — disse Sanders casualmente, indicando o aparelho com a cabeça. — Estamos quase terminando aqui.

Em um trabalho de alta tensão feito por sujeitos durões que adoravam adrenalina, mostrar fraqueza era uma má ideia, a não ser que ele quisesse ser alvo de ainda mais chacota.

— Você só quer ouvir a conversa e roubar minhas cantadas.

— Você não precisa de cantadas, boa-pinta. Basta aparecer e escolher quem quiser. Agora, eu? Tenho uma cara de morsa da porra. Preciso de cantadas. — Sanders virou o restante do refrigerante com uma expressão enjoada. — Eu aguentei aquele filme de *Cats* ontem à noite para tentar ganhar uns pontos com a esposa. Um peido... um... e perdi todo o progresso que tinha feito.

Fox conteve um sorriso.

— Que azar, hein?

— Tive que dormir no sofá — resmungou o marinheiro.

— Não fique tão chateado, cara. — Fox estremeceu apesar do calor. — Esse filme é capaz de secar o Pacífico.

— Sei lá, tem algo na Judi Dench que... — começou Sanders.

O celular de Fox anunciou outra mensagem e ele seriamente considerou jogar o troço no mar. Nem se deu ao trabalho de conferir o nome dessa vez. Não conseguiria se lembrar do rosto da mulher e isso só piorou o amargor em sua boca.

— O que é isso? Está se fazendo de difícil? — Sanders riu, cutucando Fox na barriga com o cotovelo. — Seria a primeira vez.

— Pois é. — Fox riu, seu olhar vagando para a filmagem. Encontrou Hannah no grupo e ficou surpreso quando a viu encarar de volta, olhando para trás, o lábio preso entre os dentes. Pensativa.

Ele a cumprimentou.

Ela retribuiu com um meio sorriso.

— É... — Sanders ainda estava falando. — Você nunca foi de se fazer de difícil. Lembra do nosso último ano na escola? Quase não se formou porque passou o tempo todo transando no estacionamento.

Fox afastou o olhar na mesma hora de Hannah, se sentindo culpado por nem sequer olhar para ela enquanto tinha aquela discussão.

— Ei. — Ele deu de ombros. — Ainda acho que devia ter ganhado uns pontos extras na nota de educação física.

Sanders riu e voltou para o trabalho.

Fox também, mas seus pensamentos não estavam tão fluidos, era como se tivesse manivelas girando dos dois lados da cabeça. Por fim, se pegou de novo apoiado na amurada do barco, procurando Hannah outra vez e observando-a conversar com uma morena bem-vestida. Pela linguagem corporal de Hannah, podia ver que alguma coisa estava estranha. Errada.

Será que era a mulher da trilha sonora?

Será que as músicas tinham voltado para Hannah?

Ele podia ter perguntado isso a ela de manhã em vez de tentar afastá-la das inseguranças dele e empurrá-la para um campo em que ele não era nem um pouco inseguro: sexo. Mas era tarde demais para arrependimentos. Tarde demais para se preocupar com a reação do seu melhor amigo se soubesse que Fox tinha falado com a irmã caçula de Piper sobre bater punheta enquanto não usava nada além de uma cueca e um sorriso.

Brendan claramente ainda estava com receio de que Fox desse em cima de Hannah. Apesar da conversa. Ele ainda temia que Fox fosse ignorar a moral e o fato de que tocar aquela mulher seria praticamente imperdoável. Mas ninguém esperava que ele se comportasse bem. Nem Brendan, nem as pessoas na cidade, a tripulação, ninguém. Sanders tinha acabado de lembrar a Fox disso com maestria. Ele o lembrara tão bem que Fox sentia que precisava de um banho.

Ninguém confiava nele. Então, foda-se. Por que tentar? Pau que nasce torto nunca se endireita.

Alguns minutos depois, quando Hannah, nitidamente frustrada, começou a caminhar em direção ao apartamento dele, Fox sabia mais do que o suficiente sobre mulheres para reconhecer o problema. A pele corada, o jeito como ela ficava dando olhares de esguelha para ele. Erguendo o cabelo do pescoço para se abanar. Ela estava excitada, frustrada. Com tesão. E esse era um problema que ele sabia muito bem como resolver. Por que resistir?

A noite anterior, com os homens do lado de fora do Afunde o Navio, e aquela manhã com Sanders — e, que inferno, todos os dias da sua vida — tinham provado que ele não podia fugir das ideias preconcebidas sobre ele. Ceder à sua atração por Hannah o ajudaria em dois sentidos. Ele poderia resolver aquela vontade maldita que vinha se acumulando por sete meses e acabar com o plano dela de descobrir os seus sentimentos mais profundos. Transar com Hannah levaria tudo de volta ao nível superficial, onde ele se sentia confortável.

Talvez ela ainda nutrisse sentimentos pelo diretor. Mas, ei, a namorada da época da faculdade de Fox o tinha usado para trair o namorado — sem que ele soubesse disso — por quase um ano inteiro. Hannah não tinha motivos para não usá-lo para o mesmo propósito, certo? Era só diversão, não significava nada.

Respirando com dificuldade, Fox nem se deu ao trabalho de vestir a camisa antes de seguir Hannah até o apartamento.

Capítulo dez

Não havia nenhum plano formal para ela observar Brinley. Isso significava que caberia a Hannah criar suas próprias oportunidades entre organizar os atores, instruir os figurantes e certificar-se de que as marmitas de almoço de cada um chegariam certas. Rodelas de picles em uma, nada de rodelas de picles em outra. Por que eram sempre as rodelas de picles? O nome já dizia tudo: elas podiam rodar.

Christian estava particularmente rabugento naquela manhã, porque a visita do namorado a Westport tinha sido adiada, e o humor dele parecia ser contagioso. Pelas olheiras da maioria da equipe, estava na cara que tinham curtido um pouco demais a noite de sábado. Fora que uma gaivota cagou na cabeça de Maxine, atrasando a produção em uma hora enquanto seu cabelo era limpo e arrumado outra vez.

Hannah decidiu usar essa hora extra a seu favor.

No momento em que conseguiu uma pausa em suas responsabilidades, ela se aproximou da coordenadora musical, que estava sentada em uma cadeira ao lado da de Sergei, naquele momento vazia.

— Bom dia, Brinley — cumprimentou Hannah, sorrindo.

Ela recebeu um olhar desinteressado.

— Ah, oi. — Brinley correu os olhos pelas notas no seu colo. — Hannah, né?

— Isso.

Por nenhum outro motivo além de o barco estar visível bem acima do ombro de Brinley, o olhar de Hannah vagou até o *Della Ray*, atracado no porto. Não era a primeira vez que ela olhava naquela direção desde que chegara no set. Na verdade, todo mundo estava encarando Fox e seu corpo divino brilhando ao sol. O físico dele era a única coisa evitando que o elenco e a equipe mal-humorada recorressem ao canibalismo naquela bela manhã de domingo. Além do mais, ele não parecia ciente da distração que causava, casualmente roubando a concentração já limitada de todo mundo.

Até Brinley abaixou os óculos de sol e lançou um ou dois olhares de esguelha para o barco antes de se concentrar de novo em Hannah… que definitivamente não estava pensando no fato de que Fox tinha batido uma enquanto ela estava no apartamento.

Foi a primeira vez que tive a chance desde a nossa última viagem.

Tive que extravasar.

O que isso significava, exatamente? Era óbvio que ele estava… precisando de alívio. Seria um esforço para Fox ficar quatro ou cinco dias sem prazer carnal? Será que, tipo, ele acendia velas, ficava completamente nu e se acariciava bem devagar, usando óleo conforme necessário? Mordendo o lábio? Se provocando? Aproveitando o momento?

E, bem, *essa*, *sim*, era uma imagem distrativa.

Hannah às vezes passava meses antes que lhe ocorresse que, ei!, tinha uma vulva com uma série de terminações nervosas complexas e devia mesmo explorá-la mais vezes.

Na verdade, ela gostaria de explorá-la naquele exato instante.

Tinha colocado um vestido solto e um cardigã, mas estava tão quente que tirara a segunda peça. Era um visual decente, mas, naquele momento, sentia-se quase nua. O calor fazia cócegas em sua nuca, seus mamilos roçavam desconfortavelmente no sutiã. Seus pensamentos se recusavam a fazer sentido.

E o cara com quem estava dividindo apartamento desfilando em toda a sua glória de sedutor tatuado não ajudava. A garrafa laranja de óleo de massagem estava chamando o nome dela. A essa altura, quem sabe ela não arrancava a tampa com os dentes.

Mas, primeiro, trabalho.

Hannah tinha esperado meses, se não anos, por aquela chance com Brinley, e não podia desperdiçar uma oportunidade tão grande porque seu corpo estava se comportando mal — e estava mesmo. Estava se comportando *muito* mal. Ela não devia ficar desejando o amigo. A única coisa que impedia a culpa de desabrochar inteiramente era a estranha intuição de que ele tinha feito aquilo com ela de propósito.

Percebendo que deixou o silêncio se estender por tempo demais, Hannah pigarreou e desviou o olhar do pescador musculoso, decidida.

— Hã... — Ela virou para o set, onde Christian e Maxine teriam seu grande beijo, com o mar atrás deles e alguns barcos ancorados delineados contra o horizonte. — Queria saber se você poderia compartilhar seus planos para a cena.

— Claro — disse Brinley, sem erguer os olhos. — Não vou sair do plano original. Sei que o cenário mudou drasticamente de Los Angeles para Westport, mas acho que um som industrial é até mais ousado, considerando a vibe de cidade pequena. Faz um contraste interessante.

— Ah, sim. — Hannah assentiu com entusiasmo.

Mas será que concordava mesmo? Contraste *era* interessante. Definitivamente havia vantagens em usar a música para dar um toque moderno a filmes de época. Colocar hip-hop com balé. Tocar ópera durante uma cena de assassinato. Uma esquisitice assim podia destacar um momento. Aumentar o drama. Uma música familiar podia ajudar o público a se identificar com algo desconhecido. E, nesse caso, a plateia de cinema de arte de Sergei apreciaria um beijo com uma trilha sonora mais industrial, porque Deus os livre de serem românticos *demais*.

Mas que música *Piper* escolheria para a cena?

Sua mente era um grande branco.

Como se farejasse um momento de fraqueza, Brinley se virou para ela com um sorriso cheio de expectativa.

— O que você acha?

Mentalmente, Hannah vasculhou a coleção de álbuns que tinha em casa, em Bel-Air, mas não conseguia ver uma única capa nem ler qualquer um dos nomes. Qual era o problema dela?

— Bem — começou, buscando desesperadamente algo útil para dizer. Qualquer coisa que a tornasse digna daquela oportunidade. — Estava lendo sobre uma técnica... você dá aos atores uns fonezinhos de ouvido e toca a música enquanto filmam para eles conseguirem demonstrar emoção nas horas apropriadas. Basicamente em sintonia com a música...

— Acha mesmo que o Christian aceitaria isso? — cortou Brinley, voltando a organizar suas anotações. — Ele reclama até quando prendemos o microfone. Paramos uma tomada hoje de manhã porque a etiqueta na camiseta dele estava coçando.

— Eu poderia falar com ele...

— Obrigada, mas acho que vamos deixar essa ideia para outra ocasião.

Depois de um momento, Hannah assentiu, fingindo estar absorta em sua prancheta para ninguém ver seu rosto vermelho. Por que ela começou logo sugerindo uma nova técnica? Antes de elas sequer se conhecerem um pouco? Devia ter só concordado com a escolha de Brinley e esperado uma chance melhor de sugerir outras coisas. Depois que se provasse útil. Em vez disso, se estabelecera como uma novata pretensiosa que achava que sabia mais que a profissional.

Sergei saiu de um dos trailers, dando um sorriso largo para Hannah.

— Oi — disse.

Ele foi até as duas, apoiou a mão brevemente no ombro de Hannah e apertou antes de afastá-la. E uau. Quê? Definitivamente ele nunca tinha feito algo assim antes, tirando aquele episódio em que ela estava sangrando por causa do machucado na cabeça. Na verdade, a não ser que estivesse enganada, ele estava olhando para ela de soslaio enquanto consultava Brinley sobre a estrutura da cena.

Hannah devia estar ouvindo. Observando. Como pedira para fazer.

Mas era uma tarefa difícil quando algo tão importante estava acontecendo. A mão do diretor em seu ombro não provocou um único arrepio. Havia bem menos atração gravitacional na direção de Sergei do que na sexta-feira. Normalmente, ficar tão perto dele teria ao menos feito seu coração acelerar um pouco. No mínimo, ela estaria torcendo para não estar com mau hálito.

No momento, só queria ficar sozinha.

Com aquela garrafa laranja idiota. Por que não conseguia parar de pensar nela?

Contra a própria vontade, a atenção de Hannah voou para o *Della Ray*, onde Fox erguia um covo de metal com pouquíssimo esforço, flexionando os músculos do trapézio e uma série de outros que ela não sabia nomear. Quando concluiu a tarefa, ele esfregou um antebraço sobre o cabelo loiro-escuro, deixando-o bagunçado e suado. De repente, ficou difícil engolir. Muito difícil.

Ela se odiou um pouco naquele momento. Era tão fácil assim distraí-la? O homem a menos de trinta centímetros dela era um diretor visionário. Um gênio. Ele a tratava com respeito e era excepcionalmente bonito, em um estilo meio artista atormentado. Sergei era o tipo dela. Hannah nunca tinha sido a mulher que se distrai com um cara gostoso passando na rua. Nunca.

Só que nunca ficara tão excitada na vida, e isso tinha tudo a ver com o homem que estava cedendo o quarto de hóspedes para ela. Hannah só precisava lidar com isso. Expurgar o desejo.

Não *apreciava* a si mesma havia muito tempo, e tinha sido estimulada demais naquela manhã. Quando controlasse seus hormônios, quando os satisfizesse, poderia focar naquela nova faceta potencial do seu trabalho. Talvez até decidir se queria transformar aquilo em carreira. Também poderia voltar a sentir um interesse adequado por Sergei, sua antiga paixonite que estava finalmente começando a demonstrar interesse nela.

Isso. Esse era o plano.

— Chegou o almoço — anunciou um dos estagiários do outro lado dos trailers.

Graças a Deus.

— Vou pegar o meu para viagem — murmurou Hannah para ninguém, virando-se para sair. Furtivamente. Olhando para a direita e então para a esquerda, assoviando baixinho. *Ninguém vai saber que você fez uma pausa para se masturbar. Relaxe.*

Hannah já havia se afastado alguns passos antes de Sergei alcançá-la.

— Ei, Hannah.

Ah, não. Seu corpo já estava se aquecendo de antecipação, como fazia quando ela decidia que o clima estava certo. Engrenagens estavam em movimento. Será que Sergei conseguia perceber isso só de olhar para ela? Que Hannah tinha planos que incluíam óleo de massagem com aroma de gengibre?

— Sim? — perguntou ela, meio engasgada.

O diretor esfregou o cavanhaque, parecendo meio... tímido?

— Pra onde você está fugindo?

Ah, nenhum lugar específico. Só tenho uma tarefinha rápida para resolver na Vila do Orgasmo.

— Eu esqueci uma coisa... no apartamento. — Ela apontou para o próprio rosto. — Protetor solar. Vou acabar que nem um pimentão sem ele, toda vermelha.

— Ah. Não, você nunca ficaria que nem um pimentão.

Por que ela não estava explodindo com o elogio?

Algumas semanas antes, à mera sugestão de que Sergei a achava atraente, ela teria encontrado um canto privado para tocar "For Once in My Life", de Stevie Wonder, no volume máximo, dançando (muito mal). Agora, tudo que queria era encontrar uma desculpa para sair dali. Era nesse momento que ela deveria roçar os dedos no braço dele. Encontrar seu bíceps e testar a firmeza do músculo, como um abacate na feira. Ou lembrá-lo de todas as diferenças físicas entre eles, como Fox sugerira. *Você homem, eu mulher. A ciência diz que deveríamos transar!* Mas ela não tinha o menor interesse em flertar ou conquistar a atenção dele.

O que está acontecendo comigo?

— Posso ir andando com você até lá — sugeriu ele.

De novo, nada. Nem uma centelha de alegria.

Não, ela *gostava* de Sergei. As centelhas voltariam. Ela só precisava erradicar aquele... feitiço físico temporário sob o qual se encontrava.

— Não, tudo bem. Vai lá comer sua couve e seu humus com torrada. Estarei de volta antes que você perceba.

Ele assentiu, parecendo decepcionado, mas não existia espaço dentro dela para se sentir mal. Só havia o desejo egoísta que a arranhava como unhas invisíveis pelo seu corpo, provocando zonas erógenas onde quer que tocassem.

Garrafa laranja. Garrafa laranja.

Hannah já tinha pegado a chave quando chegou ao apartamento de Fox. Enfiou-a na fechadura, entrou no apartamento escuro e vazio e fechou a porta. Estava ofegante. Ofegante! Era ridículo! Mas seguiu em linha reta para o banheiro mesmo assim, pegando a garrafa potente da prateleira e levando-a ao quarto de hóspedes como um atacante protegendo a bola.

— Ai, meu Deus — murmurou, fechando a porta do quarto e encostando a testa nela. — Fica calma.

Mas era mais fácil falar.

Suas mãos estavam quase trêmulas demais para abrir a tampa. Principalmente quando ela pensou no jeito como Fox abria a cerveja com os dentes. Por que aquilo era tão ridiculamente atraente? O dentista dele devia ficar horrorizado.

Finalmente, Hannah abriu a tampa da garrafa e o aroma preencheu o ar — um cheiro sensual, forte e carregado de sexo. Não era à toa que ela estivera tão determinada a encontrar a fonte daquele cheiro. Ela colocou a garrafa entre os joelhos e puxou o vestido, deixando-o deslizar para o chão...

A porta do apartamento se abriu e fechou.

Que caral...?

— Hannah. — A voz de Fox veio do outro lado da porta do quarto. Tipo, imediatamente do outro lado. Como se ele estivesse falando bem contra a superfície dura. *Não pense em coisas duras.* — Está tudo bem aí? Parecia que tinha alguma coisa errada.

— Está tudo bem — mentiu ela, sem muito sucesso, já que a garganta parecia ter sido lixada. — Só preciso de um minuto.

Houve um momento de silêncio longo demais.

Então:

— Dá pra sentir o cheiro do óleo daqui, Hannah.

Chamas subiram pelo seu pescoço e bochechas.

— Ai, meu Deus — disse ela, deixando a testa cair contra a porta de novo. — Que vergonha.

— Para com isso. — A voz dele caiu outra oitava. — Eu não fiquei com vergonha hoje de manhã quando admiti ter feito a mesma coisa.

— Você não fez durante o expediente.

A risada baixa dele fez os pelos na nuca de Hannah se arrepiarem.

— Se já terminou de se recriminar por ter impulsos naturais, pode abrir a porta.

— Quê? — soltou ela, encarando a madeira em choque. — Por quê?

Uma expiração lenta.

— Hannah.

Foi tudo o que ele falou.

O que ele queria dizer com aquilo?

Hannah.

Semicerrando os olhos, ela tentou ler as entrelinhas e, no meio-tempo, o calor em sua barriga não se dissipou nem um pouco. Na verdade — Deus do céu —, estar de pé de sutiã e calcinha com Fox bem do outro lado da porta só a estava deixando mais excitada.

O que não deveria acontecer.

Por uma série de razões.

Primeiro, ele não estava disponível. *Eu não estou atrás de um relacionamento e nunca vou estar.* Depois de fazer aquela declaração, ele comprovou suas palavras tentando ajudá-la a conquistar outro homem. Não importava que ela o tivesse beijado naquela festa porque parecia não conseguir evitar. Havia tido vontade de beijá-lo. Não tinha nada a ver com Sergei. Mas ele tinha deixado claro que só a estava ajudando.

Certo?

Outro motivo pelo qual ela não devia estar considerando escancarar a porta do quarto: eles eram amigos. Ela gostava dele. Muito. Se o deixasse entrar e algo acontecesse, as coisas ficariam estranhas. Fox provavelmente se arrependeria imediatamente de transar com uma hóspede, porque não poderia se afastar dela facilmente.

Isso a trazia à terceira razão pela qual ela não devia abrir a porta sob hipótese alguma.

Aquela suspeita instintiva de que Fox tinha intencionalmente tentado desconcertá-la de manhã com sua sexualidade inata. Que a empunhara como uma arma para algum propósito que ela não estava entendendo ainda.

Então lá estava ela, com seus três motivos e lubrificante de gengibre, quando a maçaneta girou e um vão de um centímetro surgiu entre a porta e o batente. E então outro. E mais um. Até que ela estava recuando para permitir que a porta se abrisse por completo, os músculos da sua barriga se contraindo ao ver o contorno de Fox na entrada do quarto de hóspedes. Sem camisa, imundo, rústico e suado.

Ah, não.

O olhar dele viajou até o triângulo preto da sua calcinha e um músculo se tensionou em sua mandíbula.

— Não se mexa.

Congelada, ela ficou olhando da porta enquanto Fox seguiu até a pia da cozinha e lavou as mãos, secando-as em um pano e o jogando de lado. E então atravessou devagar o apartamento escuro na direção dela, entrando no quarto e fechando a porta atrás de si.

— Vem cá, Hannah.

A ordem rouca quase a fez gemer. Lavar as mãos significava o que ela estava pensando? Que ele planejava... tocá-la? Era uma ação tão prática. Como se ele estivesse apenas cuidando de uma tarefa.

— Não acho que seja uma boa ideia.

— É uma ótima ideia, se você precisa gozar.

Ela deu um passo para a frente e ele agarrou seu punho, puxando-a para perto, mais perto, até que estavam prestes a colidir; então Fox se moveu no último segundo, saindo da frente dela, e a deixou de rosto para a porta, virada de costas para ele. Seus dedos se enterraram no cabelo de Hannah e inclinaram a cabeça da garota para a esquerda, a respiração dele no pescoço dela, a visão de Hannah borrando quando ele colocou as mãos na sua cintura e apertou, correndo as palmas lentamente até a sua barriga, despertando uma série de hormônios nunca antes encontrados e, portanto, nunca nomeados.

— Caralho, Hannah. Você é tão sexy.

— Fox...

— Aham. Vamos falar disso aqui um instante — disse ele contra o pescoço dela, a voz rouca, arranhando-a de leve com os dentes, os dedos se movendo de um lado para o outro acima do umbigo dela. — Você saiu correndo, como se o set estivesse pegando fogo, para vir aqui e se tocar.

Ela soltou um ruído ininteligível que podia ter sido um sim. Eles estavam mesmo discutindo aquilo em voz alta? Isso estava acontecendo?

— Sei que não foi o diretor que te deixou assim. — Muito de leve, a ponta dos dedos dele roçou a borda da calcinha de Hannah, o dedo do meio se esgueirando para baixo do tecido e a provocando. — Talvez você vá atrás dele para uma conversa estimulante, mas sou eu quem você procura quando quer se divertir.

Quê?

Hannah se esforçou para entender o sentido daquilo. Não só das palavras que saíam da boca dele, mas da rebelião que provocaram dentro dela. *Pense.* Mas não era tão fácil pensar quando — aos poucos, bem devagarinho — ele a apertava mais contra a porta, e ali... a ereção dele encostou em sua bunda, seus quadris se movendo como se ele estivesse entregando um presente.

— Você quer meus dedos entre as suas pernas?

Sim.

Sinceramente, ela quase gritou.

Mas havia algo errado. Se a sua libido conseguisse parar de berrar por um segundo, ela conseguiria entender.

— Fox...

— É nisso que eu sou bom, Hannah. Deixa eu te mostrar. — A língua de Fox subiu pelo pescoço dela com uma sexualidade tão óbvia e animal que ela ficou vesga. — Pode ser um segredo entre amigos no escuro.

Amigos.

A palavra a atingiu.

E então: *É nisso que eu sou bom.* Ele estava se gabando... só que não. Porque havia uma tensão no seu tom que não se encaixava em um cenário como aquele. O dia todo, algo a incomodara em relação ao comportamento dele de manhã, e agora ela entendia o que estava acontecendo. O porquê ainda era um mistério, mas pelo menos agora tinha um ponto de partida.

— Fox, não.

As mãos dele pararam imediatamente, se ergueram e se apoiaram na porta.

— Não?

Estava bem óbvio que ele nunca ouvira aquela palavra antes. Não de uma mulher. E Hannah não podia culpar nenhuma delas. Havia algo no modo franco como ele falava, em seu toque com a intenção de excitá-la, seu jeito tão fluido de se mover, que fazia inibições e inseguranças parecerem irrelevantes. Eles eram apenas duas pessoas dando conta de uma necessidade, e não tinha nada de errado nisso, tinha? Fox era um convite ambulante para relaxar.

Mas ela não ia cair nessa.

Hannah não tinha um plano de ataque. Não conseguia formular um quando seu cérebro e sua vagina estavam em total oposição. Então foi sincera, sem duvidar de si mesma.

— Ok... — sussurrou no escuro. — Tem razão. Você me deixou assim. Me fez querer... fazer isso quando falou sobre extravasar e... e saiu andando sem camisa por aí. É isso que você quer ouvir?

— Sim — rosnou ele ao lado do ouvido dela. — Me deixa resolver isso pra você.

— Não.

As mãos dele se fecharam em punhos na porta e uma risada sem graça agitou o cabelo na têmpora dela.

— Está com medo de quê, Hannah? De que as coisas fiquem esquisitas entre nós? Não vão ficar. Sabe o que é esquisito? O fato de que eu nunca transei com você. É tão fácil quanto respirar para mim.

— Não, não é.

Assim que ela falou aquilo, a crença se tornou sólida como concreto.

Era essa a tensão que ela ouvira na voz dele. Era por isso que ele quase parecia estar interpretando um papel de manhã. Estava atuando. Tentando compensar.

Houve uma pausa.

— Quê?

— Não é fácil para você, é? — Ela se virou de frente para Fox, erguendo o olhar para a expressão reservada dele, o estômago revirando. — Você faz sexo bem? Talvez. Mas isso não é a única coisa em que você é bom. Pare de tentar vender essa baboseira pra mim. Fez isso hoje de manhã e está tentando fazer agora.

Os dentes brancos e alinhados dele brilharam na escuridão enquanto ele bufava.

— Meu Deus, Hannah. Lá vem você com essa psicologia barata.

— Chame do que quiser.

De repente, a atitude dele se tornou casualmente sedutora. Ele abriu a boca e a deixou a um milímetro da dela.

— Sabe — disse com a voz rouca, os lábios roçando nos dela. — Eu poderia te convencer do contrário.

— Pode tentar.

Ok, ela não devia ter dito isso.

O sorrisinho que ele abriu era um prenúncio de desastre.

— Deixe esse óleo aí, molhadinha — disse. — Nós dois sabemos que você não precisa dele.

Meu Deus, que afirmação convencida — e irritantemente verdadeira. A frase devia irritá-la, não levá-la de volta àquele ápice de desejo, bem onde estivera antes de vislumbrar as potenciais inseguranças daquele homem.

A respiração dela acelerou e as chamas lamberam as terminações nervosas vibrantes de Hannah. Ela já admitira a Fox que tinha sido ele a excitá-la. Mas precisava ticar as caixas do seu próprio desejo. Ele não podia fazer isso por ela.

Porém, não havia como negar que ela queria compartilhar algo com ele. Ela o havia acusado de usar o sexo como uma arma, tinha questionado o blefe de que a intimidade era fácil para ele. Ele havia baixado a guarda brevemente, ficado sem reação, e agora Hannah queria ficar vulnerável na frente dele. Dar a Fox um pedaço de si mesma em troca.

Uma desculpa, talvez. Ou um convite para vê-la indefesa, como ela o vira alguns momentos antes.

Exposição em troca de exposição.

Hannah soltou o óleo.

E ele riu, arrogante.

O som foi interrompido depressa quando ela enfiou os dedos na frente da calcinha, lentamente separando os lábios molhados com o dedo do meio. A sexualidade inata de Fox permitiu que Hannah mantivesse o contato visual enquanto fazia algo tão íntimo. Aquilo era bem estranho. Tocar-se na frente de um homem, ser a estrela do show. Ela estava se afastando de sua zona de conforto para deixá-lo entrar.

A ponta do dedo passou pelo clitóris, quase fazendo seus joelhos cederem.

Ela soltou um ruído, metade gemido, metade expiração entrecortada.

— Hannah — sibilou Fox entre os dentes cerrados, as mãos apoiadas na porta, acima da cabeça dela, flexionando os músculos desenvolvidos pelo trabalho braçal. Ah, senhor. Ter aquele homem tão perto, exalando masculinidade, cheirando a suor e óleo de massagem, ia fazer ela ter um orgasmo rapidinho. — Me deixa assumir agora.

Hannah só conseguiu balançar a cabeça, uma contração já começando no seu âmago, algum lugar intocado que devia estar alcançando pela primeira vez. Ela teria se lembrado se tivesse se sentido assim antes. Tão fora de controle e focada ao mesmo tempo. Tocar-se até gozar na frente daquele homem era a experiência mais estimulante da sua vida; no entanto, tinha muito mais rolando. A comunicação que acontecia entre eles, algo muito mais importante que o alívio físico.

Fox, obviamente não desistindo de tirá-la do rumo, subiu o nariz pela curva do pescoço dela, murmurando em seu ouvido.

— Eu estava tentando manter as coisas mais leves, mas talvez você esteja esperando uma oferta melhor? — A respiração dele encheu o ouvido dela. — Quer que eu abra suas pernas e chupe a sua boceta, Hannah? É só falar e eu faço o resto. Você só tem que enfiar seus dedos no meu cabelo e segurar firme.

Hannah perdeu a habilidade de respirar, seus dedos se movendo cada vez mais rápido no clitóris. Ele inchou, a pressão dentro dela aumentou e o calor do corpo de Fox, seu cheiro, o modo como ele a observava com intenções lascivas, sua respiração ficando superficial também, deixou cada centímetro de Hannah mais sensível. Cada fio de cabelo parecia se estender na direção dele, recebendo uma corrente elétrica em resposta, e ela estremeceu, sentindo as coxas se apertarem com força ao redor da própria mão.

— Você é suficiente quando não está me tocando — sussurrou, sem nem saber se tinha falado em voz alta até a expressão de Fox passar de excitada para perplexa. Ele começou a ofegar.

— É suficiente por si só.

Hannah observou a confusão no rosto do pescador ceder novamente ao tesão.

— Hannah — disse ele, rouco, abaixando as mãos para acariciar os quadris dela, enroscando os dedos nas laterais de sua calcinha. — Tudo bem, eu desisto. — O rosnado que ele soltou contra o pescoço dela a abalou até seus dedos do pé. — Quer transar, gata? Pule aqui e resolvemos isso logo.

Era como se ele não conseguisse conceber que uma mulher pudesse não querer nada além de sua presença.

Como se a rejeição significasse apenas que ela queria um ato diferente.

Um favor diferente dele.

Hannah não imaginava que houvesse qualquer coisa no mundo capaz de apagar o seu fogo naquele momento, mas aquele vislumbre além do exterior dele conseguiu. A vulnerabilidade revelada, apesar de todo o esforço de Fox, foi como um ventilador soprando sobre sua pele suada e deixando-a pegajosa. Algo próximo a indignação cresceu em seu peito. Tinha alguma coisa errada ali. Tinha alguma coisa dentro de Fox que não deveria existir, e Hannah queria achar um nome para ela.

Tentando reduzir o ritmo da respiração, Hannah tirou os dedos da calcinha e relaxou o braço ao lado do corpo.

— Fox...

Ele recuou como se estivesse chocado, inflando as narinas.

Abriu a boca para falar algo e a fechou de novo.

Eles se encararam por longos segundos. E então ele agarrou a maçaneta, afastando Hannah de seu caminho, gentil e firme ao mesmo tempo, para poder sair dali a passos largos, sem parar até sair do apartamento.

Hannah ficou encarando a parede, o riff de abertura de "Dazed and Confused", do Zeppelin, tocando na cabeça. Que porra tinha acontecido ali?

Não estava totalmente claro, mas de repente ela não se sentiu bem por chamá-lo de Garotão — e, naquele momento, jurou que nunca mais faria aquilo de novo.

Capítulo onze

Fox decidiu apenas fingir que nada tinha acontecido.

Era isso e ponto.

O que tinha acontecido, afinal? Nada.

Tirando o fato de que ele viu Hannah de sutiã e calcinha — uma imagem que ficaria gravada em seu cérebro para toda a eternidade —, ele tinha colocado a boca no pescoço dela e passado a mão sobre sua pele macia. Falado umas sacanagens. E daí? Ainda que ele tivesse quase escorregado, nenhum limite fora ultrapassado.

Não havia por que ficar tenso.

Não havia por que sentir um buraco no estômago.

Fox esfregou a nuca com força, tentando se livrar da tensão. Estava parado na cozinha, cercado por ingredientes para preparar uma sopa de batata com alho-poró, os legumes finamente fatiados no balcão sem uma tábua de corte. Ele tinha feito uma bagunça e mal se lembrava daquilo. Nem de caminhar até a loja para comprar os ingredientes necessários. Tudo que sabia era que Hannah voltaria do set a qualquer momento, e ele sentia que lhe devia desculpas. Ela havia precisado de algo que ele não conseguira lhe dar.

Ele tinha feito com que ela brochasse.

Não se excitasse. Brochasse.

Hannah devia gostar mais do diretor do que ele imaginava. Caso contrário, teria deixado Fox levá-la à loucura, certo? Tinha que ser essa a razão para ela parar antes do orgasmo. Não podia ser outra coisa. Não podia ser porque Fox tinha se exposto acidentalmente e ela não tinha gostado do que vira.

Ou podia?

Ele jogou um ramo de tomilho na sopa e observou o creme engolir os pontinhos verdes, muito consciente de sua pulsação na garganta. Não era como se a rejeição fosse um conceito totalmente desconhecido para ele. Mas, depois da faculdade, ele tinha se afastado de situações em que existia a possibilidade de ser rejeitado. Ele fazia bem seu trabalho e voltava para casa. Quando transava, os termos eram sempre definidos com a mulher com antecedência, sem margem para interpretações erradas. Não havia confusão sobre as intenções de ninguém. Não havia riscos. Não se embarcava para nenhum horizonte desconhecido.

Essa coisa com Hannah era todo um horizonte desconhecido.

Era amizade... e talvez esse fosse outro motivo para ele ter insistido tanto mais cedo. Porque ele não sabia como ser um bom amigo. A possibilidade de fracassar, de decepcioná-la, era assustadora. Distraí-la com sexo era muito mais fácil.

O som de uma chave virando na fechadura fez o estômago de Fox embrulhar, mas ele mexeu a sopa casualmente, erguendo os olhos com um sorriso quando Hannah entrou.

— Ei, Pintadinha. Espero que esteja com fome.

Ela obviamente o avaliou, hesitando antes de se virar para fechar a porta. Fox não conseguiu evitar e aproveitou os poucos segundos em que ela não estava olhando para ele para absorver o máximo possível. O coque bagunçado na sua nuca, os fios cor de areia espetados dos lados. A Hannah de sempre. O perfil dela, especialmente o nariz teimoso. O jeito prático como ela se movia, empurrando e trancando a porta, seus ombros se movendo sob a camiseta.

Jesus, tinha ficado tão gostosa só de lingerie.

Vestindo as roupas de sempre, era a irmã caçula de alguém. Uma garota normal.

Usando apenas um conjunto de sutiã e calcinha preto, segurando óleo de massagem, com os olhos cheios de desejo, era uma verdadeira gata.

E podia ter ronronado para ele temporariamente, mas queria fincar as garras em outra pessoa. Ele precisava aceitar esse fato. De verdade, dessa vez. No fundo, tinha acreditado que, se fizesse um esforcinho — de natureza física —, ela cairia aos seus pés e esqueceria completamente o diretor. Não tinha? Bem, ele havia se enganado. Hannah não era o tipo de mulher que transava com um enquanto gostava de outro, e tinha sido errado, terrivelmente errado, colocá-la naquela posição.

Fox voltou sua atenção ao fogão quando Hannah se virou de novo para a cozinha.

— O cheiro está incrível. — Ela parou na ilha atrás dele, e Fox podia sentir que estava se preparando para falar algo. Devia saber que ela não fingiria que nada tinha acontecido. Não era o estilo dela. — Sobre o que aconteceu hoje...

— Hannah. — Ele riu, sacudindo o pimenteiro com força sobre a panela. — Não aconteceu nada. Não vale a pena discutir isso.

— Certo. — Mesmo sem se virar, ele sabia que ela estava mordendo o lábio, tentando se convencer a esquecer o assunto. E também sabia que ela não conseguiria. — Eu só queria dizer... desculpa. Devia ter parado antes. Eu...

— Não. Eu devia ter deixado você ter sua privacidade. — Ele tentou desfazer o nó na garganta. — Achei que ia me querer lá e não devia ter feito isso.

— Não é como se eu não quisesse você lá, Fox.

Deus. Agora ela ia tentar fazê-lo não se sentir mal com a rejeição? Ele preferiria virar a panela de sopa na cabeça a ouvi-la explicar que estava sendo fiel a seus sentimentos pelo diretor.

— Sabe, é totalmente possível apenas tomar essa sopa e falar sobre outro assunto. Prometo que sua vontade de discutir cada detalhe do que aconteceu vai passar.

— Isso se chama supressão. Não é nada saudável.

— Vamos sobreviver só dessa vez.

Ela arrastou os pés até o outro lado da ilha, passando o dedo pela superfície. Então voltou para onde estava antes, enchendo a bochecha com ar e soltando-o devagar.

Cara, era doido como ele podia se frustrar com a incapacidade dela de desistir de falar sobre um assunto delicado ao mesmo tempo que ficava grato por isso. Nunca conhecera ninguém que se importava tanto com as outras pessoas quanto Hannah. Ela achava que a compaixão a tornava uma atriz coadjuvante em vez de protagonista, mas não percebia que sua empatia, o jeito como ela se importava de verdade, a tornava algo maior. Hannah pertencia a uma categoria bem mais real do que os créditos de um filme. Uma categoria toda sua.

E ele queria dar isso a ela. Discutir o que aconteceu no quarto antes, a reação dele ao se perceber... inútil. Pelo menos naquele momento, ele queria ceder e deixá-la analisar toda aquela merda, por mais que a discussão o assustasse. Porque, a cada novo dia, o retorno de Hannah para Los Angeles se aproximava, e Fox não sabia quando a teria por perto de novo. Talvez nunca. Não no seu apartamento. Não sozinha. Essa oportunidade logo acabaria.

Ele usou a concha para encher duas tigelas com a sopa, acrescentou colheres e deslizou uma sobre o balcão para Hannah.

— Podemos só conversar sobre outras coisas primeiro? — perguntou ele, rouco, sem conseguir olhar direto para ela por um momento.

Quando a encarou, Hannah estava assentindo devagar.

— É claro. — Ela visivelmente se sacudiu, pegou uma colher e soprou sua sopa, levando-a à boca de um jeito que ele não podia deixar de observar avidamente, seu abdome se retorcendo e flexionando. — Posso nos distrair contando que tive um dia péssimo? Não por causa do... — ela inclinou a cabeça para o quarto de hóspedes. — Não só por causa disso.

O orgulho dele estava em frangalhos.

— Tudo bem. O que mais foi péssimo?

— Bem, não conseguimos filmar a cena que precisávamos porque Christian se recusou a sair do trailer depois do almoço. O que pode significar dias a mais no cronograma, se não tomarmos cuidado.

Fox não devia ter ficado surpreso quando sua pulsação acelerou de alegria com a possibilidade de Hannah permanecer mais tempo ali, mas ficou. Quão intensos eram seus sentimentos por aquela mulher, e que sentimentos eram esses? Geralmente, para ele, tudo — sentimento ou não — estava relacionado a sexo. Só sexo. Ainda que o diretor não estivesse na jogada, será que ele seria capaz de ir além disso com Hannah?

— E tentei abordar Brinley duas vezes, mas ela estava bem determinada a me ignorar. Não sei se vou conseguir a experiência que estava esperando e... não conte essa parte pra ninguém...

Fox ergueu uma sobrancelha.

— Pra quem eu contaria?

— Certo. — A voz dela abaixou para um sussurro. — Eu não amo o rumo que ela está tomando com a trilha sonora desse filme.

Conter a risada foi difícil.

— Precisamos trabalhar nas suas críticas mordazes.

— Não estou criticando. É só que... Sergei trocou de marcha quando transferiu a locação para Westport, e não acho que ela esteja acompanhando. As escolhas dela são ousadas. Têm uma vibe meio boate de Los Angeles. — Ele manteve o sorriso firme quando ela mencionou o diretor, mas foi difícil. — As músicas não combinam, mas eu não posso fazer sugestões sem parecer uma sabe-tudo.

— Que tal falar com — ele tentou engolir a acidez na boca, desistiu e tomou uma colher bem cheia de sopa — Sergei?

— E passar por cima dela? — Hannah desenhou um X na superfície da sopa com a ponta da colher. — Não, eu não posso fazer isso.

Ele a examinou por um segundo.

— Se você estivesse no comando, o que faria de diferente?

— Essa é a outra parte péssima do meu dia. Eu não sei. As músicas não estão vindo pra mim como geralmente acontece. Acho que eu queria algo que... Algo que capturasse o espírito atemporal desse lugar. As camadas e gerações... — Sua voz foi morrendo, e ela repetiu silenciosamente a última palavra. — Gerações.

Hannah não disse mais nada, então Fox percebeu que estava segurando a respiração, esperando para ver o que ela diria em seguida.

— Gerações...?

— É. — Ela balançou a cabeça. — Eu estava só lembrando das músicas de marinheiro que minha vó me deu no outro dia. Uma pasta inteira que ela achou. Foram escritas pelo meu pai, aparentemente.

— Uau. — Fox abaixou a colher e quase perguntou: *por que não me contou?* Mas achou que soaria presunçoso. — Isso é empolgante, não? — Ele estudou as feições dela, notando a tensão nos cantos da boca de Hannah. — Tem alguma coisa te incomodando nessa história toda, né?

Ela soltou um barulho vago.

— Não é nada.

— Ah, não. Não vem com essa. — Ele empurrou a tigela para o lado, cruzando os braços. — Se quer enterrar meus pés em cimento e me obrigar a falar sobre coisas que me deixam desconfortável, vai ter que fazer o mesmo, Pintadinha.

— Hã, desculpa. Quem te deu o direito de ter razão?

Ele abriu um sorriso e fez um gesto para encorajá-la.

— Estou esperando.

Desanimada, ela enfiou uma última colherada da sopa na boca e fez questão de imitá-lo de forma exagerada, empurrando a tigela para o lado e cruzando os braços.

— Olha. Essa sou eu enrolando.

Por que ele tinha que gostar tanto dela, hein?

— Estou vendo.

— Isso não vai me distrair da conversa principal que vamos ter — alertou ela.

Ele franziu lábios.

— Entendido.

— Tá bom. Certo. — Hannah abaixou as mãos e começou a andar de um lado para o outro. — É só que... sabe, a Piper se conectou de verdade com a alma de Henry Cross no verão passado, quando estávamos aqui. E eu... eu estava meio que só fingindo.

Ela parou de andar, olhou para ele e julgou sua expressão, que ele manteve neutra. Por dentro, estava morrendo de curiosidade.

— Ok. Eu entendo de fingimento.

Pensativa, Hannah estudou o rosto de Fox antes de continuar.

— Eu tinha dois anos quando nos mudamos de Westport. Não me lembro de nada sobre Henry Cross nem sobre este lugar. Por mais que revire minhas memórias, não consigo... não consigo sentir nada por esse... passado invisível. Nada além de culpa, pelo menos.

— Por que você está sendo pressionada pra sentir alguma coisa?

— Não estou, na verdade. É só que geralmente eu sentiria. Consigo ver uma música rodar na minha cabeça como um filme e me conectar com as palavras e o som, me conectar com algo escrito sobre uma situação que nunca experimentei. Sou uma pessoa emotiva, sabe? Mas isso... é, tipo, nada. Como se eu tivesse um bloqueio mental com qualquer coisa relacionada ao meu pai.

Dava para notar que aquilo realmente a estava incomodando. E, portanto, estava incomodando Fox. Não só aquela falta de conexão com Henry Cross a chateava, mas… e se ele não encontrasse as palavras exatas para consolá-la? Reconfortar mulheres não era seu forte.

— Você quer forjar algum tipo de conexão com o passado? Com o Henry?

— Não sei.

— Por que você voltou para cá?

— Senti saudades da minha irmã. Deste lugar. Até de você, um pouco — disse ela, com ar brincalhão, mas logo ficou séria de novo. — É só isso.

— Só isso? Saudades? Ou está ruminando alguma coisa que não sabe direito como expressar? — Fox queria estar sem camisa para se sentir menos exposto. E isso nem fazia sentido. — Do mesmo jeito que você entrou aqui e ficou me cutucando até eu ceder e concordar em ter a maldita conversa… talvez esteja fazendo a mesma coisa com este lugar. Cutucando até encontrar um jeito de entrar. Mas sabe de uma coisa? Se não acontecer, não é culpa sua, Hannah.

Lentamente, a gratidão tomou as feições dela.

— Obrigada. — Ela encarou algo invisível ao longe. — Talvez você esteja certo.

Desesperado para afastar a atenção de si mesmo, pelo menos enquanto tentava reconfortá-la, ele deu uma tossidinha.

— Quer que eu dê uma olhada nas músicas? Posso reconhecer uma ou outra.

— Sério? Vocês ainda… cantam essas coisas no barco?

— Quer dizer, não muito. Às vezes Deke puxa uma e você é um babaca se não acompanha. Brendan, por exemplo, nunca canta junto.

Isso arrancou uma risada dela, e um pouco do peso dos ombros dele.

— Certo, vou pegar a pasta.

Ela parecia nervosa com aquela história toda, então era melhor eles ficarem confortáveis. Enquanto Hannah estava no quarto de hóspedes, Fox pôs as tigelas na pia e foi para a sala, acomodando-se no sofá. Um minuto depois, ela voltou com uma pasta azul desbotada cheia de papéis e se sentou no chão diante da mesinha de café, hesitando um segundo antes de abri-la. Passou um dos dedos por uma linha de texto, as sobrancelhas franzidas de concentração, e então estendeu um bolo de papéis para ele.

Fox correu os olhos por algumas linhas da primeira página e não reconheceu a letra, mas a segunda era familiar.

— Ah, sim. Conheço bem essa daqui. O pessoal das antigas ainda canta no Afunde o Navio às vezes. — A risada dele traiu sua surpresa. — Eu não sabia que tinha sido Henry Cross quem escreveu isso. A gente meio que imagina que essas músicas têm mil anos.

Hannah cruzou as pernas no chão.

— Então você sabe essa. Pode cantar?

— Quê? Tipo, agora?

Ela lhe lançou um olhar pidão, e ele sentiu o corpo ficar tenso. *Otário.* Mas saber que podia ajudar, saber que podia fazer algo que possivelmente a deixaria feliz era como ter nas mãos as chaves de um reino. Mesmo que ele tivesse que cantar para chegar lá. O desejo de dar a Hannah o que ela precisava o fez ajeitar os papéis no colo e pigarrear.

Havia uma enorme chance de que isso não significasse muito, de qualquer forma, mas, com ela olhando para ele daquele jeito, tinha que tentar.

— Quer dizer, se é tão importante para você...

Em uma voz que definitivamente não ganharia qualquer concurso, Fox começou a cantar "O tesouro do marinheiro".

Capítulo doze

Na névoa ele nasce,
Pela maré é levado.
No porão do navio
Seu orgulho é criado.
O tesouro do marinheiro
É moeda na mão e ninguém ao seu lado.

A caçada não tem fim.
É um jogo, é a fama.
O amor ele defende,
A recompensa ele reclama.
Botas no convés, vamos, homens, o mar chama.

Troco a luneta
Pela minha garota.
E a água,
Pelas crianças.
Troco o vento
Por ela.
E o caos,
Por elas.
Baixar âncoras! Há vida além da maré!

Tesouro não é
Só rubis e ouro.
Quando o marinheiro sai do frio
Para o calor do fogo,
O azul profundo não é mais sua única noiva.

O lar é a fortuna,
A saúde é o prêmio.
Deitado nos braços dela,
Olhando nos olhos delas,
Ele aprende a obedecer às leis da terra.

Troco a luneta
Pela minha garota.
E a água,
Pelas crianças.
Troco o vento
Por ela.
E o caos,
Por elas.
Baixar âncoras! Há vida além da maré!

Logo, logo, meus amores.
Logo, logo, meus amores.
Uma última viagem
Quando a lua se erguer.
Então voltarei pelo meu tesouro.
Para a canção da nossa família escrever.

Hannah tinha onze anos quando ganhou seu primeiro par de fones de ouvido.

Sempre cantava alto junto a qualquer coisa que tocasse no rádio. Sempre teve talento para lembrar as letras, sabendo exatamente o ponto em que o ritmo ficava mais veloz. Mas, quando ganhou aqueles fones, quando pôde ficar a sós com a música, foi aí que passou a gostar para valer dela.

Como foram presente do padrasto, é claro que eram completamente espalhafatosos. Cor-de-rosa e com cancelamento de ruído, eram quase pesados demais para o pescoço dela. Então Hannah havia passado horas a fio no quarto, deitada, com a cabeça apoiada no travesseiro, tocando as músicas que a mãe tinha baixado no seu celular. Billie Holiday a transportava para os salões de jazz enfumaçados do passado. O Metallica, que ela mesma tinha baixado, apesar de não ter permissão da mãe, a fazia querer gritar e chutar coisas. Quando ficou um pouco mais velha, Pink Floyd despertou sua curiosidade por instrumentos, técnicas e experimentação artística.

A música chegava ao seu âmago. Nada mais em sua vida tinha esse poder. Muitas vezes, Hannah se perguntava se havia algo de errado com ela — como um evento da vida real podia ter menos impacto que uma canção escrita cinquenta anos antes? Mas aquelas duas linhas paralelas — a vida real e a arte — nunca tinham colidido daquele jeito. E, pela segunda vez desde que conheceu Fox, ele estava vivendo a experiência com ela. Essa experiência que ela sempre, sempre tivera sozinha. Que *queria* ter sozinha. A primeira vez foi na exposição de vinis em Seattle, quando eles compartilharam um par de fones no meio de um corredor movimentado, o mundo deixando de existir ao redor. A segunda vez estava acontecendo naquele momento, na sala de estar dele.

Fox cantou as palavras do pai dela, preenchendo o cômodo vazio com um eco do passado que envolveu a garganta da garota e a apertou.

Quando cantava, a voz do pescador ficava um pouco mais grave que o normal, baixa e rouca, como um amante sussurrando para alguém no escuro, e aquela qualidade íntima combinava muito com ele. Era como se estivesse compartilhando um segredo. Fez um arrepio quente percorrer o corpo de Hannah e a envolveu como um abraço de que ela desesperadamente precisava, porque, ai, Deus, era uma música linda. Mas não era qualquer música... era sobre a sua família.

Ela soube assim que chegara ao refrão.

Uma intuição atingiu a ponta de seus dedos, a ponto de ela ter que apertar as mãos no colo e, à medida que novos versos sobre a dedicação crescente de um marinheiro a sua família saíam dos lábios de Fox, a imagem dele começou a ficar borrada. Mas Hannah não conseguiu piscar para se livrar das lágrimas, e tudo o que pôde fazer foi deixá-las se acumularem ali, como se qualquer movimento pudesse varrer a melodia do ar e roubá-la da ardência crescente em seu peito.

Tantas vezes ela tentara se conectar àquele homem, e nunca conseguira. Nem quando fora visitar a estátua de latão em homenagem a ele no porto, nem vendo dezenas de fotos com Opal. Tinha sentido um tremor de nostalgia ao abrir o Cross e Filhas com Piper, mas... nada comparado ao que estava sentindo naquele momento. Ouvir aquela canção era quase como ter uma conversa com Henry Cross. Era o mais perto que ela já chegaria de fazer isso. Aquela explicação de seus amores conflitantes: o mar e sua família.

Em algum momento, pelo menos enquanto escrevia a canção, ele quisera abandonar a pesca. Quisera passar mais tempo em casa. Com elas. Só não aconteceu a tempo. Ou ele continuou sendo chamado de volta para o oceano. Qualquer que fosse a razão, essa confissão finalmente o tornava real.

— Hannah.

A voz preocupada de Fox a fez erguer a cabeça. Ele se levantou do sofá e foi em direção a ela, largando o papel em cima da mesa. Hannah observou tudo acontecer através de olhos úmidos, a pulsação retumbando na garganta.

— Desculpa, eu não esperava por isso. Eu não esperava...

Ela deixou a frase ir sumindo quando a voz começou a falhar. E então Fox a estava erguendo do chão em seus braços. Ele pareceu quase chocado por ter feito isso, dando alguns passos sem rumo, como se não soubesse o que fazer com ela agora que estava em seu colo, mas por fim se virou e a levou da sala. Com a testa aconchegada no pescoço do pescador — quando isso tinha acontecido? —, ela o viu parar na frente da porta do quarto dele, seus músculos tensionando ao redor dela.

— Eu... eu não estou sugerindo nada trazendo você aqui, ok? Só pensei que ia querer se afastar de onde estávamos.

Isso fazia algum sentido? Não muito. Mas ela entendia. E Fox tinha razão. Ela queria ser tirada daquele momento antes que fosse devorada viva, e ele tinha sentido isso. Fox abriu a porta com o ombro e a levou para seu quarto fresco e escuro, sentando-se na beira da cama desarrumada, com Hannah encolhida em seu colo, as lágrimas criando dois rios iguais no rosto dela.

— Jesus — disse ele, abaixando a cabeça para encontrar o olhar de Hannah. — Não fazia ideia de que eu cantava tão mal.

Hannah soltou uma risada embargada.

— Sua voz é quase perfeita, na verdade.

Ele pareceu cético, mas aliviado por tê-la feito sorrir.

— Não lembrava sobre o que era a música até chegar no refrão. Desculpa.

— Não. — Ela apoiou a testa no ombro de Fox. — É bom saber que não sou feita de pedra, sabe?

Os dedos do pescador pairaram acima do rosto dela por um momento, então ele usou o dedão para enxugar as lágrimas que escorriam.

— Você não podia estar mais longe disso, Hannah.

Vários segundos se passaram enquanto ela repassava a letra na cabeça, contente em estar em um abraço firme e paciente.

— Acho que talvez... até ouvir a música, havia uma parte de mim que não acreditava de verdade que Henry pudesse ser meu pai. Como se fosse tudo um grande erro e eu só tivesse concordado por educação.

— E agora?

— Agora sinto como... como se ele tivesse encontrado um jeito de me tranquilizar. — Ela virou o rosto para o peito de Fox e suspirou. — E você ajudou.

Os músculos do antebraço dele se contraíram sob os joelhos dela.

— Eu... não.

— Sim — insistiu ela suavemente. — Opal achava que Henry podia ser a origem do meu amor pela música. É estranho pensar que esse sentimento veio de algum lugar. Tipo um trechinho de DNA que faz minha coluna se arrepiar com as notas iniciais de "Smoke on the Water".

A voz de Fox saiu grave.

— É "Thunderstruck" pra mim. AC/DC. — E depois de um instante: — Tá bom, estou mentindo. É "Here Comes the Sun".

A camiseta quente dele absorveu a risada de Hannah.

— Não tem como ouvir essa sem sorrir.

— Não mesmo. — Ele fez carinho no braço direito dela, então puxou a mão depressa, como se tivesse agido sem pensar e percebido que era demais. — Sempre me perguntei por que você não toca um instrumento.

— Ah, eu tenho uma história para você.

O braço dela ainda formigava onde ele a havia tocado. Os dois estavam sentados no escuro, falando baixinho na cama de Fox. Ela estava em seu colo, envolta em seus braços, e não se sentia nada desconfortável naquela situação. Não havia nada do constrangimento que normalmente sentiria depois de chorar que nem criança na frente de alguém que não fosse Piper. Mas Hannah não podia negar que havia uma tensão subjacente em Fox, como uma eletricidade que ele não sabia desligar. Apesar de estar nitidamente tentando.

— Tive uma fase hipster insuportável aos treze anos — continuou ela. — Eu basicamente achava que estava descobrindo todas aquelas músicas clássicas pela primeira vez e que ninguém as entendia ou valorizava como eu. Eu era terrível. E queria ser diferentona, então pedi para fazer aulas de gaita. — Ela inclinou a cabeça para trás e encontrou os olhos de Fox no escuro. — Um conselho de amiga: nunca toque gaita se você usa aparelho.

— Hannah. Pelo amor de Deus. Não. — A cabeça do pescador caiu para trás brevemente, e uma risada escapou. — O que aconteceu?

— Nossos pais estavam no Mediterrâneo, então fomos à casa dos vizinhos, e eles estavam na França...

— Ah, sim. Típico problema da vizinhança.

Ela riu.

— Então o paisagista deles se ofereceu para levar eu e Piper... que tinha molhado as calças de tanto rir... na traseira da caminhonete dele. — Ela mal conseguia manter a voz firme de tanta vontade de rir. — Fomos levadas ao hospital mais próximo na traseira de uma picape enquanto a gaita estava presa na minha cara. Cada vez que eu expirava, ela tocava algumas notas. As pessoas ficavam buzinando...

O corpo inteiro dele tremia de rir, e Hannah percebeu que ele finalmente havia relaxado. A tensão sexual não sumiu por completo, mas ele a tinha guardado por enquanto.

— O que disseram no hospital?

— Perguntaram se eu aceitava pedidos.

Ele estava rindo antes, mas naquele momento caiu para trás, o som da sua risada exuberante e desenfreado. Hannah deu um gritinho quando o colchão afundou, fazendo-a cair sem aviso por cima de Fox. Ela acabou com o quadril em cima da barriga dele, o torso posicionado de forma que seu peito encontrava o dele.

A risada de Fox morreu quando ele percebeu a posição.

Suas bocas estavam a um centímetro de distância — e Hannah queria beijá-lo. Muito. Os olhos cada vez mais escuros dele expressavam o mesmo. Na verdade, ela queria se sentar em cima dele e fazer bem mais que beijar. Mas ouviu seus instintos, os mesmos que obedecera de tarde, e se segurou, afastando-se um pouco até que eles não estivessem mais se tocando e ela pudesse apoiar a cabeça no travesseiro. Fox a observou, seu peito subindo e descendo, e então cuidadosamente acomodou-se de frente para ela, apoiando a cabeça no outro travesseiro. Como se seguisse o seu exemplo.

Eles ficaram assim por um tempo, vários minutos se passando sem que nenhum dos dois dissesse uma palavra. Quase como se estivessem se acostumando a ficar juntos em uma cama. A ficar tão próximos e íntimos sem o peso das expectativas. Era suficiente só estar ali com ele, e Hannah precisava que ele soubesse disso. Não conseguia se livrar da sensação de que era importante para ele saber que nada precisava acontecer entre eles para que aquele tempo valesse a pena.

— Certo... — começou ele, observando-a fixamente. — Acho que já conversamos sobre outras coisas.

Hannah não se mexeu. Nem sequer engoliu.

Fox se remexeu na cama e estendeu o punho no qual ele usava uma pulseira de couro.

— Isso era do meu pai. Ele trabalhava perto daqui, no litoral. Também era um pescador. Se casou com a minha mãe depois que ela ficou grávida de mim, mas o casamento não durou mais que alguns péssimos anos. — Ele girou o punho, fazendo o couro virar um pouco. — Eu uso para me lembrar de que sou exatamente como ele e de que isso nunca vai mudar.

O jeito como ele falou a desafiava a se encolher. Ou negar a afirmação.

Mas ela só sustentou o olhar dele e esperou pacientemente, seu punho apoiado no travesseiro, os olhos e a boca inchados de chorar. Linda, gentil e singular. Única. E estava interessada na historinha triste dele?

Que porra era aquilo, afinal? Uma conversa franca no escuro com uma mulher? A cabeceira dele deveria estar sendo quebrada. Ela deveria estar gritando no ombro dele, arranhado suas costas. O animal encurralado dentro dele uivou, implorando que mudasse de tática. Que estendesse a mão e agarrasse o vestido dela, que a puxasse e rolasse para cima dela, que a deixasse atordoada com a língua em sua boca.

Só que ele fora desarmado. Hannah tinha feito isso naquela tarde.

Nada de armadura. Nenhum meio de mudar de assunto.

E parte dele odiava seriamente o estado vulnerável em que ela o deixara. A amurada do barco tinha desaparecido, e não havia barreira para impedi-lo de tombar no mar agitado. Ele não queria aquele tipo de intimidade. Não queria compaixão nem pena nem compreensão. Estava cem por cento bem em continuar protegendo aquela ferida. Em fingir que não estava lá. Quem era ela para vir e arrancar a porra do curativo?

Era Hannah, lógico.

A mulher que não queria transar com ele — mas que ainda estava interessada, deitada ali em sua cama, querendo saber mais sobre sua vida. Sem qualquer sinal de julgamento. Sem demonstrar impaciência. Sem fazer qualquer movimento. E por mais que ele se ressentisse da intrusão em seu inferno pessoal, caramba, ele a adorava muito e queria dar tudo o que ela queria. Tanto que ardia por dentro.

Eu uso para me lembrar de que sou exatamente como ele e de que isso nunca vai mudar.

Com aquelas palavras pairando no ar, ele enfiou a mão sob o travesseiro para tirar a pulseira de vista.

— Eu nunca tomei a decisão de ser igual a ele, simplesmente era. Mesmo antes de ficar com uma garota pela primeira vez, era tipo... todo mundo me tratava como se fosse... inevitável.

Tem algo na minha personalidade, no meu rosto, acho. Os pais dos meus colegas de escola estavam sempre falando coisas tipo "Cuidado com aquele ali, ele tem um olhar endiabrado". Ou "É desse tipo de gente que sua mãe fala para você manter distância". Não fazia sentido quando eu era mais novo, mas quando fiquei mais velho e comecei a reconhecer o comportamento do meu pai com as mulheres, eu entendi. Minha professora do sexto ano dizia "Ele vai partir corações". Todo mundo ria e concordava e... olha, não lembro exatamente quando começou, só que quando cheguei no ensino médio eu enfim aceitei essa imagem, e então tudo virou um borrão. A porra de um borrão de corpos, rostos e mãos.

Ele deu um longo suspiro, encontrando a coragem para continuar. Para se revelar por completo na frente daquela mulher cuja opinião significava tanto para ele.

— No meu último ano de escola, minha mãe me mandou para um fim de semana com meu pai. Ele vinha tentando falar com a gente, enviava cartões e sei lá mais o quê. Eles não tinham um acordo formal, ela só achava que ele merecia uma chance. E... e depois de uns dias na casa dele, eu sabia. Eu sabia que não queria ser como ele, Hannah.

Alguns detalhes ele guardou para si.

Já sentia que aquela explicação sórdida do seu estilo de vida estava corrompendo Hannah. Aquela garota doce, com todo o potencial do mundo e uma cabeça cheia de músicas, não precisava do seu passado ocupando espaço na mente dela. Eles estavam em lados opostos da cama, como os dois lados da lua, então ele não ia contar para ela do número de mulheres que presenciara entrando e saindo do apartamento do pai naquele fim de semana. Ou dos sons que ouvira. O flerte, as brigas e o cheiro enjoativo de maconha.

Fox engoliu com força, implorando para que seu coração desacelerasse.

— Enfim.

Um minuto se passou enquanto ele se recuperava. Não tinha certeza de que conseguiria explicar o resto até que Hannah deslizou a mão sobre a cama e entrelaçou os dedos nos dele. Ele se encolheu, mas ela não o soltou.

— Enfim — continuou ele, tentando não reparar no calor que subia pelo seu braço. — Sempre tirei notas decentes, acredite se quiser. Provavelmente tenho que agradecer ao Brendan por isso. Ele me obrigava a entrar em grupos de estudo e a fazer aqueles fichamentos com ele.

— Fichamentos são a cara do Brendan — murmurou Hannah. — Aposto que eram separados por cor.

— E por ordem alfabética. — Ele não conseguiu se impedir de passar o dedo no punho dela, esfregando aquele ponto sensível só uma vez antes de desencostar novamente. Não podia distraí-la com sexo, e ela não queria isso. Por mais que aquilo o decepcionasse, ele estava descobrindo que era libertador não ter que apostar no seu físico. Não ser obrigado a satisfazer expectativas. — A maioria dos meus amigos fez faculdade aqui perto, mas eu fui embora. Queria me livrar dessa imagem. Dessa... fama de garanhão local. Tudo bem que eu merecia, mas não queria mais. Então fui embora. Fui para Minnesota e conheci gente nova. Eu era uma pessoa diferente. Nos primeiros dois anos de faculdade, saí com algumas mulheres, mas nada como o que tinha feito na escola. Nem de longe. E aí conheci a Melinda. A gente não fazia o mesmo curso, mas ela morava perto e... eu achei que era sério. Nunca tinha tido um relacionamento de verdade, mas parecia ser aquilo. A gente ia ao cinema, saía da cidade. E pensei, tipo, caralho... eu posso fazer isso. Não tenho mais que me encaixar no molde.

Um objeto afiado deslizou entre as costelas dele, preparando-se para perfurar.

— Ao mesmo tempo, eu tinha um amigo Kirk. Foi ele que me apresentou para a Melinda, disse que era uma amiga da família.

Kirk e eu éramos colegas de quarto no alojamento e nós dois cursávamos administração. No segundo ano, decidimos trabalhar juntos numa *start-up*. Tivemos a ideia de um site que seria um banco de filmagens especializado em tomadas aéreas. De drones. — Ele balançou a cabeça. — Agora há empresas que fazem isso. Sua produtora provavelmente já usou uma. Mas, na época, não havia nada do tipo. E a gente trabalhou duro. Íamos ser sócios. Eu estava, tipo, a um milhão de quilômetros de quem eu era em Westport, sabe?

Ele ia mesmo contar o restante da história e se humilhar voluntariamente? Já era ruim ter que viver com o constrangimento do que acontecera, que dirá ver Hannah descobrir isso. Mas a mão dela apertava a dele com firmeza, seus olhos estavam inabaláveis, então ele apenas continuou, como se tivesse recebido um empurrão invisível, sem fazer ideia de onde ia aterrissar, mas sabendo que não podia parar agora.

— Num feriado prolongado, Melinda foi para casa visitar os pais. Eu menti e disse que ia para casa também. Mas não fui. Eu nunca voltava para casa naquela época. Queria fingir que Westport nem exista. Ninguém sabia quem eu tinha sido aqui, e eu queria que as coisas continuassem assim. — Ele soltou o ar devagar. — Naquele fim de semana, voltei da biblioteca depois de terminar um trabalho e eles estavam no meu quarto. Juntos. Vendo um filme na cama do Kirk. — Ele tentou soltar a mão de Hannah, porque começou a se sentir sujo só de pensar no que estava por vir e não queria que aquela imundice a tocasse, mas ela segurou firme, apertando com mais força. — Então eu só confrontei os dois. Expliquei que Melinda e eu estávamos saindo fazia meses. Kirk ficou lívido, mas a Melinda... só riu.

Hannah franziu a testa. Era sua primeira reação visível a toda aquela história sórdida. Por algum motivo, ele absorveu aquela reação como uma esponja. Era confuso, não era? Pois é. Ela também achava. Já era alguma coisa. Ele continuaria a história e logo aquela confusão ia acabar, mas, por enquanto, a testa franzida de Hannah foi o incentivo de que ele precisava para terminar.

— Acontece que eu era a "exceção autorizada" dela. — A pontada no seu esterno o perfurou outra vez. — Ela lembrou ao Kirk que eu era a exceção autorizada do namoro deles, que eles tinham combinado desde o começo, então ele não podia ficar puto por ela ter traído. Eu era só um casinho. Não uma coisa séria. — Ele deu de ombros com um movimento nervoso. — Eu não sabia que eles estavam namorando, porque ele nunca a levava quando estava comigo. Por causa disso. Porque ele tinha ciúmes e tinha medo de que ela me achasse bonito. E, spoiler, ela definitivamente o testou com essa história de exceção. Ele não achou nada daquilo aceitável. Saiu da *start-up* e se mudou do alojamento. Nunca mais quis falar comigo, e eu não podia culpar o cara. Eu tinha feito exatamente o tipo de merda que todo mundo esperava que eu fizesse desde o ensino fundamental. Levava sexo comigo aonde quer que eu fosse, intencionalmente ou não. Não importava quanto eu tentasse ser outra pessoa, a etiqueta de mulherengo está colada em mim. Melinda sabia disso mesmo sem qualquer informação sobre o meu passado. Meu sócio nem queria me deixar perto da namorada. É tudo o que viam.

Fox percebeu que sua respiração estava acelerada e parou um momento para se acalmar.

— Eu larguei a faculdade depois disso. Não vi sentido em tentar convencer as pessoas de que sou algo que não sou. Estou trabalhando no *Della Ray* desde então.

Eles ficaram imóveis e em silêncio por vários minutos.

O pânico desabrochou quando Hannah começou a se aproximar na cama, sua expressão séria.

— Eu sou um cara que gosta de se divertir. Estou bem com isso.

— Não.

— Hannah.

Quando ela alcançou o seu lado da cama para acariciar o rosto dele, Fox encostou a testa na dela e a provocou roçando seus lábios. Hannah não conseguiu disfarçar a reação — ou o estremecimento suave que percorreu seus membros e sua barriga. Lentamente, ele a puxou para mais perto, juntando suas bocas. Era lutar ou fugir. Sair na ofensiva ou arriscar mais exposição, por mais que estivesse lutando justamente contra a coisa que a reconfortava.

Distrair. Distrair.

— Vamos, gata — murmurou ele contra os lábios dela, grunhindo com o inchaço rápido entre suas pernas, seus dedos erguendo cada vez mais a barra do vestido de Hannah. — Vou fazer você se sentir melhor. Eu quero isso.

— Não. — Ela envolveu o pescoço de Fox com os braços e o abraçou, seu peitoral menor arqueando contra o peitoral largo dele. — Estamos bem assim. — Ela cutucou o maxilar dele com o nariz e se aconchegou mais perto, como que para deixá-lo saber que não tinha medo. — Só assim.

Mesmo depois do que ele tinha contado?

Ela não estava prestando atenção?

Hannah podia resistir o quanto quisesse, segurar a mão dele e ser sua amiga, mas nada mudaria a essência de Fox. A identidade dele já estava mais do que definida. O que ela queria?

Aquilo, aparentemente. Só aquilo.

Ela queria seja lá o que ele fosse, uma mistura de defeitos e tristes verdades. Queria que ele só se deitasse com ela.

Fox levou um tempo para superar a descrença, mas finalmente conseguiu deslizar um braço sob Hannah, segurando a nuca da garota com uma das mãos. Com cuidado, ele a puxou contra o seu pescoço, fechando os olhos enquanto ela se espalhava como um bálsamo dentro dele. Não exatamente curando suas feridas, mas definitivamente abafando a dor por um tempo.

Só por um tempo. Ele só a seguraria... um pouquinho.

Segundos depois, Fox adormeceu nos braços de Hannah.

Capítulo treze

Hannah abriu os olhos na segunda de manhã e contemplou Fox do outro lado do travesseiro que eles compartilhavam, a luz do sol começando a se infiltrar pelas persianas atrás dele, delineando seu cabelo bagunçado da cor de ouro polido. Com a boca ligeiramente aberta, a barba por fazer sombreando o maxilar e a parte de cima do lábio, ele era espantosamente lindo. Sério? Ele podia estar filmando uma campanha de publicidade para a Empório Armani às seis da manhã.

Depois da noite anterior, porém... ela não conseguia olhar para ele sem enxergar o que havia por trás da embalagem, sem ver a joia não lapidada que existia bem ali. O exterior era perfeito e glorioso; mas, por dentro, sua luz atingia um pico extremo e refratava em mil direções.

Uma dor fraca se espalhou no peito de Hannah, aprofundando-se com tanta rapidez que ela teve que pressionar a região com a palma, esfregando para aliviar a pressão. A dor que Fox havia revelado na noite anterior tinha cruzado a cama e se enterrado em seu peito, recusando-se a sair — e ela tampouco queria que saísse. Não queria que ele a carregasse sozinho. Estava na cara que vinha fazendo isso por muito tempo, infecionando as feridas.

O que significava ajudá-lo a suportar o fardo do passado? Estaria ela sendo apenas uma boa amiga? Ou sua determinação em apoiar Fox tinha um interesse completamente diferente? Um interesse... romântico?

Porque essa não seria uma boa ideia.

Não seria uma boa ideia *mesmo*.

Depois da noite anterior, Hannah nunca mais o consideraria um mulherengo. Desmerecendo-se e insistindo na sua imagem despreocupada, ele estava enganando a si mesmo mais que qualquer um. Mas ainda era Fox Thornton, solteiro inveterado e profundo conhecedor de mulheres. Não queria um relacionamento, ponto. Tinha dito isso a ela.

Então, não importavam quais sentimentos pegajosos e imprudentes estivessem borbulhando, a posição de amiga solidária era a única disponível para ela, não era?

Os pensamentos de Hannah se dispersaram como as partículas de um dente-de-leão quando os olhos azuis de Fox se abriram, perfurando-a do outro lado do travesseiro. Estavam calorosos, um pouco aliviados. E então ele piscou e sua armadura se ergueu.

— Oi — disse ele devagar, observando-a atentamente. — Você passou a noite aqui.

Palavras se abarrotaram no peito dela. Frases que tinha aprendido com seus terapeutas ao longo dos anos. Coisas que queria dizer a Fox e que explicariam por que ele se sentia tão mal em relação ao que acontecera na faculdade. Sugestões para mudar sua mentalidade e garantias de que nada daquilo tinha sido culpa dele.

Mas, pela primeira vez, todas aquelas palavras pareciam inadequadas. De alguma forma, no curso da noite, ela tinha entrado no ringue junto com Fox sem nem pensar. Estava no meio daquela batalha pela alma dele. E, agora que estava ali, começava a parecer improvável que permaneceria muito tempo sem... se apaixonar por ele.

Deus. Ela estava se apaixonando. E rápido.

— Pois é — murmurou ela finalmente, sentando-se e afastando algumas mechas arrepiadas do rosto. — Desculpa, devo ter apagado.

Ele se apoiou nos cotovelos.

— Não estava querendo uma desculpa. Não tem problema.

Hannah assentiu. Olhou para Fox e... ah, caramba, pronto. Estava com uma vontade arrebatadora de tocar nele. De segurá-lo no colchão, sentar em cima dele e contar entre beijos que ele era mais do que um casinho. Muito mais do que ele se achava. Mas isso extrapolaria o papel de amiga solidária. Aquelas seriam as ações de uma namorada solidária, e ela não podia ser isso para ele.

— Tenho que chegar no trabalho cedo — conseguiu dizer.

— Certo. — Ele passou a mão no cabelo, sem saber o que falar. — Hum...

— Que foi?

Os ombros grandes de Fox se encolheram, a risada não alcançou seus olhos.

— Parece que estou te mandando embora sem nada.

Aquele abismo que se formara no coração dela na noite anterior se alargou, e Hannah mal conseguiu engolir um ruído de aflição. E então a raiva a inundou. Como os adultos com quem ele convivia e os professores que teve ousaram sexualizá-lo ainda tão jovem? Como o pai pôde levar mulheres para casa enquanto o filho de dezoito anos estava de visita? Quem eram aqueles *monstros* com quem ele fizera amizade na faculdade? Provavelmente trabalhavam para a Receita Federal agora. E, sim, uma boa dose de raiva estava direcionada a ela mesma, porque Hannah o tinha chamado de ajudante bonitinho da primeira vez que se viram e de Garotão desde então. Ela queria bater a cabeça contra a parede agora por ser igual a todo mundo.

Antes que pudesse se controlar, Hannah se virou e caminhou de joelhos na cama, envolvendo o pescoço de Fox. Deu um abraço estupidamente apertado nele, mas não conseguia parar. Ainda mais quando os braços dele se ergueram, hesitantes, e a cercaram, puxando Hannah contra o seu peito, o rosto caindo no pescoço dela.

— Você cantou para mim ontem — disse ela. — Você me levou para o mais perto do Henry que vou chegar. Isso não foi "nada".

— Hannah...

— E depois do que me contou ontem à noite, eu poderia me sentar aqui e ficar horas falando sobre masculinidade tóxica e sobre se subestimar, mas não vou fazer isso. Vou só dizer que... eu volto hoje à noite e que você é muito importante para mim.

Ela o ouviu engolir.

— Nós vamos começar uma viagem de cinco noites na quarta. Daqui a dois dias. Vai ser uma viagem mais longa que o comum. Eu só... Caso você estivesse curiosa ou quisesse saber quando não vou estar aqui.

— Claro que quero saber. — Ela apertou os lábios. — Isso significa que você vai voltar no dia que terminarmos de filmar *Deslumbrados de Amor*.

Eles se olharam com intensidade, nenhum dos dois parecendo saber o que fazer com a informação. Cronogramas, agendas, partidas, retornos. Como tudo se relacionava a eles enquanto duas pessoas que tinham acabado de dormir na mesma cama.

Ela deu um beijo na bochecha de Fox e mais um abraço, tentando não reparar em como os quadris dele se moveram ou na respiração pesada que soltou contra o seu pescoço.

— Só isso, Hannah? — Os dedos longos de Fox se embrenharam no cabelo dela para segurar a parte de trás de sua cabeça, sutilmente puxando-a para a esquerda e roçando os lábios ali. — Só vai ter abraços entre nós?

Hannah sabia que bastava uma palavra e estaria de costas na cama e amaria cada segundo. Mas talvez... talvez sua missão ali não fosse ser a amiga solidária, mas provar a Fox que *ele* podia ser essa pessoa. Que sua presença e personalidade eram suficientes sem qualquer dos atributos físicos.

— Só.

Será que esperar que Fox tentasse se ver sob uma luz nova era pedir demais? Ela não estava passando pelo mesmo processo, e sentindo bem a dificuldade? Talvez, se quisesse que aquele homem acreditasse que podia ser capitão de um navio e que podia confiar apenas em sua inteligência, humor e espírito, antes ela precisasse acreditar em si mesma. Não podia pedir a ele que subisse um novo degrau se ela mesma não estava disposta a fazer isso.

As notas de abertura de "I Say a Little Prayer", de Aretha Franklin, ribombaram pela cabeça de Hannah, e seus olhos se abriram de repente enquanto um sorriso aliviado tomava seus lábios. Aleluia. As músicas tinham voltado. Certo, a letra era um pouco preocupante, considerando que ela estava deitada na cama de Fox, mas talvez a canção toda não precisasse ser uma referência ao relacionamento deles. Quem sabe só uma parte? Só as partes sobre rezar, talvez?

Hannah engoliu em seco. Por que as músicas tinham voltado? Será que ouvir Fox cantando as canções de Henry na noite anterior tinha aberto a porteira? Ou fora o começo de uma nova faceta da carreira dela? Ou o retorno de seu pensamento musical indicava uma coisa completamente diferente?

Relutante em examinar as possibilidades mais a fundo, Hannah se deixou inspirar o cheiro de Fox, então soltou o pescoço dele, recusando-se a reconhecer a pulsação baixa entre suas pernas ou o alvoroço em seu peito. Hoje não. Provavelmente nunca.

Ela se levantou da cama, as costas aquecidas pela atenção dele, saiu do quarto e entrou no banheiro. Depois de tomar banho, se vestir e secar o cabelo, parou na sala, hesitando um momento antes de pegar a pasta cheia de canções de marinheiro originais e segurá-la contra o peito. Sem Fox à vista, ela deixou o apartamento, voltando uma vez para pegar um guarda-chuva por causa das nuvens que se acumulavam. Mas, em vez de se dirigir para a locação de filmagem do dia, ela deixou o gancho em seu estômago puxá-la em direção à loja de discos.

Hannah suspirou quando a Disco e Aquilo apareceu em seu campo de visão, um prédio comum sem nenhuma placa. As luzinhas de Natal azuis que enfeitavam a janela eram a única indicação de que o lugar estava aberto.

No verão anterior, Hannah tinha aceitado um emprego de meio período na loja de discos. Principalmente para contribuir com o orçamento delas, de modo que Piper não precisasse mais cozinhar e correr o risco de colocar fogo no prédio todo. Mas ela também precisara de algo com que se ocupar para que Piper não se sentisse péssima por passar mais tempo com Brendan do que com ela. Sem contar o fato de que discos eram a vida de Hannah, então aquele tinha sido o emprego temporário perfeito.

Uma sensação de familiaridade se assentou sobre ela quando sua mão alcançou a maçaneta de bronze e a puxou, o cheiro de incenso e café flutuando para fora e convidando-a a entrar no refúgio abafado. Ela ficou aliviada, especialmente naquele dia, ao ver que nada tinha mudado. A Disco e Aquilo ainda era antiquada e convidativa como sempre: os mesmos pôsteres que ela vira no verão ainda estavam grudados na parede, fileiras e mais fileiras de luzes de Natal cintilavam no teto, Lana Del Rey cantava com sua voz rouca do alto-falante embutido.

Shauna, a dona da loja, saiu do quartinho dos fundos com o rosto enterrado em uma xícara de café, parecendo quase chocada por ter uma cliente.

— Hannah! — Ela sorriu, deixando a xícara em uma mesinha que exibia bijuterias com contas e apanhadores de sonhos. — Eu estava me perguntando quando você finalmente ia aparecer.

— Desculpe por ter demorado tanto. — Elas se abraçaram no meio do corredor; o tipo de abraço que se dá na pessoa que a acalmou durante seu primeiro tornado. — Realmente não tenho nenhuma justificativa. — Hannah deu uma volta, absorvendo o ambiente. — Acho que fiquei preocupada que, se entrasse aqui de novo, me demitiria do meu emprego na hora e imploraria para voltar para cá.

— Bem, vou te poupar o transtorno. Não estamos contratando, já que só tivemos dois clientes desde a última vez que você esteve aqui.

Hannah bufou.

— Espero que tenham sido bons clientes, pelo menos.

— Os que conseguem nos encontrar geralmente são — disse Shauna, sorrindo. — Então, o que você tem feito?

Ah, nada de mais. Só estou no processo de perceber que tenho sentimentos por um homem que é a definição de indisponível.

— Hummm... trabalhado, principalmente. — Ela correu os dedos pelos encartes de plástico de álbuns da seção B. B.B. King, The Beatles, Ben Folds, Black Sabbath. Mas sua cabeça se ergueu quando a voz de Lana foi sumindo e uma série de notas abriu a música seguinte. Aquilo eram rabecas? Seguidas por uma bateria. Então entrou a voz. O vocal feminino rouco fez os pelos no braço de Hannah se arrepiarem. — Quem são?

Shauna apontou para o alto-falante com ar de pergunta e Hannah assentiu.

— São os Unreliables. A namorada do meu primo é a vocalista.

— São daqui?

— De Seattle.

Aquela música seria perfeita para *Deslumbrados de Amor.* Substituir o som industrial pelas batidas dramáticas da bateria, a descarga de emoção na voz da cantora, o elemento folk das rabecas. Isso traria a história de cidade pequena à vida. Daria ao filme não só textura, mas personalidade.

Só quando Shauna parou ao lado de Hannah que ela percebeu que estava olhando para o nada.

— O que tem na pasta?

— Hum? — Ela olhou para baixo e encontrou a coleção de canções de Henry embaixo do braço. Tinha levado a pasta para mostrá-la a Brinley, de uma amante de música para outra, esperando que fosse um jeito de se conectar com a coordenadora musical. — Ah. São, hã... canções de marinheiro. Originais, escritas pelo meu pai quando estava vivo. A maioria são só palavras no papel. Eu teria que interrogar os moradores para aprender as melodias, mas imagino que seria tipo isso. — Ela apontou para o teto. — Tipo os Unreliables.

Hannah murmurou essa última parte, porque uma lâmpada tinha começado a piscar em seu cérebro. Ela olhou para a pasta, então abriu e folheou página após página de letras sem melodia. Mas e se... a melodia pudesse ser acrescentada? As letras eram profundas, comoventes e poéticas. Cativantes. Tinham feito Henry parecer real para Hannah. E se ela pudesse dar um passo além e trazer a música dele à vida?

Era uma ideia muito doida?

— Uma pergunta estranha pra você — disse ela a Shauna. — Você conhece bem os Unreliables? Eles estariam dispostos a...

— Como ela chamaria aquilo? — Fazer uma colaboração? Eu tenho essas canções do meu pai e adoraria colocar no estilo deles e acrescentar um vocal. Eles seriam perfeitos pra isso. Só tenho as letras, obviamente, então eles teriam muita liberdade artística...

Ah, rapaz.

Depois que aquela lâmpada se acendeu, a cabeça inteira dela parecia a Hollywood Boulevard de noite. Ela passara dias sem inspiração, e agora tudo estava chegando de uma vez, graças à pasta azul desbotada em suas mãos.

Deslumbrados de Amor se passava em Westport.

Westport era Henry Cross.

Quantas vezes ela ouvira isso?

No momento, a trilha sonora era composta de músicas que já existiam e nunca pareceram as ideais para Hannah. Músicas feitas para outro tempo e lugar, que acabavam com a magia daquele local. Que reduziam o impacto de Westport como pano de fundo. Mas e se a trilha fosse composta de músicas escritas pelo homem que definia aquele lugar?

— Você quer gravá-las? Interessante — disse Shauna, apertando os lábios. — Então quer que eles deem o próprio toque às músicas...

— Isso. Quer dizer, se estiverem em Seattle, eu poderia me encontrar com eles pessoalmente. Remunerá-los. — Se já houve um momento de ceder e usar a parte dela do dinheiro da família, era aquele. E uau. Tudo aquilo parecia algo que uma protagonista faria. Mas a sensação era boa, então ela deu mais um passo. — E gostaria de opinar também.

Shauna assentiu, parecendo meio impressionada.

— Deixa eu falar com meu primo para ver se eles estão disponíveis. Mas não crie expectativas, pode não dar em nada. Eles não são chamados de Unreliables, literalmente "não confiáveis" em inglês, sem motivo.

— Certo — disse Hannah com um sorrisinho, fechando a pasta e passando a mão na frente dela, cada vez mais envolvida, alguma coisa lhe dizendo para apostar suas fichas. Que aquilo era gigante. Fazia só um minuto que tivera a ideia e já não via a hora de começar, de mergulhar em um processo que sempre observara dos bastidores. Ela podia fazer parte dessa vez. Com o pai. — Obrigada.

Shauna cruzou o piso antigo e sentou-se em um banco atrás do balcão.

— Onde você está ficando aqui na cidade? Com o Brendan e a Piper?

— Não. Os pais do Brendan estão na cidade, então... — Ela engoliu em seco, pensando no rosto relaxado do seu colega de apartamento temporário enquanto dormia. — Estou ficando na casa do Fox, no porto.

Shauna bateu a mão na coxa.

— Ah! Espere, retiro o que disse sobre só termos tido dois clientes. Fox tem passado bastante aqui também.

Hannah se espantou.

— Tem?

— Aham. — Shauna se distraiu com uma mancha no balcão, arranhando-a com a unha. — Também fiquei surpresa da primeira vez que ele entrou. Ele estava no último ano do ensino médio quando eu estava no primeiro, sabia? Era o Fox Thornton. — Ela sacudiu a cabeça. — Você não espera que aquele homem vá simplesmente entrar na loja. Levei alguns minutos para parar de gaguejar. Mas ele tem um gosto bem razoável. O último disco que comprou foi do Thin Lizzy. Um ao vivo.

A confusão se assentou sobre Hannah.

— Mas ele nem tem um toca-discos. — Ela fez uma lista mental de tudo que tinha no apartamento praticamente vazio. — A não ser que seja invisível.

— Que estranho — comentou Shauna.

— É... — Perdida em pensamentos, Hannah recuou para a porta, precisando fazer mais uma parada antes de seguir até o set. Ela teria que desvendar o enigma dos hábitos de compra de discos de Fox em outro momento. — Estranho. Vejo você depois?

— Estou contando com isso.

Capítulo catorze

Hannah trocou o peso do corpo de uma perna para a outra enquanto dobrava e desdobrava a pasta azul nas mãos, esperando Brinley terminar de falar no celular.

Havia uma boa chance de que aquela conversa não acabaria bem. Mas, quanto mais ela considerava gravar as músicas de Henry, mais parecia certo. Inevitável. No mínimo, ela precisava sugerir a ideia. Tentar. Por Henry. Por si mesma. E talvez precisasse tentar por Fox também. Não que ele esperasse ou exigisse que ela tivesse atitudes de protagonista, mas porque ela não podia incentivá-lo a sair de sua zona de conforto se não estivesse disposta a fazer o mesmo.

Falando em Fox, ela estava se coçando para ouvir a voz dele — mesmo naquele momento em que seus nervos estavam tentando dominá-la. Normalmente, a pessoa a quem ela recorreria se precisasse relaxar seria Piper, mas Hannah se pegou abrindo sua conversa de texto quilométrica com Fox, o estômago se acalmando só de ver o nome dele na tela. Mantendo Brinley à vista, ela digitou uma mensagem depressa.

Hannah (13:45): Oi.

Fox (13:46): Oi, Pintadinha. O que houve?

H (13:46): Nada. Só resolvi mandar um oi.

F (13:47): Se está com tanta saudade, diga pra eles que está doente e volte pra casa. Eu te levo pra comprar sapatos comigo.

H (13:48): Matar aula com um pescador? Parece perigoso.

F (13:48): Não vai doer nada.

H (13:49): Mentira. Espera. Comprar sapatos? Mandei mensagem pra minha irmã sem querer?

F (13:50): Preciso de uns XTRATUFs novos. Botas de borracha pro barco. Correndo o risco de diminuir meu sex appeal absurdo, as minhas estão começando a feder.

H (13:52): Sex appeal mantido. Inacreditável. 🙄

F (13:54): É uma maldição.

F (13:55): Posso te ver da janela. Vira pra cá.

 Hannah girou o torso e encontrou Fox olhando para ela do seu apartamento no segundo andar, um sorriso involuntário se abrindo em seu rosto. Ela acenou. Ele acenou de volta. E uma vontade intensa de passar o dia com Fox a pegou tão desprevenida que seu braço pendeu ao lado do corpo enquanto um nó enorme se formava na garganta.

H (13:58): É estranho eu querer cheirar suas botas pra julgar se estão tão ruins mesmo?

F (13:59): Confie no seu potencial.

F (14:00): Você é única, Hannah.

H (14:01): É o que dizem por aí. Te vejo depois. Obrigada.

F (14:02): Pelo quê?

Hannah começou a responder, mas Brinley concluiu sua ligação.

Sem garra, sem glória. E sua garra não parecia tão liquefeita depois de falar com Fox. Ajudava tê-lo ali na janela, uma presença reconfortante caso ela precisasse dele.

Endireitando a postura, Hannah abriu caminho até Brinley em meio ao set, fazendo o possível para não parecer enjoada. Quando chegou à coordenadora musical, a mulher levou um minuto inteiro para erguer os olhos da anotação que estava fazendo em um bloquinho.

— Sim?

— Oi, Brinley. — Hannah apertou os lábios, girando a pasta nas mãos. — É o seguinte, trouxe algo que pensei que você podia achar interessante...

— Vai demorar? Preciso fazer uma ligação.

— Vai. — Hannah resistiu ao impulso de jogar a coisa toda para o alto, de dizer a Brinley que não era nada importante e se afastar. — Na verdade, não sei se vai ser rápido. Mas acho que vale a pena mesmo tirar alguns minutos para isso. — Hannah expirou e abriu a pasta. — Essas são canções de marinheiro originais. Escritas pelo meu pai, na verdade. E são boas. Muito boas. Várias delas são sobre Westport, família e amor. Sobre perda. Elas representam bem os temas do filme e, depois de falar com a minha avó hoje de manhã, consegui permissão para usá-las. Eu acho... bem, eu estava esperando que você considerasse sugerir a Sergei usar essas canções originais? Sei que daria um trabalho extra gravá-las profissionalmente, mas...

— Exatamente. Quanto mais você planeja estourar esse orçamento, Hannah? — A risada de Brinley era exasperada. — Sua última sugestão nos trouxe à Capital dos Peixes. E agora você quer gravar uma trilha sonora original? Talvez queira fazer a estreia em Abu Dhabi...

— Eu gostaria de ver as músicas, por favor — disse Sergei bruscamente, emergindo de trás do trailer à direita de Hannah, quase a assustando a ponto de derrubar a pasta. Ele olhou, severo, para Brinley, que empalideceu até ficar de um tom fantasmagórico, mas sua atitude se suavizou quando estendeu a mão para pegar a pasta de Hannah. — Posso?

Aquele tipo de cena em que ela ofuscava a coordenadora musical era a última coisa que Hannah queria. Brinley era uma boa profissional e Hannah a respeitava. Estivera preparada para entregar as canções e deixar a outra dizer que a trilha original era sua ideia.

Mas isso não ia acontecer agora.

Hannah tentou comunicar uma desculpa silenciosa para Brinley, mas a atenção da coordenadora estava em Sergei enquanto ele lia as primeiras canções.

— É difícil ter uma ideia só com as palavras — disse ele, parecendo decepcionado. — Não tem como ouvi-las com música?

Brinley a fulminou com um olhar de triunfo.

— Bem... — começou Hannah, novamente experimentando o impulso de pegar a pasta, rir e se desculpar pela má ideia. Em vez disso, respirou fundo e chutou a porta da sua zona de conforto. — Estou fazendo isso agora. Já providenciei a gravação de algumas. A questão é só se a Storm Born as quer para este projeto ou não.

Isso mesmo. Hannah mentiu. Só um pouquinho.

Ela estava planejando encontrar um jeito de gravar as canções, não estava? Tudo bem, o plano tinha sido posto em movimento apenas horas antes. Também havia uma chance considerável de os Unreliables não ficarem interessados ou não estarem disponíveis quando Shauna os contatasse. Mesmo assim, uma hora ela encontraria outro artista. Mas a questão era que Hannah estava falando como se o produto final fosse iminente — e não era.

O problema era que Sergei tinha um limiar de atenção extremamente curto. E ela o tinha semifisgado com uma ideia na qual acreditava de coração, alma e instintos. Se não desse ao diretor alguma coisa real, alguma coisa concreta, a ideia seria soprada da consciência dele feito um dente-de-leão.

E era o mundo do entretenimento, baby. Era fingir até conseguir.

Sergei a olhou, à beira do interesse. Só um empurrãozinho a mais.

Como?

— Eu posso... sabe — murmurou ela olhando para baixo. — Posso cantar uma delas...

— Sim, vamos fazer isso — disse Brinley, radiante, descansando o queixo no punho. — Ei! — Ela se inclinou de lado e chamou alguns membros da equipe. — Hannah vai cantar uma canção de marinheiro pra gente!

Pelo jeito como todo mundo veio correndo, era de se pensar que ela era Hailey Bieber saindo do aeroporto de Los Angeles, subitamente o foco de paparazzi ensandecidos.

— Hum. — Ela pigarreou, estendendo a mão para pegar a pasta de Sergei. Aquela canção a tinha deixado em lágrimas na noite anterior. Ela ia mesmo cantá-la na frente dos colegas de trabalho? Não estava apenas preocupada de ter a mesma reação em público, mas seu amor pela música não se estendia exatamente a

FISGADOS PELO AMOR

habilidades vocais excepcionais. — Então... essa se chama "O tesouro de um marinheiro".

Pela primeira vez, dava para ouvir um alfinete cair no set antes tão barulhento.

Até Christian pareceu interessado.

O primeiro verso da canção saiu desafinado, meio apressado. E então, por acaso, ela ergueu os olhos e viu o *Della Ray* boiando logo adiante no porto. Alguma coisa se encaixou dentro dela. Algo profundo e desconhecido, um pouco assustador. Uma ponte para o passado, para uma outra época. Seu pai tinha ganhado a vida naquele barco. Tinha encontrado sua morte ali. E ela estava cantando uma das músicas dele, então talvez fosse melhor fazer-lhe jus. Hannah tinha recebido todas as palavras e pensamentos do pai. Nunca o conhecera, mas, com aquele simples ato, será que não o estaria trazendo de volta à vida?

Ela não percebeu o quanto sua voz tinha se erguido até a canção quase acabar e ninguém ter falado ou se movido. Hannah não achou nem por um segundo que era seu talento que os mantinha imóveis como estátuas. Deus, não. A falta de reação provavelmente se devia ao fato de que ela se esforçara mais para cantar aquela música do que para fazer qualquer outra coisa antes, tirando criar a playlist perfeita.

Sua voz viajou sobre o porto, o vento parecendo carregá-la sobre a água. Quando acabou, Sergei começou a aplaudir e todos se juntaram a ele. Foi tão inesperado, o estalo atirando-a de volta ao presente, que ela recuou e quase caiu de bunda no chão, ganhando outro revirar de olhos de Christian. Mas não teve chance de agradecer a todos ou ouvir a opinião de Sergei sobre a canção de Henry antes de Brinley jogar seu bloquinho na cadeira.

— Escute, eu estou atrás dos direitos de sincronização para as nossas músicas há semanas. Nossa equipe de mixagem de som já aprovou a sequência e a escaleta. Espero que você não esteja levando isso a sério, Sergei, porque significaria começar do zero, e já passamos do orçamento e do cronograma. É uma ideia terrível. De uma garota.

Um coro de "uuuhs" se ergueu atrás deles.

O rosto de Hannah ardeu. De vergonha, sim, mas principalmente de indignação. Não havia nada terrível na ideia nem nas canções de Henry. E foi essa raiva que levou Hannah a persistir. Por que ser simpática e tentar manter a paz com Brinley? Obviamente isso não ia acontecer, então ela precisava lutar pelo que era importante. Pelo que podia controlar.

Pelo menos, esperava que sim.

Hannah cuidava de toda a burocracia da Storm Born. Ela conhecia os números e lia todos os documentos de Brinley havia anos, então usou esse conhecimento a seu favor.

— Não. Na verdade, usar as músicas nos colocaria de volta *abaixo* do orçamento. E os direitos seriam exclusivos.

Sergei gostava da palavra "exclusivo". Gostava muito. Ele olhou para a pasta de novo, aquela veia criativa serpenteando em sua têmpora.

— Podemos oferecer um valor fixo de vinte mil aos artistas pela sessão de gravação. No momento, estamos gastando mais que isso nos direitos de uma única música. Não vou pedir uma taxa de agenciamento, mas minha avó vai levar quinze por cento de qualquer lucro que a trilha renda nos próximos dez anos. Estaríamos poupando dinheiro dos produtores assim, e possivelmente colocando uma banda indie nas paradas. — Pelo canto da boca, ela sussurrou, só para enfatizar: — E é exclusivo.

— Mas o tempo que levaria... — argumentou Brinley.

— No mínimo, eu gostaria de ouvir uma demo. Essas canções dão valor histórico ao filme, enriquecem o passado dos personagens. — Sergei andou dramaticamente entre a equipe silenciosa, estendendo uma das mãos sobre a água. — Estou imaginando um pôr do sol em *fast-motion* enquanto a voz assombrada de um marinheiro vem de além do horizonte. Vamos abrir com um propósito. Com seriedade. O público vai ser atraído para o tempo e o local pelas vozes das pessoas que moram aqui. Os homens que caminharam nessas águas.

Não era tecnicamente possível caminhar na água, a não ser que o sujeito fosse Jesus, mas Hannah não achou que fosse uma boa hora para apontar esse fato. Sergei estava no modo inspiração total; todos prendiam a respiração, enquanto Brinley parecia estar a dois segundos de apunhalar Hannah com uma caneta Bic.

O diretor girou e encarou o grupo.

— Brinley, vamos continuar na direção que estávamos. Mas eu gostaria de explorar a sugestão de Hannah também. Só que estamos atrasados e acima do orçamento, Brinley tem razão quanto a isso. — Ele esfregou o queixo, pensativo, um movimento que costumava deixar o coração de Hannah acelerado, mas que agora ela observava objetivamente. *Por favor, que não seja por causa de certo capitão substituto emocionalmente complicado.*

— Hannah, se conseguir mesmo gravar essas músicas e digitalizá-las com um orçamento menor, vou considerar essa mudança de direção.

— Deixe-me simplificar as coisas para você — disse Brinley com doçura. — Se fizer isso, eu me demito.

O grupo soltou um suspiro coletivo, e um deles foi de Hannah. Definitivamente não era assim que tinha imaginado a cena quando acordou. Em vez de se conectar com Brinley por meio das canções descobertas, ela fora jogada contra uma mulher cujo trabalho ela admirava.

Sergei deixou a ameaça pairar no ar por alguns instantes.

— Bem. — Ele passou uma das mãos pelo cabelo escuro, despreocupado, possivelmente até gostando do drama. — Vamos torcer para você não ter que cumprir a promessa. — Ele atravessou o mar de membros da equipe boquiabertos que se abriu à sua passagem. — Hannah, posso falar com você a sós?

Ah, Deus.

Ele estava tentando fazê-la ser assassinada?

Hannah cogitou perguntar se eles não podiam conversar depois, tipo quando ela não estivesse sob escrutínio intenso — e, no caso de certa coordenadora musical, homicida —, mas não queria parecer ingrata depois da oportunidade que ele lhe dera. Se bem que a palavra "oportunidade" parecia um exagero. Ele queria que ela gravasse as canções de Henry para talvez colocá-las na trilha do filme. Deus, ela nem estava em contato com os Unreliables ainda. Até onde sabia, a banda podia ter se separado. Fingir até conseguir tinha parecido uma ótima ideia na hora, mas a parte do *conseguir* ia ser um desafio.

Ela seria capaz disso?

Hannah acelerou para alcançar o diretor.

— Oi — disse, acompanhando o passo apressado de Sergei à beira da água. — Sobre o que você queria falar comigo?

— Você tem sido assertiva ultimamente — respondeu ele, reduzindo o ritmo até parar e puxando as mangas da blusa de gola rulê. — Confesso que eu ia ser egoísta e deixar você como assistente de produção para sempre, mas... meus olhos se abriram recentemente. Venho prestando mais atenção e vi que você está assumindo responsabilidades que não estão de acordo com o seu salário.

Ela coçou atrás da orelha.

— Não vou discutir com você sobre esse ponto.

Ele riu, os olhos se enrugando nos cantos.

Vamos lá, hormônios. Última chance de se animar.

Eles permanecerem obstinadamente adormecidos.

— Estou curioso pra ver se você consegue entregar esses acréscimos à trilha. Eu não estava mentindo quando disse que eles podem dar muita personalidade ao filme. Aquele... arremate que está faltando.

Era gratificante e meio que um alívio saber que ela não era a única que tinha notado a falta de magia.

— Obrigada. Não vou decepcionar você.

Sergei assentiu, puxando as mangas de novo.

FISGADOS PELO AMOR

— Além disso... completamente além... Olha, eu não quero que você pense que estou te dando essa chance porque... gosto de você. Ou porque espero algo de você...

Hannah quase pediu para que ele repetisse. Aquele homem tinha mesmo acabado de dizer que gostava dela? E não parecia que estava falando em um sentido platônico. Na verdade, ele nem sequer conseguia manter contato visual. Sergei estava falando sério? Ela procurou freneticamente por empolgação, pela versão anterior de si mesma que ansiava noite e dia pelo diretor melancólico, mas... honestamente, não se lembrava da última vez que tinha rabiscado o nome dele em um guardanapo ou stalkeado seu Instagram.

— Sim? — incentivou ela, devagar.

— Provavelmente não é uma pergunta muito profissional, mas eu me vejo... — ele suspirou — ... extremamente curioso para saber se seu relacionamento com aquele pescador é sério. Vocês dois têm um relacionamento à distância ou... você vai estar livre para sair com outras pessoas quando voltarmos para Los Angeles e não houver tanta... distração?

O relacionamento dela com Fox era sério?

Essa era uma pergunta muito boa. Hannah imaginava que nenhum deles saberia qual resposta dar. Sim ou não. No entanto, todos os sinais apontavam para sim. Eles tinham mantido um ritual de mandar mensagens um para o outro toda noite por sete meses. Conheciam as inseguranças mais profundas um do outro. Dormiram nos braços um do outro e, bem, tiveram umas conversas francas sobre masturbação. Tinha isso também.

Quando ela pensava em Sergei, seu cérebro fazia sons abafados. Ela gostava do ímpeto, da criatividade e da visão do diretor. Suas blusas de gola rulê realçavam seu físico esguio. Eles teriam interesses em comum se algum dia realmente batessem um papo mais pessoal. Seria legal. Seria só... legal.

Só que, quando pensava em Fox, seu estômago se transformava em uma bolinha saltitante. Muitas emoções se reviravam ao mesmo tempo — desejo, vontade de protegê-lo, confusão, tesão —, e, além dessas belezinhas, ela estava infinitamente mais animada para vê-lo em casa naquela noite do que ter um encontro com Sergei quando voltasse para Los Angeles.

Era totalmente possível que seu interesse pelo diretor tivesse começado a minguar cerca de sete meses antes, quando certo álbum do Fleetwood Mac surgiu na sua porta, e que agora estivesse completamente acabado.

Mesmo assim, voltando à pergunta sobre quão sérias eram as coisas com Fox, ela não sabia o que responder.

Mas se viu respirando fundo e dizendo:

— Sim, o relacionamento é sério.

E, de alguma forma, falar isso em voz alta pareceu ter sido a coisa certa a fazer.

⚓

Naquela tarde, Hannah caminhou a passos lentos até o apartamento de Fox.

Tinha corrido de volta à Disco e Aquilo depois da filmagem para frisar a Shauna a urgência de contatar os Unreliables, e ficou lá enquanto a amiga fazia a ligação. Deixou cópias das canções para Shauna passar para eles, junto com a notícia empolgante (e, com sorte, tentadora) de que a Storm Born poderia pagar pela gravação das músicas

Ela ficaria arrasada se eles não topassem, já que tinham o estilo perfeito, mas, no pior dos casos, começaria a caçar outras opções bem cedo na manhã seguinte.

No fim das filmagens, as nuvens tinham escurecido, lançando um tom melancólico sobre Westport. Nuvens de tempestade sempre faziam Hannah querer se enfiar na cama com seus fones, mas, depois de rejeitar Sergei — dizendo a ele que levava o relacionamento com Fox a sério —, ela precisava de um tempo antes de encarar o pescador. Será que ele saberia, só olhando para ela, que Hannah tinha pronunciado uma impossibilidade como aquela em voz alta?

Mas talvez não fosse *completamente* impossível.

Ela não conseguia parar de pensar no que Shauna tinha dito. Claro, não era absurdo que Fox passasse na Disco e Aquilo de vez em quando. Era uma cidade pequena. Tinha sido ele que a mostrara a loja, para começo de conversa.

Mas o fato de que ele vinha comprando discos...

Para alguém que não o conhecia direito, as compras de Fox não seriam nada de mais. Só que ele sabia o que elas significariam para Hannah. Não fazia sentido esconder isso dela, a não ser que houvesse algum motivo importante por trás das aquisições. No set, naquela tarde, ela rolara a conversa deles e encontrara aquela que tinha disparado sua memória, feito sua pulsação ecoar nos ouvidos.

F (18:40): Além de ser sombrio e dramático... o que faz um homem ser o seu tipo? O que vai fazer um deles ser o cara certo?

H (18:43): Acho que... se ele conseguir achar um motivo para rir comigo nos piores dias.

F (18:44): Isso parece o oposto do seu tipo.

H (18:45): Né? Deve ser o vinho.

H (18:48): Ele precisa ter um armário cheio de discos e algum lugar onde colocar tudo para tocar, óbvio.

F (18:51): Bem, isso é lógico.

Colecionar discos não era um dos interesses dele quando se conheceram no verão anterior. Seus novos hábitos de compra eram uma informação relevante. Onde os estava guardando? E se estava escondendo os vinis dela... o que *mais* estava escondendo?

Ou ele não queria que Hannah tirasse conclusões precipitadas sobre sua coleção, ou havia muitas conclusões a serem tiradas e ele precisava de mais tempo antes de admitir isso.

A não ser, lógico, que ela estivesse completamente doida e ele fosse só um cara que tinha esquecido que comprara alguns discos. Mas, para um homem que nunca comprava nada para o apartamento, eles não teriam chamado atenção? Ela não os teria notado àquela altura?

Lubrificante tinha sido um tópico de discussão, mas não uma pilha de discos de vinil?

Hipoteticamente, se ele tivesse começado a colecionar álbuns porque tinha um mínimo interesse em ser o tipo de Hannah — e ela ignorou como seus joelhos tremiam com a possibilidade —, qual seria o nível desse interesse? A garota não sabia. Mas a mesma intuição que a levara a chamar aquele relacionamento de "sério" estava vibrando no momento. Dizendo a ela para esperar, para ser paciente, para persistir com Fox.

Que, se ele estava escondendo os discos, escondia também um desejo de ser... algo mais.

Apesar de afirmar o contrário.

Perdida em pensamentos, Hannah enfiou debaixo do braço cuidadosamente os novos álbuns que ela não conseguiu não comprar e abriu a porta do apartamento. Assim que entrou, foi imediatamente recebida pelo aroma picante de uma loção pós-barba — e, quando Fox saiu do quarto usando jeans escuros e uma camisa cinza, ela soube.

Ele tinha um encontro.

O estômago de Hannah despencou até o chão.

Capítulo quinze

Fox ia visitar a mãe. Ele sempre descobria de última hora quando ela estava trabalhando perto de Westport. Se Fox não estivesse na água, dava um pulo para vê-la, porque nunca sabia quando ela ia voltar. Mas definitivamente tinha ficado um pouco decepcionado quando Charlene ligou para dizer que estaria em Hoquiam naquela noite, porque visitar a mãe significava que não podia ficar em casa com Hannah.

Hannah, que tinha dormido na sua cama na noite anterior, sua bundinha firme no colo dele por umas boas duas horas no meio da noite. Ela mal tinha saído pela porta de manhã quando ele deitou de costas, apertou o pau e gozou depois de seis bombeadas. Seis. Geralmente levava uns cinco minutos, pelo menos. Ele tinha pensado em Hannah durante cada movimento, assim como tinha feito todas as vezes desde o verão anterior. Só que agora ela não era apenas a mulher em quem ele não conseguia parar de pensar. Era a mulher que se recusava terminantemente a transar com ele.

E que inferno. Ela entrou no apartamento com as roupas úmidas e coladas por conta da chuva, e lá estava ele, pensando mais uma vez em estar dentro dela. Imaginando aquelas costas arqueadas, sua boca aberta gritando o nome dele, pele contra pele. *Para, seu desgraçado.*

Até recentemente, Fox nunca tinha fantasiado sobre alguém específico enquanto batia uma.

Um corpo era só um corpo.

Mas, em suas fantasias com Hannah, as mentes deles estavam sincronizadas, assim como seus corpos. Eles riam tanto quanto gemiam. Até pensar nos dedos deles entrelaçados, na confiança nos olhos dela, aumentava o prazer insanamente. Imaginar-se dentro de Hannah era ótimo. *Mais* do que ótimo. Seus orgasmos andavam muito mais satisfatórios.

E isso o assustava pra caralho.

Fox foi distraído de seus pensamentos preocupantes quando Hannah parou de repente assim que entrou, emoldurada pela tempestade preguiçosa, sua expressão passando de pensativa para consternada. Triste, talvez?

— Ah — disse ela, olhando-o dos pés à cabeça. — Ah.

Ele tentou corajosamente ignorar as marteladas em seu peito. Jesus, ficavam mais altas e mais difíceis de controlar a cada vez que eles estavam no mesmo cômodo. Por muito tempo, ele tinha pensado que, se os dois transassem, aquilo passaria. Aquela torção quente, líquida e lancinante que ela inspirava nele com um simples piscar de olhos. Ele se sentiria um merda depois por ameaçar a amizade deles, mas pelo menos aquilo acabaria e ele pararia de ficar obcecado por Hannah. Agora estava começando a duvidar que *qualquer coisa* funcionaria.

— Oi pra você também — disse ele, a voz saindo tensa.

— Desculpa, eu só não esperava... Eu... — Ela derrubou a sacola que estava segurando debaixo do braço, se assustou e então se abaixou para pegá-la. — Você vai num...

Fox franziu a testa.

— Vou num o quê?

— Vai sair. — Ela se levantou devagar, apertando a sacola contra o peito, os olhos arregalados e fixos nele. — Vai num encontro.

A compreensão desabrochou nele.

E então ele entendeu a reação dela: a suposição de que ele ia em um encontro a tinha atingido de verdade. Sinceramente, parte dele queria sacudi-la e dizer: *Agora você sabe como eu me sinto vendo você sair para encontrar aquele seu diretor todo dia de manhã.* Mas o que esse argumento os tornaria? Um casal? Eles não eram um casal. Ela morava em um estado diferente e estava interessada em outro cara. Tudo que ele tinha para oferecer era um cara rodado e o escárnio que o acompanhava. Potencialmente para ambos. Eles não podiam ter um relacionamento, apesar da decepção óbvia dela ao vê-lo arrumado para sair com alguém. E então, por um segundo, Fox considerou deixar Hannah acreditar que ele *ia* encontrar outra pessoa. Talvez isso colocasse fim ao que quer que estivesse acontecendo entre eles. Os dois não deviam dormir na mesma cama, não deviam compartilhar segredos profundos e delicados. Veja só aonde isso levava: ciúmes. A uma vontade de carregá-la de volta para o quarto dele, de envolver-se em sua bondade e se sentir normal de novo. Ela era a única pessoa que o fazia se sentir assim. Que o fazia se sentir... aceitável.

No fim, Fox não conseguiu se obrigar a fazer aquilo. Não podia deixá-la pensar nem por um segundo que preferiria passar seu tempo com qualquer outra pessoa. A mentira o teria assombrado.

— Minha mãe está na cidade — explicou ele, se acalmando quando viu o alívio estampado no rosto dela. — Bem, ela está em Hoquiam, só por esta noite. Fica a uns quarenta minutos daqui. É para lá que eu vou. Encontrar com ela.

Os ombros de Hannah relaxaram. Ela levou um momento para responder.

— Por que só esta noite?

Os lábios de Fox se curvaram em um leve sorriso.

— Ela promove partidas de bingo em vários lugares. Vai de uma ponta a outra da costa, organizando eventos em várias igrejas e casas de repouso.

— Ah... nossa. Eu não esperava por essa. — A expressão de Hannah pareceu divertida. — Você vai jogar bingo?

— Às vezes eu jogo. Mas normalmente ajudo a controlar a multidão.

— Jogadores de bingo precisam ser controlados?

— Você não faz ideia, Pintadinha.

Olhando para a sacola em sua mão, o sorriso dela ficou curioso e uma ruga apareceu entre suas sobrancelhas.

— Fox — ela parecia perscrutá-lo —, você tem um toca-discos?

Então, tarde demais, ele reconheceu a sacola de papel marrom estampada com o logo roxo da Disco e Aquilo, e seu estômago se revirou. Claro que Hannah tinha ido até lá. Por que não visitaria a loja ao menos uma vez durante sua estadia? Tinha sido burrice dele comprar seus álbuns naquele lugar quando ela podia tão facilmente descobrir que ele passara na loja.

— Se eu tenho um toca-discos?

Hannah arqueou uma sobrancelha.

— Foi o que perguntei.

— Eu ouvi.

O peito dela subiu e desceu.

— Você tem um, sim — concluiu.

— Eu não disse isso.

— Não precisa.

— Hannah.

Mas ela já estava na missão, fazendo o pânico afundar como uma âncora no estômago de Fox. Esconder de Hannah o toca-discos e os álbuns que havia comprado tinha sido egoísta. Ele se sentira egoísta muitas vezes. Mas tinha comprado tudo aquilo por motivos que não sabia expressar em voz alta. Uma necessidade instintiva de ser o que ela queria.

E Hannah... ela o faria admitir isso.

Ela passou por Fox, deixou a sacola de papel na mesa da cozinha e deu uma volta na sala, seu olhar finalmente parando no armário trancado.

— Está ali?

Fox engoliu em seco.

— Sim.

Hannah soltou um ruído magoado, apoiando uma das mãos no peito.

Era isso. Não havia como fugir do que estava por vir. Com a descoberta do toca-discos escondido no armário, ela saberia a frequência com que ele pensava nela. Saberia que a melhor parte do dia dele era quando trocavam mensagens antes de dormir. Saberia que as mãos dele tremiam com a necessidade de tocá-la quando ela estava no banho. Que ele não conseguia mais olhar para outras mulheres e que sua existência se tornara inegavelmente celibatária. Que, durante o dia inteiro, as palavras que ela dissera de manhã tinham ecoado na cabeça dele e apertado seu peito com uma emoção que ele não sabia nomear.

Vou só dizer que... eu volto hoje à noite e que você é muito importante para mim.

Hannah ficou em silêncio por tanto tempo, mordiscando o lábio inferior carnudo, que ele se perguntou se ela diria alguma coisa. Parecia quase dividida. O que estaria se passando na cabeça dela?

— Esse tempo todo, Fox? Sério? — A voz dela se tornou um sussurro abafado, e a pulsação dele começou a martelar contra os ouvidos. — Eu fiquei ouvindo música no meu celular sem nenhum motivo?

Fox soltou a respiração devagar, o alívio lutando contra... a decepção?

Não. Não podia ser isso.

Ou ela o estava deixando se safar... ou não entendia por que ele tinha comprado o toca-discos. Era para estar perto dela. Para ter uma conexão com aquele dia que eles passaram juntos em Seattle, quando ele se sentira ele mesmo e compreendido pela primeira vez desde que conseguia se lembrar. Para ser o homem com quem ela imaginava ficar.

— Eu estava... guardando para fazer uma surpresa — disse Fox, enfiando a mão atrás do armário para pegar a bolsinha de couro e tirar a chave, muito consciente de como era estranho e revelador o fato de que tinha escondido aquilo. Começando a suar, ele a girou na fechadura. — Achei que podia pegar se você tivesse um dia ruim no trabalho, sabe?

Os olhos dele se fecharam quando ela concordou com um murmúrio, bem atrás dele. Estava tão perto que ele quase conseguia sentir a vibração na sua nuca, o couro cabeludo acordando. Caramba, ele queria tanto tocá-la, sentir o gosto dela. Cairia de joelhos se ela piscasse. Não havia como negar a tensão entre eles — a reação consternada dela ao pensar que ele teria um encontro falava por si só. Mas Fox se obrigou a aceitar o que ela estava disposta a oferecer: amizade.

Hannah sabia que um relacionamento entre eles não funcionaria. Sabia disso tanto quanto ele, e os estava salvando, já que ele não era forte o bastante para fazer isso. Talvez uma hora ficasse mais fácil não a tocar. Se ele conseguisse sair daquele limbo de "amigo da Hannah", só poderia agradecer.

Fox destrancou o armário e recuou, absorvendo a expressão dela como uma esponja seca jogada no oceano.

Quando o rosto de Hannah se transformou de alegria, ele quis se chutar por não ter mostrado tudo para ela antes.

— Ah, um Fluance. — Ela correu os dedos pela borda suave. — Fox, é lindo. Está cuidando bem dele?

Ele franziu os lábios.

— Sim, Hannah.

Ela deu um passo para trás e inclinou a cabeça, olhando o objeto de outro ângulo, e soltou um suspiro contente.

— E é uma escolha tão perfeita pra você. O chassi de madeira me lembra o convés de um navio.

— Foi exatamente o que eu pensei — disse ele, sincero. A validação que ela sempre parecia dar com tanta naturalidade o levou a abrir a porta inferior e revelar a fileira ordenada de álbuns que ele tinha colecionado nos últimos sete meses. Fox riu do arquejo estrangulado dela. — Vai nessa. Coloca alguma coisa pra tocar.

— Fala sério, é claro que eu vou pôr algo para tocar a noite toda enquanto você estiver fora — replicou ela em um tom baixo e reverente, inclinando-se para a frente a fim de examinar a coleção, que continha um pouco de tudo, de metal a blues e música alternativa.

— Não vai, não, porque você vem comigo.

Ele não achou que houvesse algo que pudesse competir com os discos, mas o olhar de Hannah voou para o dele com aquela declaração, e eles se encararam no silêncio que se seguiu. Fox tinha planejado convidar Hannah para conhecer sua mãe? Não. A ideia não devia nem ter passado por sua cabeça. Apresentar uma mulher a Charlene? Só no dia de São Nunca. Mas, assim que as palavras saíram da sua boca, ele não conseguiu imaginar a noite de outra forma. Era óbvio que ia levá-la com ele. Óbvio.

— Quem sou eu para recusar uma partida de bingo tão tumultuosa que precisa ser controlada? — perguntou ela, sem fôlego, as bochechas ligeiramente coradas. Ele teve que se conter para não as beijar. Para não descer os lábios pelo pescoço vermelho dela e lhe dar toda a atenção do mundo até que a calcinha dela estivesse encharcada. — Só deixa eu trocar de roupa.

— Tudo bem — disse ele, com a voz rouca, enfiando os punhos nos bolsos da calça jeans.

Hannah estava quase no quarto quando parou e voltou correndo ao toca-discos, puxando um vinil de Ray LaMontagne com cuidado e apoiando a agulha na primeira faixa, seus lábios se curvando alegremente ao primeiro estalo.

— Para criar um clima — explicou ela, os olhos cintilando.

Então voltou depressa ao próprio quarto e deixou Fox encarando o ponto onde estivera, o coração do pescador ameaçando obstruir a garganta.

Ufa. Essa tinha sido por um triz.

Capítulo dezesseis

Fox não tinha exagerado.

Os jogadores de bingo estavam ali para ganhar.

Quando ele e Hannah entraram no estacionamento da igreja, já havia uma fila dobrando a esquina, e os jogadores da terceira idade (a maioria) não pareciam muito felizes por ficar do lado de fora sob uma garoa constante.

Fox desligou o motor e se reclinou, tamborilando depressa na parte inferior do volante. Ansioso. Era assim que ele tinha ficado no final do trajeto, e, embora Hannah não soubesse o motivo, começou a se perguntar se aquela agitação era porque veria a mãe.

Talvez ela devesse estar em casa, procurando outras bandas para o caso de os Unreliables não aceitarem a proposta, mas não queria estar em nenhum outro lugar. O convite para conhecer a mãe de Fox parecia quase sagrado. Como um vislumbre dos bastidores. E Hannah só tinha conseguido dizer sim.

A verdade era que queria estar com ele. Perto dele.

Fox tinha comprado um toca-discos e o escondera.

Ela não tinha acreditado na desculpa de que ele o estava guardando para um dia ruim. Uma surpresa para tirar da cartola após um dia difícil no set. Não, aquilo era balela — e Hannah tinha quase certeza de que ambos sabiam disso. Aquele homem comprar qualquer coisa permanente para o apartamento quase vazio tinha um significado. E Hannah podia admitir que tinha certo receio de se aprofundar mais naquilo. De descascar mais camadas e descobrir se seus sentimentos rapidamente crescentes por ele eram correspondidos. Porque e se fossem?

Fora o obstáculo óbvio — eles não moravam no mesmo estado —, um relacionamento entre eles nunca funcionaria. Não é?

Fox alegava não querer uma namorada nem qualquer tipo de compromisso.

Hannah era o total oposto. Quando decidia se comprometer com algo ou alguém, ela se jogava de cabeça. A lealdade às pessoas com quem se importava vibrava em seu sangue. A lealdade era parte determinante de sua identidade.

Ela fingira que o toca-discos era legal. Nada de mais. Uma descoberta divertida. Mas aparentemente seu coração autodestrutivo queria analisar o significado por trás de tudo aquilo. Ignorar esse ímpeto doía, mas ela se obrigou a se concentrar no aqui e agora. Onde Fox claramente precisava de uma amiga para distraí-lo e levá-lo de volta ao presente. E era isso que ela seria. Recusar-se a deixar que o relacionamento dos dois fosse para o lado físico tinha desbloqueado o que parecia ser... confiança entre eles. Algo aparentemente raro e precioso, assim como conhecer a mãe do pescador.

Hannah traçou o perfil de Fox com o olhar, os ângulos fortes de seu rosto iluminados por trás pela janela embaçada de chuva. Um músculo se moveu na mandíbula dele, seu dedo ainda tamborilando no volante. E não havia como negar que ela queria estender a mão, virar a cabeça dele e beijá-lo, finalmente deixando o fogo se alastrar de forma descontrolada entre eles, mas... aquilo ali — ser uma amiga verdadeira — era mais importante.

— Esse é meu som preferido — disse ela, desafivelando o cinto de segurança e se acomodando melhor no banco do passageiro.

— Não chove muito em Los Angeles. Quando chove, eu saio para dirigir só para ouvir as gotas caírem no teto do carro.

— E que tipo de música você ouve?

Hannah sorriu, gostando de ver como ele a conhecia bem.

— The Doors, lógico. "Riders on the Storm." — Ela se inclinou para a frente para mexer no rádio dele, procurando a estação de rock clássico. — Muito adequada para um momento de protagonista.

— Momento de protagonista?

— É. Quando você tem a atmosfera perfeita e a trilha sonora para combinar com ela, sabe? E está numa estrada chuvosa, se sentindo dramática. Você é a estrela do seu próprio filme. É o Rocky treinando para a luta. Ou a Baby aprendendo a dançar merengue em *Dirty Dancing*. Ou só está chorando por um amor perdido. — Ela se virou de leve no banco. — Todo mundo faz isso!

A expressão de Fox era uma mistura de divertimento e ceticismo.

— Eu não faço. Tenho quase certeza de que o Brendan também não.

— Você nunca esteve no barco, puxando covos de caranguejos, e sentiu que estava sendo observado por uma plateia?

— Nunca.

— Mentiroso sem-vergonha.

Ele jogou a cabeça para trás e riu. Depois ficou quieto por um segundo.

— Quando eu era criança, amava o filme *Tubarão*. Assisti centenas de vezes. — Ele deu de ombros. — Às vezes, quando a tripulação está conversando nos beliches, penso naquela cena em que Dreyfuss, Shaw e Scheider estão bebendo.

Hannah sorriu.

— A parte em que eles cantam?

— Sim. — Ele lançou um olhar de soslaio para ela, semicerrando os olhos. — Sou cem por cento o Scheider.

— Ah, não, tenho que discordar. Você é definitivamente o tubarão.

A risada repentina dele fez Hannah virar o corpo todo no assento, encostando a bochecha no couro. Pela janela, ela podia ver a fila de idosos entrando, ansiosos, mas Fox não parecia estar com pressa de sair do carro, a tensão ainda óbvia nas linhas do seu corpo.

— Como é a sua mãe?

A mudança de assunto não pareceu surpreendê-lo nem um pouco, e ele tocou na pulseira de couro em seu colo, girando-a lentamente.

— Espalhafatosa. Ama uma piada inapropriada. É meio que uma criatura de hábitos. Sempre tem um maço de cigarro, um café e uma história na ponta da língua.

— Por que você está nervoso de se encontrarem?

Como se percebesse que não estava conseguindo esconder aquilo, o olhar dele voou até o dela e então se afastou, seu pomo de adão subindo e descendo devagar.

— Quando ela olha para mim, é óbvio que vê o meu pai. Por um segundo antes de sorrir, ela dá uma... não sei, é como se ela desse uma retraída.

Uma lança afiada atingiu o esôfago de Hannah.

— E você ainda a visita. É bem corajoso.

Ele deu de ombros.

— Eu já devia ter me acostumado. Uma hora dessas, me acostumo.

— Não. — A voz dela foi quase abafada pela chuva. — Uma hora dessas, ela vai perceber que você não tem nada a ver com ele e vai parar de se retrair. É mais provável.

Era óbvio que ele não concordava. Em um nítido esforço para mudar de assunto, Fox passou a mão no cabelo loiro-escuro e se virou um pouco para encará-la.

— Eu nem perguntei como foram as gravações hoje.

Hannah soltou o ar, a responsabilidade despencando sobre ela como uma pilha de tijolos.

— Ah, foi... interessante, eu acho.

Ele franziu a testa.

— Em que sentido?

— Bem... — Ela passou os dentes pelo lábio inferior, dizendo a si mesma para não completar a frase. Era egoísta querer ver a reação de Fox enquanto secretamente esperava que isso lhe desse alguma pista de como ele se sentia em relação ela. O que faria com a informação? — Sergei deu a entender que gostaria de sair comigo. Quando voltarmos para Los Angeles.

Um espasmo na pálpebra foi o único indício do que se passava na cabeça dele.

— Ah, é? — Ele pigarreou com força, olhando pelo para-brisa. — Ótimo. Isso é... ótimo, Hannah.

Eu recusei.

Disse que a coisa entre a gente era séria.

Ela queria tanto fazer essas confissões que seu estômago doía, mas já podia imaginar a expressão incrédula dele. *Eu não estou atrás de um relacionamento e nunca vou estar.* Fox podia ter escondido um tesouro musical repleto de significados mais profundos em um armário trancado, mas por fora? Nada em seu status de solteiro inveterado tinha mudado no espaço de uma semana e, se ela exigisse demais, cedo demais — ou sugerisse seus sentimentos cada vez mais profundos —, ele podia fugir. E isso doeria muito

— Hum... mas isso não é o mais importante. — Ela se recompôs mentalmente, contendo a decepção. — É meio que uma longa história, mas resumindo: eu recebi a tarefa de gravar uma demo das canções do Henry que talvez substitua a trilha atual do filme. E se isso acontecer, Brinley está ameaçando se demitir, e a equipe está fazendo apostas sobre essa possibilidade. E se vou conseguir mesmo.

— Jesus — murmurou Fox, visivelmente tentando preencher as lacunas. — Como isso aconteceu?

Ela umedeceu os lábios.

— Bem, sabe como as músicas na minha cabeça sumiram?

Ele assentiu, e ela continuou:

— Elas voltaram hoje de manhã, com "I Say a Little Prayer". E aí começaram a fluir de novo. E então eu estava na Disco e Aquilo e caiu a ficha de que não existem músicas melhores para a trilha sonora do que as do Henry. Encaixam perfeitamente. Elas foram escritas sobre Westport. — Ela fez uma pausa. — Shauna está me ajudando a entrar em contato com uma banda de Seattle para talvez, quem sabe, gravar as canções. Eu ia gravá-las de qualquer forma, mas quando falei com a Brinley sobre a possibilidade de usá-las no filme...

— Ela sentiu que estavam invadindo o território dela.

— Eu não invadi lugar nenhum — resmungou Hannah. — Só ia sugerir a ideia, mas Sergei entreouviu a conversa toda.

— Seria fruto da imaginação dela a forma como cada um dos músculos dele se contraiu à menção do diretor? — Enfim, sinto como se um desafio tivesse sido lançado. Para mostrar se eu estou pronta ou não para mais responsabilidades na empresa. Ou talvez só... profissionalmente. Na minha vida mesmo.

— Você está — disse ele enfaticamente. Então: — Não acha que está?

Hannah virou o rosto para o banco e riu.

— Meu terapês de Los Angeles está começando a te contagiar.

— Ai, meu Deus. Está mesmo. — Ele balançou a cabeça devagar, então voltou a analisá-la. — Foi uma jogada ousada, Pintadinha. Sondar uma banda. Falar com ela sobre as músicas. Você não quer o desafio?

— Não sei. Eu achava que queria, mas agora estou com medo de não entregar o que esperam e perceber que eu nunca devia ter dado uma de protagonista, sabe? Que essa sensação é apenas para quando estou dirigindo sozinha no meu carro ouvindo The Doors.

— Besteira.

— Eu poderia dizer o mesmo sobre essa sua ideia de que não pode ser capitão de navio — replicou ela em voz baixa.

— A diferença é que eu não quero ser um líder. — Havia bem menos convicção em seu tom do que da última vez que eles falaram sobre Fox assumir o *Della Ray*, mas ele não pareceu notar. Ela sim, no entanto. — Mas você, Hannah? Você consegue.

Uma onda de gratidão brotou no peito dela, e ela deixou que Fox percebesse isso. Assistiu enquanto ele absorvia sua reação com uma surpresa considerável.

— Aquelas músicas provavelmente teriam continuado sem sentido na pasta se você não tivesse cantado para mim. — O peito dele subia e descia, mas Fox não conseguia mais olhar para ela. — Obrigada por isso.

— Ei. — Ele esfregou os nós dos dedos no queixo. — Quem sou eu para esconder meu talento mínimo do mundo?

Como se o cosmos se alinhasse perfeitamente, "You've Lost That Lovin' Feelin'", do The Righteous Brothers, começou a tocar no rádio. Um suspiro satisfeito escapou de Hannah.

— Fico feliz que você se sinta assim, porque definitivamente vai cantar essa comigo.

— Acho que n...

Ela deixou a voz mais grave e cantou os compassos de abertura, fazendo-o rir. Pela segunda vez naquele dia, sua falta de habilidades vocais fez Hannah querer parar, mas, quando Fox deu um olhar de relance para a entrada do auditório da igreja com ansiedade renovada, ela aumentou o volume e continuou, pegando uma caneta do porta-copo dele para servir de microfone. No segundo verso, Fox balançou a cabeça e a acompanhou. Eles ficaram sentados na chuva, cantando a plenos pulmões, até a última nota.

Quando finalmente entraram no salão da igreja, vários minutos depois, toda a tensão tinha sumido dos ombros de Fox.

Capítulo dezessete

Charlene Thornton era exatamente como Fox descrevera.

Seu cabelo era grisalho e ela usava grandes óculos vintage com um matiz rosado e um longo suéter no corpo esguio. O salão da igreja estava abarrotado de mesas dobráveis, e ela caminhava pelo espaço cumprimentando pessoas, lançando comentários espirituosos aos jogadores de bingo e acalmando ânimos após a espera embaixo de chuva.

Havia um maço de Marlboro vermelho em sua mão, embora ela não parecesse estar com pressa de fazer nada, muito menos de sair para fumar. Parecia mais inclinada a usar o maço para gesticular ou talvez apenas por hábito.

Hannah não estava preparada para a encolhida de ombros sobre a qual Fox a avisara, especialmente vinda da própria mãe dele — nem para a vontade feroz de protegê-lo que a percorreu da cabeça aos pés. Foi tão forte que ela pegou a mão de Fox e entrelaçou os dedos nos dele sem pensar, seu coração acelerando um pouco quando ele não só não se afastou como a puxou para mais perto de si.

— Oi, mãe — disse ele, abaixando-se para beijar a bochecha dela. — Bom ver você. Está ótima.

— Você também, claro. — Antes que ele pudesse se afastar, ela pegou a cabeça dele nas duas mãos e o examinou com olhos de mãe. — Dá pra acreditar nas covinhas do meu filho? — perguntou ela por cima do ombro, fazendo várias cabeças se virarem. — E quem é essa moça? Ela não é uma graça?

— Essa é Hannah. Ela é uma graça, mas eu aconselharia você a não provocá-la. — Um canto dos seus lábios se curvou para cima. — Eu a chamo de Pintadinha, mas seu outro apelido é Capitã Assassina. Ela é famosa em Westport por enfrentar o Brendan. E, mais recentemente, por chamar alguns locais de escrotos.

— Fox! — sibilou Hannah.

Rindo, Charlene soltou a cabeça do filho e plantou as mãos nos quadris.

— Bem, eu diria então que essa jovem merece a melhor mesa da casa. — Ela se virou e fez sinal para que eles a seguissem. — Venham, venham. Se eu não começar logo, eles vão se rebelar. É bom conhecer você, Hannah. É a primeira garota que o Fox apresenta para mim, mas não tenho tempo de fazer drama por causa disso.

Droga. Hannah gostou dela de cara.

E realmente quisera odiá-la depois daquela retraída.

Charlene empurrou Fox e sua acompanhante em direção a algumas cadeiras na frente do salão, bem diante do palco onde seu equipamento de bingo tinha sido colocado, puxando algumas cartelas e marcadores do avental e jogando-os na mesa.

— Boa sorte para vocês dois. O grande prêmio de hoje é um liquidificador.

— Obrigado, mãe.

— Obrigada, sra. Thornton — disse Hannah, relutante.

— Por favor, não precisa fazer cerimônia. — Ela apertou os ombros de Hannah, guiando-a até uma das cadeiras de metal. — Você vai me chamar de Charlene e eu vou torcer para meu filho ter o bom senso de aparecer com você de novo para que você tenha a chance de me chamar de qualquer coisa na próxima. Que tal?

Charlene se afastou casualmente, deixando a pergunta no ar.

Fox suspirou, parecendo envergonhado.

— Ela é uma figura.

— Eu queria muito ficar brava com ela — disse Hannah, emburrada.

— Sei como você se sente, Pintadinha — respondeu ele, as palavras quase abafadas completamente no arrastar de cadeiras e no alvoroço ao redor deles. Na frente de Fox e Hannah estavam duas senhoras que tinham erigido uma barreira portátil entre si, com dez cartelas dispostas na frente de ambas e uma seleção de marcadores das cores do arco-íris em prontidão.

— Fiquem de olho na Eleanor — disse a mulher da direita, mais próxima do palco. — Ela é uma trapaceira sem-vergonha.

— Você cale essa boca, Paula — sibilou Eleanor do outro lado da barreira. — Ainda está amargurada porque ganhei aquela caçarola duas semanas atrás. Bem, pode enfiar essa atitude presunçosa você sabe onde. Eu ganhei honestamente.

— Claro — resmungou Paula. — Se honestamente significar trapaceando.

— É possível trapacear no bingo? — perguntou Hannah a Fox pelo canto da boca.

— Fique neutra. Não se envolva.

— Mas...

— Seja a Suíça, Hannah. Confie em mim.

Eles ainda estavam de mãos dadas debaixo da mesa. Então, quando Eleanor se aproximou dela, deu um sorriso doce, aparentemente esquecendo as acusações amargas, e perguntou há quanto tempo Hannah e Fox namoravam, a resposta de Hannah soou um pouco falsa.

— Ah, não, somos só — seu olhar encontrou o de Fox por um breve momento — amigos.

Paula estava obviamente cética.

— Ah, amigos, é?

— É isso que eles fazem, essa geração mais jovem — disse Eleanor, endireitando suas cartelas sem necessidade. — Não gostam de rótulos e ninguém namora firme. Eu vejo meus netos.

Eles nem saem mais em encontros, só fazem algo que chamam de "rolê de grupo". Assim não tem pressão nenhuma, porque Deus os livre.

Agora Paula só parecia enojada.

— A juventude é desperdiçada nos jovens. — Ela bateu na mesa com um dedo esquelético. — Se eu fosse cinquenta anos mais nova, estaria colando rótulos em qualquer coisa que ficasse pé.

— Paula — repreendeu Eleanor. — Estamos numa igreja.

— O bom Senhor já sabe dos meus pensamentos.

Hannah olhou para Fox, ambos praticamente tremendo com a tentativa de segurar o riso, apertando as mãos até ficarem brancas sob a mesa. Foram poupados de qualquer comentário adicional sobre a derrocada da sua geração quando Charlene ligou o microfone, fazendo um som agudo ressoar no salão da igreja.

— Certo, seu bando de velhotes. Vamos jogar bingo.

Não era um encontro (nem um rolê de grupo).

Eram apenas dois amigos jogando bingo.

Só dois amigos ocasionalmente segurando a mão um do outro debaixo da mesa, os nós dos dedos dele roçando o interior da coxa dela de vez em quando. Em determinado momento, Fox decidiu que o salão era barulhento demais para escutar Hannah direito e tinha puxado a cadeira dela para mais perto, fingindo não notar o seu olhar interrogativo. O que ele estava fazendo, porra?

Era um daqueles idiotas que queriam ainda mais uma coisa quando não podiam ter? Sergei tinha convidado Hannah para sair. Logo eles estariam de volta em Los Angeles, o diretor teria todo o acesso a Hannah que quisesse, enquanto Fox estaria no Noroeste Pacífico, provavelmente encarando o celular à espera da mensagem diária dela. E era exatamente assim que devia ser.

No entanto...

Toda vez que Fox pensava em Sergei segurando a mão de Hannah, tinha vontade de bagunçar as cartelas de bingo de todo mundo. Jogá-las pelo chão. E então talvez chutar o quadro de avisos da igreja, só para completar. Quem esse filho da mãe achava que era para chamar Hannah Bellinger para sair? Um homem melhor que ele, provavelmente. Um homem que não vinha se degradando desde aproximadamente um dia depois de entrar na puberdade. Tal pai, tal filho. Não era por isso que ele usava a pulseira que estava apoiada na coxa dela naquele momento?

— Minha nossa, isso é tão viciante — sussurrou Hannah para ele.

E ele a ouviu com facilidade, porque estava sentado perto demais, tentando não encarar aqueles fiozinhos de cabelo que a chuva tinha encaracolado ao redor do rosto dela. Ou o jeito como ela puxava o ar cada vez que ia pintar um quadradinho. Ou aquela boca. Cacete, sim, a boca de Hannah era insanamente atraente. Talvez ele devesse só se curvar e beijá-la, sem se importar com as consequências. Ele não sentia o gosto dela desde a noite da festa do elenco, e a necessidade de outra dose era insuportável.

— Viciante — disse ele, rouco. — É.

O olhar de Hannah voou para o dele, então baixou até a sua boca, e os pensamentos que correram pela mente dele não eram apropriados para ter na frente da sua mãe. Da mãe de ninguém, na verdade.

O desejo por Hannah nunca passava, mas estava especialmente forte naquele momento. Tê-la ali era mais reconfortante do que Fox havia previsto. Ele se obrigava a visitar a mãe de vez em quando, não só porque se importava com ela, mas também porque aquela retraída involuntária validava sua existência como um hedonista sem responsabilidades.

Só que Hannah... estava começando a puxá-lo para o lado oposto. Como uma força gravitacional. E agora, preso entre

Hannah e a lembrança do seu passado, seguir na direção dela parecia quase possível. Ela estava ali com ele, não estava? Jogando bingo, cantando com ele no carro, conversando. Decididamente não transando. Se Hannah gostava dele não só pela sua capacidade de dar um orgasmo a ela... se alguém tão inteligente e incrível acreditava que ele era algo mais... quem sabe não fosse verdade?

Como se lesse sua mente, Hannah passou o dedão nos nós dos dedos dele, virando-se de leve e apoiando a cabeça no seu ombro. Confiando nele.

Como uma amiga. Só amiga.

Deus. Por que ele não conseguia respirar?

— Bingo! — berrou uma das mulheres sentadas à frente deles.

— Ah, caramba. Eu ouvi a Eleanor gritar bingo aí embaixo? — perguntou Charlene, assobiando no microfone e batendo o mini gongo que havia em cima da mesa do sorteio. — Eleanor, você está com tudo nessas últimas semanas.

— É porque ela é uma trapaceira imunda! — cuspiu Paula.

— Vamos, Paula, seja uma boa perdedora — repreendeu Charlene com calma. — Todo mundo tem sorte de vez em quando. Eleanor, meu filho bonitão vai trazer sua cartela para eu conferir, tudo bem?

Eleanor estendeu a cartela para Fox com um gesto dramático, exibindo os dentes em um sorriso triunfante inteiramente dirigido a Paula. Fox empurrou a cadeira para trás, querendo que a rodada tivesse continuado mais tempo para que a cabeça de Hannah pudesse ter descansado em seu ombro por alguns minutos adicionais. Talvez, se ele dissesse as coisas certas, ela aceitasse dormir na sua cama naquela noite. A perspectiva de abraçá-la enquanto ela dormia, acordar ao lado dela, o deixou louco para voltar para casa e ver como poderia fazer aquilo acontecer...

Meu Deus. No que eu me transformei?

Ele estava tentando arquitetar um plano com o objetivo de levar Hannah para a cama para nada além de uma boa noite de sono. Será que ainda tinha um pau?

Ela provavelmente sonharia com outro homem o tempo todo. Contaria os minutos até voltar a Los Angeles.

Fox entregou a cartela para a mãe, percebendo que quase tinha amassado o papel.

— Obrigada, Fox — cantarolou Charlene, inclinando-se para cobrir o microfone. — A coisa é séria com essa garota, filho?

A pergunta o pegou de surpresa, provavelmente porque nunca tinha falado com a mãe sobre mulheres. Não desde que completou catorze anos e ela o fez assistir a um tutorial on-line sobre como usar camisinha, e então tinha colocado uma lata de café vazia na despensa e a mantido sempre cheia de notas de um e cinco dólares. Com um olhar significativo, ela disse que a lata ficaria lá, sem explicar o propósito exato. Ele sabia que aquele era o dinheiro para as camisinhas. Mesmo antes de ele começar a transar, ela tinha previsto o seu comportamento.

Ou talvez ele tivesse se comportado de certa forma porque era o que esperavam dele.

Fox nunca tinha considerado a sério essa opção. Durante a semana anterior, no entanto, sentira que estava emergindo de uma névoa. Olhava ao redor e se perguntava como tinha chegado àquele ponto. Sexo vazio, nada de responsabilidades, sem fincar raízes. Será que ele tinha vivido assim por tanto tempo que parar não era nem mais uma possibilidade?

Você parou, idiota.

Temporariamente.

Certo.

Com a pergunta da mãe ainda pairando no ar, Fox olhou de volta para Hannah. Cada célula em seu corpo se rebelava contra a ideia de encontrar outra mulher — que não ela — em Seattle. Mas ele tinha tentado escapar de si mesmo antes e tudo acabou dando errado, deixando cicatrizes e lhe ensinando uma lição dolorosa sobre a impressão que ele passava simplesmente por existir. E ele não ia tentar de novo, ia? Por aquela garota que podia acabar com ele se escolhesse outra pessoa? De certa forma, ela já *tinha* escolhido outra pessoa.

— Não — respondeu ele à mãe finalmente, meio engasgado. — Não, somos amigos. Só isso. — Ele abriu um sorriso que quase doeu. — Você sabe como eu sou.

— Eu sei que você chegava da escola cheirando a banho todos os dias desde que começou o ensino médio. — Ela deu uma risada. — Bem, cuide dela, ok? Ela é diferente. Parece até que quer te proteger, embora mal alcance seu queixo.

Ele controlou o impulso de dizer a Charlene que sim, era exatamente desse jeito que ela o fazia se sentir. Protegido. Desejado. Por motivos que ele nunca teria imaginado antes de conhecê-la. Ela gostava dele. Gostava de passar tempo com ele.

— Vou cuidar dela. — Sua voz quase tremeu. — Claro que vou.

— Ótimo. — Ela trocou a mão que cobria o microfone para acariciar o rosto dele. — Meu querido galã, partindo corações por aí.

— Eu nunca parti o coração de ninguém.

Era verdade. Ele nunca se aproximara o suficiente de alguém para que isso fosse uma possibilidade. Nem de Melinda. Podia ter dado mais de si à namorada da faculdade do que a qualquer uma antes, mas eles não eram nem de longe tão próximos quanto Fox e Hannah.

Ele queria se aproximar ainda mais de Hannah?

Se Sergei não estivesse na jogada, o que isso implicaria?

Um relacionamento? Hannah se mudando para Westport? Ele se mudando para Los Angeles? O quê?

Tudo parecia completamente ridículo no contexto da vida de Fox.

— E, Jesus, não vou começar agora — acrescentou ele, dando uma piscadinha para a mãe. — Quer que eu leve o liquidificador para a Eleanor?

O sorriso dela diminuiu lentamente.

— Tem certeza?

— Acho que consigo lidar com ela.

Charlene hesitou um pouco antes de erguer o pequeno eletrodoméstico, o adesivo de liquidação ainda colado de um lado, e entregá-lo ao filho. Fox desceu do palco e voltou para a mesa. Todos se viraram para observá-lo — ou observar o liquidificador, provavelmente —, como víboras prestes a dar o bote. Ele o pôs na frente de Eleanor, fingindo não notar a tensão na mesa. Talvez, se a ignorasse, eles seguiriam seu exemplo.

Ledo engano.

Assim que pôs o liquidificador na frente de Eleanor, Paula saltou.

Seus dedos esqueléticos se fincaram no topo da caixa, mas Eleanor não era nenhuma novata. Tinha antecipado o ataque e começou a apunhalar as mãos de Paula com seu marcador, deixando manchas azuis na pele da mulher. Foi um rebuliço, e os jogadores de bingo mudavam de posição para ter uma visão melhor da briga. Confiante de que conseguiria apaziguar a situação estressante — ele era um pescador de caranguejo, afinal —, Fox entrou no meio das mulheres, dando-lhes seu melhor sorriso.

— Senhoras. Vamos terminar a noite amigavelmente, que tal? Posso pegar um refrigerante para vocês do bar e...

Eleanor empunhou o marcador e acertou Fox bem no meio da testa.

Hannah ofegou, as mãos voando para cobrir a boca.

E então seus ombros começaram a tremer.

Ele podia culpá-la por rir? Havia um ponto azul gigante no meio da testa dele. Ele era uma cartela de bingo humana. Estranhamente, estava gostando da felicidade dela, ainda que fosse às suas custas.

— Sério, Hannah? — perguntou ele devagar.

Ela irrompeu em risos, sem tentar mais se conter.

— Alguém tem um lencinho? — perguntou através das lágrimas. — Ou um lenço umedecido?

— Vai precisar esfregar bem isso aí — opinou alguém nos assentos mais distantes.

Enquanto contornava a mesa, colocaram um pacote de lencinhos na mão de Hannah, e ela foi até ele, quase tropeçando de tanto rir. Antes que Fox se desse conta, estava deixando Hannah segurar sua mão e puxá-lo pela porta lateral, para a noite fresca e enevoada.

A chuva tinha parado, mas a umidade permanecia no ar, junto com o cheiro distante do oceano. Postes de luz projetavam feixes amarelos sobre poças açoitadas pelo vento, transformando-as em piscinas de luz ondulantes. O tráfego se movia, abafado, em uma estrada próxima, um caminhão grande de vez em quando dando uma buzinada longa. Era um cenário que, no decorrer dos últimos setes meses, talvez o tivesse feito se sentir solitário e exasperado consigo mesmo por sentir falta de Hannah. Agora, porém, não havia qualquer solidão. Havia apenas ela.

Hannah abriu o pacote de lenços com o dedo, tirou um e levou a folha macia à testa dele, seu corpo ainda sacudido pelas risadas.

— Ai, meu Deus, Fox — disse ela, movendo o lenço em círculos. — Ai, meu Deus.

— Que foi? Nunca viu uma tentativa de assassinato geriátrica antes?

Uma nova gargalhada ecoou pelo estacionamento silencioso e fez o coração do pescador subir à boca.

— Bem que você me disse que o bingo precisava ser controlado, mas eu não acreditei. Aprendi minha lição. — Ela ainda dava tanta risada que mal conseguia manter o braço erguido, deixando-o cair repetidamente ao lado do corpo. — Você estava tão confiante quando se enfiou entre elas. — Ela forçou uma voz mais grave para imitá-lo. — Senhoras, senhoras. Por favor.

— É — murmurou ele. — Aparentemente você não é a única imune a mim, hein?

Ele não pretendia dizer isso em voz alta, mas era tarde demais para conter as palavras.

Elas pairavam no ar, e Hannah não estava mais rindo.

O vento soprou pelo espaço ínfimo entre eles, criando mais cachinhos perfeitos dos lados da testa de Hannah. E Fox percebeu que estava prendendo a respiração. Esperando que ela o rejeitasse com delicadeza.

Ele deu uma risadinha forçada.

— Desculpa, eu quis dizer...

— Eu não sou imune — soltou ela, baixinho. — Estou longe de ser imune a você.

A admissão suave fez os joelhos de Fox parecerem gelatina, mas logo em seguida ele ficou rígido. Em todos os lugares. Cada um dos seus músculos se retesou e seu pau endureceu na hora.

— Longe quanto?

Com pálpebras pesadas, Hannah o deixou ver sua resposta. Sua sede por ele. E, em resposta, o nome dela ficou preso na garganta de Fox, seu tom surpreso. Aliviado.

Lentamente, Hannah se moveu em direção à sombra do prédio, virando-se e encostando-se na parede, invertendo a posição deles em uma dança deliberada e traçando os ângulos do rosto de Fox com calma. Destruindo-o com seu toque simples e perfeito. Curvou a ponta dos dedos no colarinho da camisa dele e o puxou para baixo, e então mais um pouco, de forma que respirassem intensamente contra a boca um do outro.

— Me beija e descubra.

Ele soltou um ruído entrecortado e se mexeu, sem conseguir parar depois de receber permissão, agarrando os quadris dela e gradualmente a empurrando contra a parede de tijolos, colando a parte inferior do corpo deles até ela gemer.

— Tem certeza?

— Tenho.

— Obrigado, Deus.

Caralho, por onde começar? Se beijasse sua boca primeiro, ele poderia devorá-la inteira, então se concentrou no pescoço. Agarrou o rabo de cavalo e puxou para a esquerda, abrindo caminho para a orelha dela e respirando em uma trilha ascendente por aquela pele incrivelmente macia, terminando sua expiração logo abaixo do lóbulo. Saboreou o arquejo dela avidamente, adorando o modo como Hannah amoleceu entre ele e a parede de tijolos, os dedos se contorcendo na frente da camisa dele, tentando agarrar o tecido.

Mesmo que ainda — *ainda* — estivesse preocupado de que poderia implodir caso se permitisse sentir o gosto único da boca de Hannah, ele atacou aqueles lábios entreabertos à espera, soltando um grunhido cortado quando o gosto dela afundou em seus ossos, deixando-o atordoado.

Deus. Ah, Deus.

Ele envolveu a língua de Hannah com a dele e puxou com força, uma, duas vezes. Sentiu a consciência dela, sua antecipação, os quadris que se contorciam onde ele os prendia contra a parede. Com os movimentos, ela se esfregou na ereção dele, deixando-o excitado pra caralho. Tão excitado, tão louco para transar, que ele reconheceu imediatamente que nunca, nem uma vez, quisera alguém tanto assim.

Hannah era maravilhosa. Hannah era a pessoa certa.

Estar dentro dela seria uma celebração, não só parte da rotina.

Não havia nada comum, ou que já tivesse presenciado, ali. Era uma combustão espontânea dos desejos que ele vinha suprimindo no que se tratava de Hannah, tanto desejos físicos quanto emocionais, e essa implosão criou uma urgência dentro dele.

Agora. Ele precisava dela agora.

Fox abaixou os quadris e a ergueu de leve, se esfregando contra a virilha dela, e os olhos de Hannah se reviraram, as mãos o puxando para mais perto. Suas bocas se moviam em um ritmo frenético, as línguas se encontrando, as mãos dele descendo pelos quadris dela e subindo pela lateral do corpo, sentindo a pele macia sob a camisa. Deixando-a molhada e tranquila. Ele conhecia aquilo como conhecia o mar.

— Você é virgem, Hannah? — perguntou, rouco, passando os dentes no pescoço dela de leve.

FISGADOS PELO AMOR

— Não — sussurrou ela, os olhos vidrados.

— Graças a Deus — rosnou ele, ficando impossivelmente mais duro. Mais faminto. — Quando eu estiver bem fundo, acho que não vou conseguir ir com calma.

Ele investiu com os quadris para cima de novo, observando o rosto dela de perto, memorizando os pequenos arquejos, adorando o modo como os peitos de Hannah subiam e desciam contra o dele, os mamilos intumescidos. Caramba, aquela garota toda doce e excitada. Ele não via a hora de tirar o sutiã e a calcinha dela. De tê-la à sua frente sem nada separando-a da língua dele, dos seus dedos, do seu pau. Ela gritaria a ponto de acordar o prédio naquela noite...

Um som estridente estilhaçou os pensamentos dele.

Um celular tocando.

Não. Não, celulares não existiam ali. Celulares não importavam.

Eles eram parte da realidade, e aquilo... aquilo era muito melhor que qualquer realidade que ele já conhecera. Era um lugar em que ele não se sentia como um ator interpretando seu papel de qualquer jeito. Mas o som continuou sem parar, vibrando onde os quadris deles se encontravam, até que finalmente eles se separaram, encostando as testas enquanto abaixavam o olhar para a fonte do barulho.

— M-meu celular — gaguejou Hannah, respirando pesadamente.

— Não.

— Fox...

— Não. Caralho, eu amo a sua boca.

Os lábios deles colidiram de novo, batalhando para sentir o melhor gosto, e então ela afastou a boca, o pescoço perdendo a força, os olhos vítreos.

— Não podemos... aqui. Não p-podemos. — Ela obviamente estava com dificuldade para formar pensamentos coerentes e, Jesus, ele também se sentia assim. Sua cabeça estava transbordando, levando cada partícula de bom senso embora. — Sua mãe está lá dentro e temos coisas, tipo, para falar, que precisamos falar. Não temos?

— Coisas para falar — soltou ele, rouco, segurando o queixo dela com firmeza e inclinando-o para olhar para o seu lindo rosto. — Eu falo com você mais do que já falei com qualquer pessoa, Hannah.

A expressão dela se suavizou.

— Eu quero que fale. Eu amo que fale.

— Sério?

— Sério. Mas...

O celular dela tocou de novo, e ele trincou os dentes, precisando ouvir o que se passava na cabeça dela. Talvez isso o ajudasse a descobrir o que acontecia na sua. Porque, até onde Fox podia ver, ele estava cada vez mais perto de arruinar sua amizade com Hannah ou de ser rejeitado de novo.

E odiava ambas as opções.

Dormir com ela possivelmente a magoaria quando ele não pudesse oferecer mais do que sexo. E nem fodendo ele ia propor uma amizade colorida àquela mulher. Se outro homem sugerisse isso a ela, ele socaria o cretino. Como poderia fazer um negócio daqueles?

Ela podia não ser imune a ele, mas não o querer desse jeito. Não o bastante, pelo menos. Podia sentir tesão, mas sua força de vontade era forte o suficiente para superá-lo. Porque, no fim das contas, ela queria outra pessoa.

Seu peito arquejou e seu olho começou a latejar.

— Pode atender — disse ele, rouco, aliviando a pressão que exercia sobre ela contra a parede. Então se virou e passou os dedos pelo cabelo.

Melhor ela atender a ligação do que rejeitá-lo de novo, certo?

— Shauna — disse Hannah um segundo depois no celular, sua respiração ainda um pouco pesada. — Por favor, diga que tem boas notícias.

Houve uma longa pausa.

Ela apertou os lábios e rodou em um círculo, apalpando os bolsos como se procurasse uma caneta em algum lugar no chão encharcado de chuva. Fox abriu o aplicativo de notas no celular e o estendeu para Hannah, assentindo quando ela lhe lançou um olhar agradecido. Hannah parou de se mover abruptamente, os dois aparelhos iluminando seu rosto.

— Amanhã? — Ela balançou a cabeça. — Nunca que eles vão conseguir. Nunca que eu vou conseguir. Vou?

Que foi?, Fox fez com a boca.

Ela ergueu um dedo.

— Tá bom, pode me mandar o contato deles e o endereço do estúdio de gravação? Obrigada! Muito obrigada, Shauna. Te devo uma.

Hannah abaixou o celular, parecendo quase tão atordoada quanto estava durante o beijo.

— O que houve, Pintadinha?

— Sabe a banda que eu queria para as músicas do Henry? Eles vão sair em turnê daqui a dois dias. Por seis meses. Vão estar no estúdio amanhã para gravar uns reels para o Instagram...

— Reels? Agora estou perdido.

— Não importa. — Ela agitou o celular. — Eles gostaram do material que eu enviei e podem trabalhar hoje à noite nos arranjos e gravar uma demo das faixas amanhã. O dinheiro que eu ofereci é muito para uma banda indie recusar, isso sem mencionar a oportunidade de estar na trilha sonora de um filme. Se Sergei gostar do resultado, eles vão encontrar um tempo na turnê para voltar e gravar a versão final. — Alguns segundos se passaram. — Quer dizer, eu podia esperar e tentar encontrar uma banda de Los Angeles. Mas sei como Sergei trabalha, ele vai perder todo o interesse na ideia se eu não agir depressa.

Hannah correu o dedão sobre a tela do celular e clicou em alguma coisa. Fechou os olhos quando a voz rouca e arranhada de uma mulher preencheu o ar, acompanhada por rabecas gêmeas e uma caixa de bateria, e levou a mão para o pescoço conforme a boca que Fox beijara tão pouco tempo antes se curvava num sorriso.

— São eles — disse ela. — Eu vou para Seattle.

Fox percebeu que estava sorrindo, porque seu coração não o deixava fazer nada diferente quando ela estava feliz.

— Não, Pintadinha. *Nós* vamos para Seattle.

Ela ficou radiante. Ficou radiante de verdade com o anúncio de que ele iria junto. Achava mesmo que ele a deixaria viajar sozinha?

— Mas a sua viagem de pesca...

— É só na quarta de manhã. Isso nos dá o dia inteiro amanhã.

— Tudo bem — suspirou ela, mudando de posição.

Hannah estendeu a mão para ele. Deixou-a ali por um longo momento, sua expressão vulnerável até ele segurá-la, sentindo-se quase engasgado. Hannah hesitou antes de voltar para o salão de bingo, e Fox sentiu que a conversa de antes estava longe de ter chegado ao fim. Assim como um céu vermelho significava a chegada de chuva, Hannah precisava amarrar todas as pontas soltas. E, nesse caso, as pontas soltas estavam dentro dele. Ela não ia parar de fuçar até encontrá-las e entendê-las uma por uma.

Uma parte de Fox estava aliviadíssima que ela se importava o bastante para tentar. Já o restante dele, o homem que protegia suas feridas como um vira-lata em um ferro-velho, estava com as costas arrepiadas. Ou ela ia jogar sal nas feridas ao rejeitá-lo... ou o obrigaria a suturá-las ele mesmo. Será que ele estava remotamente preparado para qualquer uma das opções?

Não.

Desde a faculdade, seu mecanismo de defesa tinha sido cair fora antes de poder ser tratado com condescendência e lembrado de que só era bom para uma coisa. Só que cair fora não era uma opção. Não como ele geralmente fazia naquele caso, desaparecendo sem aviso. Deus, não. Ele não *queria* desaparecer da vida dela. Mas podia pôr fim àquela expectativa crescente de sexo entre eles. Agora. E podia fazer isso antes que ela puxasse o tapete de baixo dos seus pés. Porque, com Hannah, ele não sobreviveria à queda.

Capítulo dezoito

O trajeto de volta para casa foi silencioso.

Eles retornaram ao salão da igreja para se despedir rapidamente de Charlene, e então Fox segurou a mão de Hannah até o carro. Abriu a porta para ela como se estivessem em um encontro de verdade, com um músculo se contraindo sem parar na bochecha. Conforme ele os levava de volta à estrada, um silêncio carregado caiu. No que será que Fox estaria pensando?

No que *ela* estava pensando?

Sua cabeça estava uma desordem, como se um tornado tivesse passado por ali.

Aquele beijo.

Puta merda.

O beijo na festa do elenco eram as notas suaves de abertura de "The Great Gig in the Sky", mas aquele contra a parede da igreja era o solo melódico do meio da música. Aquele que sempre lhe dava vontade de discursar longamente sobre a complexidade das mulheres e seus corações turbulentos.

Falando em turbulência, não havia descrição melhor para o que a boca habilidosa de Fox tinha feito com ela. Seu corpo respondera como uma flor que finalmente via a luz do sol, desesperada, faminta. Mesmo naquele instante, ela conseguia sentir a corrente de eletricidade na ponta dos dedos, a umidade na costura dos jeans.

Quando eu estiver bem fundo, acho que não vou conseguir ir com calma.

À lembrança daquela declaração sem qualquer pudor, Hannah virou a cabeça e abafou um gemido contra o ombro, os músculos íntimos sob a cintura se contraindo e relaxando. Eles iam voltar para casa para transar? Era isso que ela queria?

Era.

Obviamente.

Ela não tinha dúvida de que o sexo com Fox seria alucinante. Sabia disso desde que o conhecera no verão anterior. Mas se ele estava pensando que eles não tinham motivo para conversar antes, resolver algumas coisas, então tinha enlouquecido. O relacionamento deles era um enigma complicado que ficava mais confuso a cada dia. Eles eram bons amigos que estavam extremamente atraídos um pelo outro. Tinham se comportado como um casal naquela noite, não havia como negar. E não havia como negar que Hannah tinha gostado de segurar a mão dele debaixo da mesa e trocar piadas internas com o olhar.

Seus sentimentos por Fox estavam crescendo a uma taxa exponencial, sem sinais de reduzir o ritmo, e ela só podia comparar a experiência a se aproximar de uma cachoeira em um caiaque. Hannah podia significar mais para Fox do que uma mulher qualquer, mas isso não implicava que ele queria que fossem além da amizade.

Ela se lembrou da encolhida de ombros de Charlene e correu o olhar pela mandíbula rígida de Fox, seu cabelo bagunçado pelos dedos dela. Ali, viu alguém assustado — e não era a primeira vez que tinha aquela sensação. A expressão dele a lembrava da tarde em que ela o rejeitara no quarto de hóspedes, despindo-o do poder de sua sensualidade. Ela via a mesma trepidação naquele momento. Como se talvez... ele quisesse ser o homem que segurava sua mão no bingo e a levava de carro até Seattle, mas encolhidas de ombros, pulseiras de couro e complexos do passado o atrapalhassem, fazendo-o duvidar de sua capacidade.

Será que ela estava forçando a barra?

Hannah se forçou a afastar os olhos do perfil perfeito dele, observando os limpadores de para-brisa se moverem em seu padrão rítmico no vidro e afastarem a chuva que obscurecia a vista, deixando a visão desimpedida para que pudessem avançar. Fazendo isso várias vezes até a chuva finalmente parar.

E se ela pudesse fazer o mesmo com Fox?

Permanecer firme, inabalável, até a visão dele clarear?

Ela era forte o bastante para isso?

"Forte" nem era a palavra. Tentar tirar aquele homem de sua vida de solteiro era algo autodestrutivo e poderia deixar o coração dela em frangalhos. Mas ir embora, voltar para Los Angeles como se Fox não estivesse ocupando cada vez mais espaço em seu coração parecia infinitamente pior que tentar.

Ah, rapaz. Eles passaram por uma placa de Westport à beira da estrada, que podia muito bem estar apontando para Problemas À Frente.

Hannah engoliu em seco.

— Então, hã... — Ela apertou o cinto de segurança. — Tem certeza de que quer me levar a Seattle de manhã? Eu não faço ideia do que esperar quando chegar no estúdio. Podemos perder um bom tempo lá.

— Tenho certeza, Hannah. — Ele deu um olhar de soslaio para ela. — Agora pergunte o que você quer perguntar de verdade.

O estômago dela se revirou com mais essa prova de que ele a conhecia muito bem.

— Ok. — A pulsação na base do seu pescoço acelerou. — Você, hum... a gente... hum... sabe, aquilo lá trás foi definitivamente uma espécie de preliminar, né? Tipo, você perguntou se eu sou virgem e parece que, tipo, você estava conferindo por um motivo. Um motivo tipo sexo.

Os longos dedos dele se esticaram e depois apertaram o volante aparentemente com mais força.

— Até agora está correto. Continue.

— Bem. Acho que estou me perguntando o que aconteceria depois. Depois de transar. Se a gente transasse.

Ele deu de ombros.

— Esperaríamos eu ficar duro de novo. Tentaríamos outra posição.

— Fox.

— Hannah, eu não posso responder o que não sei — admitiu ele, os lábios rígidos. — O que quer que eu diga? Que quero transar com você? Sim. Meu Deus, eu... — Os olhos dele se fecharam brevemente, aquelas mãos de pescador flexionando no volante. — Eu quero tanto sentir você embaixo de mim que não consigo nem deitar na cama sem sentir você lá. Nunca transamos e seu corpo já assombra o meu.

As palavras arrancaram o ar dos pulmões dela, fazendo-a arquejar. Graças a Deus ele continuou falando, porque ela não tinha como responder com aquela declaração pairando no ar. *Seu corpo assombra o meu.*

— Escuta — o peito dele subia e descia com força —, é melhor se a gente não transar. Você não imagina como me mata dizer isso, mas o fato de que você já está me perguntando o que aconteceria depois é um sinal de que é uma má ideia. Porque o que acontece depois, Pintadinha, é que eu geralmente chamo um táxi e vou embora sem olhar para trás.

— Por quê?

— Acho... Acho que gosto de admitir que só estou interessado no sexo... antes que elas façam isso, sabe? — As palavras saíram de uma vez. — Prefiro ir embora em vez de ver aquela expressão na cara de outra pessoa outra vez. Quase tipo... *Ah, que fofo. O bonitão achou que isso era mais que uma rapidinha.* Admitir quem eu sou é mais fácil que receber uma prova de que fui usado. Assim, ninguém pode fazer eu me sentir mal. E não são só as mulheres que me fazem parecer uma piada. É...

— Continua — incentivou ela, obrigando-se a escutar a confissão difícil, a suportar aquilo para que ele pudesse desabafar tudo. — O que faz você se sentir assim?

Ele levou um instante para continuar, seu olhar fixo na estrada.

— Quando eu recebo uma mensagem ou ligação na frente da tripulação, ou até quando faço qualquer menção de que posso não estar interessado numa transa casual, eles me tratam como se tivesse algo errado comigo. É sempre assim. A pressão masculina de atender a essa expectativa... e eu nem sei quando isso começou.

Ela sentiu os olhos ficarem quentes. Não era certo, nem um pouco. Mas ela queria — precisava — entender aquela triste verdade que nadava dentro dele.

— É errado alguém pressupor o que você sente ou quer — disse Hannah. — É você quem deve definir suas próprias expectativas para si mesmo, e negar um casinho não torna você... menos homem, se é isso que eles estão fazendo você pensar. Jesus. Claro que não.

A garganta dele se moveu sem que saísse nenhum som por um momento tão longo que ela não sabia se ele ainda pretendia falar alguma coisa.

— Se eu tivesse conhecido *você* na faculdade, Hannah, podia ter justificado as coisas que fiz antes, atribuído a uma adolescência selvagem ou algo assim... e sido o seu homem. De corpo e alma. Só que eu venho fazendo isso há *tanto* tempo que... aniquilei qualquer chance que tinha de começar do zero. Eu me tornei o que as pessoas pareciam querer que eu fosse. Mereci minha reputação e, por melhor que você seja, por mais doce e maravilhosa que você seja, Hannah, eu não quero ser a única coisa em que você vai fracassar. Ou a escolha que você vai repensar. — Ele xingou baixinho, passando os dedos inquietos pela nuca. — Eu não vou te beijar de novo. Não devia ter te beijado hoje. Sei que não. Se não tivéssemos sido interrompidos...

Só quando Fox colocou a marcha em ponto morto que ela percebeu que já estavam do lado de fora do prédio, a crista das ondas aparecendo e desaparecendo do outro lado da rua.

O silêncio que caiu no carro foi cortante, sem nada para preenchê-lo exceto a batida das ondas nas rochas e a respiração acelerada dos dois.

— Mesmo se não tivéssemos sido interrompidos hoje, ainda estaríamos tendo essa conversa — disse Hannah.

Ele já estava balançando a cabeça.

— Por quê? O que você está tentando tirar dessa conversinha? — A boca dele se retorceu e ela viu algo em seu rosto que nunca vira antes. Algo que não sabia nomear. — Enfim, você obviamente tem o diretor na palma da mão agora. — Ele engoliu tão alto que abafou as ondas. — Talvez... talvez devesse se concentrar nisso. Nele.

— Eu recusei — declarou Hannah. — Quando ele perguntou se podíamos sair quando voltássemos para Los Angeles, eu disse que não.

Era óbvio que ele estava tentando esconder o alívio, mas ela percebeu. A sensação disparou por ele como uma sirene, a tensão deixando seus músculos, olhos, mandíbula. E ela entendeu que aquela emoção desconhecida que vira antes era ciúmes.

— Bem — disse ele depois de alguns segundos. — Talvez não devesse ter feito isso. A única satisfação que eu posso te dar é sexual.

— Não, não é. — A voz dela tremia. — Eu fico satisfeita segurando sua mão. Ouvindo você cantar. Sendo sua amiga...

— Sendo minha amiga? — Ele bufou. — Então é bom não transarmos mesmo, porque você seria só outro caso de uma noite pra mim, no fim das contas.

Hannah se encolheu como se tivesse levado um tapa, choque e mágoa abrindo um buraco em sua garganta. Tateou desesperadamente em busca da maçaneta da porta do passageiro e se lançou para fora do carro. Ignorando Fox enquanto ele gritava seu nome com urgência, subiu as escadas que levavam ao apartamento do segundo andar dois degraus por vez, acelerando quando ouviu os passos fortes dele a seguindo.

Chegou à porta e as mãos tremiam ao tentar encontrar a chave do apartamento no bolso. Achou, mas não teve tempo de enfiá-la na fechadura, porque Fox já estava atrás dela, envolvendo-a com força, puxando-a para trás contra o seu peito. Abraçando-a apertado.

— Não é verdade — disse ele, pressionando os lábios na cabeça de Hannah. — Por favor, Pintadinha. Você tem que saber que não é verdade.

A questão era que ela sabia.

Tinha visto a lâmpada de sal do Himalaia, o toca-discos escondido, tinha sido apresentada à mãe dele, ouvido ele cantar a música do pai para ela e se oferecer para levá-la para Seattle. Havia o álbum do Fleetwood Mac. Sete meses de mensagens. Até o jeito como ele a segurava naquele momento, a respiração curta como se ele fosse desmoronar se ela ficasse brava. Hannah sabia que aquelas palavras cruéis não tinham sido sinceras. Sabia disso. Mas ainda assim a magoavam.

Ela percebeu naquele momento que podia se esquivar da dor que potencialmente sentiria se lutasse por Fox. Ou podia se manter firme. Recusar-se a recuar. O que seria?

Ela lutaria. Como uma protagonista.

Ele valia a pena.

Mesmo se um relacionamento entre eles não fosse possível ou não funcionasse, ela não ia deixar aquelas crenças horríveis apodrecerem dentro dele para sempre. Ela se recusava a fazer isso.

Não havia um rótulo para o que eles eram um para o outro. Amigos que estavam doidos para transar não transmitia a seriedade do que existia entre os dois, à espera de ser desenterrado. No entanto, ela sabia que aquilo não se tratava de curá-lo ou ser a melhor atriz coadjuvante. Ela não estava caindo em um padrão. Apoiá-lo, como ela fizera tantas vezes no passado, era fácil. Fácil demais. Assim como ficar às margens e não ser uma parte ativa da narrativa. Dessa vez, as consequências de seus atos *nesta* história poderiam determinar o seu futuro. Não o de uma amiga, não o da irmã.

O dela. E o de Fox.

Eles continuariam aquela história juntos ou separados?

Ela não conseguia imaginar a segunda opção por nada no mundo. Infelizmente, isso não significava que ele sentisse o mesmo. Mesmo se sentisse, talvez fosse demais esperar um relacionamento amoroso. Eles podiam acabar sendo *apenas* amigos — era uma possibilidade real, que fazia seu estômago se revirar completamente. Tomar a decisão de insistir em um futuro juntos era assustador. Aterrorizante. Fracasso e rejeição eram uma possibilidade. Mas valia a pena lutar por ele. Se alguma força obrigava Hannah a teimar e permanecer forte, era a necessidade de provar isso a Fox. De *fazê-lo* acreditar em si mesmo.

Ainda que isso beneficiasse alguma outra mulher um dia — e não ela. Ela era altruísta o suficiente para mostrar a ele as possibilidades. Que deixar alguém se aproximar não tinha que ser assustador. Era capaz de fazer isso, não era?

Hannah respirou fundo para reunir coragem e se virou nos braços de Fox. Só pegou um vislumbre fugaz dos olhos torturados dele antes de ficar na ponta dos pés e colar os lábios nos dele. Antes de beijá-lo.

Momentaneamente surpreso, ele levou alguns segundos para se entregar ao beijo, mas, quando se moveu, foi com ímpeto. Ele soltou um gemido, rendendo-se à boca de Hannah, tropeçando um passo à frente e pressionando a garota contra a porta, erguendo as mãos para segurar o rosto dela, suas bocas se movendo juntas, agitadas, em uma promessa e um pedido de desculpas.

Afastar-se antes que fossem longe demais talvez tivesse sido a coisa mais difícil que Hannah já havia feito na vida, mas ela pôs um fim ao beijo e esfregou a testa contra a de Fox, abalada pela energia que pulsava entre eles.

— Vejo você amanhã — sussurrou contra a boca dele.

Desviando-se da expressão atordoada dele, ela entrou no apartamento e seguiu direto para o quarto de hóspedes. Fechou-se lá dentro e deixou as costas deslizarem pela porta, acabando em uma piscina de hormônios e determinação no chão.

Era melhor dormir. Fox e suas dúvidas profundamente enraizadas ainda estariam lá quando o sol nascesse. Talvez, se ela tivesse mais tempo em Westport, poderia cinzelá-las aos pouquinhos e esperar que ele uma hora percebesse que era capaz de um compromisso saudável. Acontece que o tempo dela estava acabando. Sua única opção era fazer o possível nos dias que restavam.

Naquela noite, ele tinha contado que seu *modus operandi* era ir embora antes que qualquer mulher pudesse humilhá-lo. Bem, Hannah não ia permitir isso. Ela estaria ali depois da discussão deles, depois das palavras dolorosas e das revelações, e provaria que o relacionamento entre os dois era resiliente. Que ele podia ser parte de algo mais forte do que os fantasmas do passado. Que ela podia olhá-lo nos olhos, respeitá-lo e se importar. Ela podia estar presente, ponto. Era isso que vinha fazendo aquele tempo todo, talvez subconscientemente, e não ia mudar de rumo agora. Com sorte, Fox acreditaria na possibilidade de algo mais.

Teria a coragem e a confiança para tentar de novo.

Os olhos de Hannah pousaram na pasta de canções de marinheiro em sua cama.

Sim, no dia seguinte ela lutaria — em mais de uma frente.

Capítulo dezenove

Fox estava de pé na frente do fogão, espátula em mãos, o olhar fixo na porta do quarto de hóspedes, cada célula do corpo em alerta máximo. Quem ia sair por aquela porta? E, mais importante, qual seria a estratégia dela?

Ele mal tinha dormido na noite anterior, repassando o trajeto para casa. Cada palavra que ela dissera, o significado por trás daquele beijo do lado de fora do apartamento. Que porra de brincadeira era aquela? Fox tinha dito com todas as letras que eles não iam dormir juntos. Que ela devia ficar com o diretor, porque nada além de amizade podia acontecer entre eles.

Por que todas essas declarações pareciam tão vazias agora?

Provavelmente porque, se ela saísse do quarto de hóspedes naquele momento e o beijasse, ele cairia de joelhos e choraria de gratidão.

Eu estou na palma da mão dela.

Ele precisava se libertar. Rápido.

Não precisava?

E lá estava ele, fazendo panquecas para ela, mais um pedido de desculpas pelas palavras imperdoáveis que dissera na noite anterior entalado na garganta. *Então é bom não transarmos mesmo, porque você seria só outro caso de uma noite pra mim, no fim das contas.*

Deus, ele não merecia viver depois de mentir daquele jeito. Ou, melhor dizendo, *merecia* viver com a expressão dela e o fato de que tinha sido o culpado por aquilo. Babaca. Como ele tinha ousado fazer um negócio daqueles? Como tinha ousado dizer uma merda venenosa daquelas para uma mulher que cometera a imprudência de se importar com ele?

Fox tinha passado muito tempo tentando evitar a expressão desdenhosa no rosto de uma mulher quando ela sugerisse que ele era só um casinho ou uma distração insignificante. Aquela expressão de Melinda deitada na cama com o melhor amigo dele tantos anos antes. Nunca havia pensado em como seria aquele olhar no rosto de Hannah — até a noite anterior. Não até confessar tudo a ela e o seu passado encher o carro até não sobrar espaço.

Se Hannah um dia o olhasse daquele jeito, seria melhor já arrancar seu coração do peito. A traição de Melinda seria risível comparada com o que a decepção ou o desdém de Hannah faria com ele. A mera possibilidade o tinha feito atacar primeiro, dizendo algo para rechaçá-la e proteger-se no processo.

Mas, nossa. Ele a tinha *magoado.*

E ela podia ter expressado aquela dor, mas... mas o perdoara com um beijo.

Um beijo decidido, que não escondia nada.

O que o levava à sua preocupação atual. Quem sairia do quarto de hóspedes? Sua melhor amiga Hannah? Ou a Hannah que tinha um plano? Porque aquele beijo, o beijo que transformou o pau dele em um monumento de pedra, tinha um objetivo. Ela alcançara sua língua sem qualquer hesitação. Como se quisesse que ele soubesse que era sério. Que estava comprometida. E isso o aterrorizava tanto quanto...

Acalentava a esperança em seu peito.

Uma esperança perigosa e estúpida que o levava a fazer perguntas como: *e se?*

E se ele só abaixasse a cabeça e lidasse com a falta de respeito da tripulação? E se assumisse algumas das responsabilidades que tentava evitar com tanto afinco?

Porque alguém digno de Hannah teria que ser uma pessoa responsável. Não ele. Certo? Só... alguém. Quem quer que fosse. Essa pessoa não podia ter um apartamento sem personalidade ou conforto. Deveria ter um plano de carreira ascendente. Por exemplo, passar de capitão substituto para capitão. Mas isso era só um exemplo, porque ele não estava se referindo a si mesmo.

Não mesmo.

Fox assentiu com firmeza e virou a panqueca na frigideira. Aproximadamente cinco segundos se passaram antes que seu olhar desviasse até a porta para observar as sombras se movendo no vão inferior. Como era ridículo sentir falta de alguém que ele vira na noite anterior. A partir do dia seguinte, ele passaria cinco dias no barco. Se sentia saudades dela depois de uma noite separados, 120 horas seriam bem inconvenientes. Talvez ele devesse treinar bloquear a emoção agora.

Você não sente falta dela.

Ele analisou o turbilhão em seu peito.

Bem, não tinha funcionado.

— Hannah — chamou ele, a voz soando pouco natural. — Café da manhã.

As sombras pararam de se mover brevemente e começaram de novo.

— Estou indo.

Fox suspirou.

Ótimo. Eles iam fingir que a noite anterior nunca tinha acontecido. Iam agir como se ele não tivesse confessado as inseguranças que nutrira durante a maior parte da vida. Como se nunca tivesse revelado as zoações aparentemente amigáveis que recebia da tripulação. Eles já tinham se beijado antes e superado.

Dessa vez não seria diferente.

Por que o turbilhão em seu peito estava piorando?

Talvez... talvez ele não quisesse mais superar.

Quando Hannah saiu do quarto, a espátula de Fox parou no ar e ele capturou a imagem da garota como uma máquina fotográfica.

Nada de coque hoje. O cabelo estava solto. Liso, como se ela tivesse alisado com chapinha. E usava um vestido solto e curto, verde-oliva, em vez dos jeans de sempre. Brincos. Botas pretas de camurça que chegavam aos joelhos, fazendo aquela faixa de coxas visível parecer uma sobremesa.

Eu devia ter batido uma.

Já era difícil estar perto de Hannah normalmente, mas passar o dia com ela em Seattle enquanto estava vestida daquele jeito seria uma tortura. Ele não conseguiria piscar sem ver aquelas botas envolvendo sua cintura.

O cheiro de queimado o lançou de volta ao presente. Ótimo, ele tinha acabado com a panqueca. Tinha ficado quase toda queimada enquanto ele babava na mulher que o estava fazendo considerar comprar almofadas decorativas e cortinas bonitas para a janela.

— Oi — disse ela, puxando um dos brincos.

— Oi — respondeu ele, pegando a panqueca queimada e jogando-a no lixo, então despejando massa fresca na frigideira.

— Você está bonita.

E eu queria te jogar no meu sofá e te devorar.

— Obrigada.

Fox odiava a tensão entre eles. Não fazia sentido. Então procurou um jeito de dissipá-la.

— Até que horas você ficou acordada preparando uma playlist para a viagem?

— Até muito tarde — respondeu ela sem hesitação, se encolhendo. — Mas você não pode me culpar. Vamos a um estúdio de gravação na capital grunge do mundo. Estou empolgada demais. — Ela se sentou em um dos bancos na frente da ilha da cozinha e apoiou o queixo no punho. — Desculpa, meu bem, você vai ficar cansado de ouvir Nirvana e Pearl Jam.

O "meu bem" pairou no ar, e ele quase queimou mais uma panqueca. Ela começou a mexer no celular, como se o termo carinhoso nunca tivesse deixado sua boca, enquanto as palavras o chutavam no estômago sem parar. Ele já a tinha chamado de "meu bem", mas nunca daquele jeito. Nunca simplesmente... do outro lado da ilha da cozinha em plena luz do dia com cheiro de melado quente no ar. Era uma cena bem doméstica. Fazia com que ele se sentisse parte de um casal.

Era esse o plano de Hannah? Sair do quarto após o comportamento horrível dele na noite anterior e... ficar? Não só no seu apartamento, mas *com* ele. Mantendo o elo entre eles intacto. Inabalado. Porque o fato de ela conhecer todas as partes dele, por dentro e por fora, e ainda estar sentada ali... estava surtindo um efeito. O alívio e a gratidão que o atingiram foram enormes. Bem-vindos. E não segurar Hannah lhe causava uma dor física. Assim como não a chamar de "meu bem", ou lhe dar um abraço de bom-dia. Perguntar sobre seus sonhos. No bingo, no dia anterior, ele tinha caído acidentalmente no papel de namorado, e era meio assustador como tinha gostado da sensação — de segurar a mão dela, rir e abaixar a guarda.

Quanto mais pensava naquele último beijo na noite anterior, mais parecia uma promessa. De que ela não ia desistir dele? Ou... do que podiam ser juntos?

Fox tinha mesmo dito as palavras "Eu não vou te beijar de novo"?

Tipo, de verdade?

Aquela promessa parecia completamente ridícula à luz do dia. Ainda mais quando ela deu uma mordida na panqueca que ele tinha feito, soltou um gemido baixo de prazer e passou o dedo pelo melado no prato antes de enfiá-lo na boca.

Era perigoso operar um veículo motorizado com o pau tão duro?

— Eu sei o que você está fazendo, Hannah.

Ela ergueu os olhos, surpresa, cem por cento inocente.

— Como assim?

— O vestido. Me chamar de "meu bem". Chupar o dedo. Está tentando me seduzir para eu pensar que... esse tipo de manhã poderia ser uma coisa normal para mim.

— Está funcionando? — perguntou ela, os olhos sérios por um instante enquanto dava outra mordida.

Ele não conseguiu responder. Não conseguiu fazer nada exceto imaginar Hannah sentada ali toda manhã. Sem data para ir embora. Sabendo que ela estaria ali. Sabendo que ela *queria* estar ali. Com ele.

— É, talvez — admitiu, rouco.

Claramente surpresa com a confissão, Hannah parou de mastigar, engolindo com dificuldade. Levou um momento para se recompor enquanto eles se encaravam.

— Bom — disse ela bem baixinho. — Isso é bom.

Ele teve uma vontade súbita e avassaladora de deitar a cabeça no colo dela. De abrir mão da própria força de vontade, que diminuía a cada instante, e deixá-la fazer o que quisesse com ele. Tinha acordado com a intenção de se manter firme, de se lembrar de todos os motivos pelos quais ser parte de um casal com Hannah não era uma opção. Eles quase tinham escapado daquela visita incólumes — principalmente Hannah, o que era o mais importante. Faltava menos de uma semana — e ele passaria a maior parte dela no mar. Dar falsas esperanças a ela agora poderia magoá-la, e ele preferiria amarrar uma âncora ao pé e pular do barco a fazer isso.

Mas sua resolução já estava enfraquecendo.

Os "e se" estavam se tornando cada vez mais frequentes.

Ainda havia uma voz teimosa no fundo da mente de Fox dizendo que Hannah merecia algo melhor que um vagabundo irresponsável que pulava de uma cama para outra desde o ensino médio, mas essa voz estava ficando mais abafada diante do...

comprometimento dela com ele. Seria isso? Todas as cartas dele estavam na mesa. Ele tinha se exposto na noite anterior. Ainda assim, lá estava ela, sentada, sem arredar o pé. Presente. Ao lado dele. Constante. E ele estava começando a perceber que o compromisso já era uma via de mão dupla. Tinha se comprometido muito antes com Hannah, não tinha? Em algum momento, tinha começado a pensar em Hannah como *sua*. Não só sua amiga ou namorada ou fantasia sexual. Sua... tudo.

E assim que admitiu isso para si mesmo, ele... queimou outra panqueca. E, mais importante, a ideia de que ela pertencia a ele — de que eles pertenciam *um ao outro* — criou raízes.

O que explicava por que, algumas horas mais tarde, quando eles entraram no estúdio de gravação e vários membros da banda olharam para Hannah com interesse, Fox passou um braço ao redor dos ombros dela e quase rosnou: *Nem pensem nisso, ela não está solteira.*

Este homem tinha caído de vez no mar.

O crush de Hannah em Alana Wilder foi instantâneo.

A cantora dos Unreliables estava na cabine de gravação quando eles entraram no Reflection Studio. O ronronado rouco da mulher deixava o ar elétrico, fascinando Hannah. Ela se aproximou do vidro como se hipnotizada, a pele formigando de empolgação, já imaginando as palavras de Henry entoadas às massas pela voz daquela ruiva curvilínea.

Antes que pudesse levar a mão ao vidro, como se quisesse tocar a música, ela foi cercada pelo calor de Fox, cuja palma descia e subia pelo seu braço nu. Sentiu arrepios pelo corpo todo, os folículos capilares suspirando de alegria. Ai, gente. Ela estava errada antes. Viajar a um paraíso grunge para gravar uma demo não era um mundo de empolgação.

Aquilo era.

Com uma suspeita se revirando na barriga, Hannah lançou um olhar inquisitivo a Fox e o viu olhando irritado para algo que não a mulher berrando a letra da música como se fosse mágica.

Hannah seguiu o olhar do pescador e viu o sofá ocupado por três músicos, um segurando uma guitarra, o segundo com um baixo apoiado de lado no colo e o terceiro com uma rabeca que parecia já ter visto dias melhores.

— Você é a mulher da produtora? — perguntou o da rabeca.

— Sim. — Ela estendeu a mão e seguiu em direção ao trio, acompanhada por Fox, cujo toque agora se apoiava nas suas costas. — Eu, hum... sou Hannah Bellinger. É um prazer conhecê--los.

Ela apertou a mão do guitarrista e do baixista, notando que eles pareciam estar se divertindo com Fox pairando atrás dela como um guarda-costas.

— Uau — suspirou Hannah, inclinando a cabeça para a cabine de gravação. — Ela é incrível.

— Né? — falou o baixista, cuja voz tinha um toque caribenho. — Nós três somos só peças decorativas.

Ela riu.

— Ah, tenho certeza de que não é o caso.

— Vamos perder essa função também, agora que você está aqui. — O tocador de rabeca se levantou, segurou a mão dela e beijou os nós dos seus dedos. — Você com certeza é uma visão mais agradável do que esse bando de feios.

A risada comicamente forçada de Fox foi cinco segundos mais longa que a dos outros.

Hannah se virou e ergueu uma sobrancelha para ele.

Qual é o seu problema?

Parecendo perceber a ceninha que estava fazendo, Fox deu uma tossida no punho e cruzou os braços, mas continuou por perto. Estaria ele com ciúmes?

Se não estivesse tão chocada, ela poderia ter ficado... animada? Na noite anterior, tinha feito bem mais do que trabalhar na melhor playlist grunge do mundo. Enquanto selecionava músicas, sua determinação de mudar a opinião de Fox sobre si mesmo só tinha crescido. Ela não ia voltar a Los Angeles sem que ele soubesse que podia ser muito mais que um alvo de piadas. Um homem que todos esperavam que cumprisse uma merda de destino traçado. Ela não ia deixar isso acontecer.

E talvez o fato de ele estar com ciúmes fosse um sinal indireto de progresso. Talvez sentir ciúmes dela provava que ele podia namorar sério com... outra pessoa, um dia?

Se, por exemplo, ele e Hannah não fossem certos um para o outro.

Ela ignorou a queimação horrível no peito e se virou.

— Vocês conseguiram dar uma olhada nas letras que eu mandei ontem à noite?

— Sim, varamos a noite trabalhando nos arranjos.

— Você vai gostar — disse o baixista, confiante, a arrogância de um músico inteiramente à mostra. — Certeza.

O sujeito da rabeca lançou para ela um olhar meio constrangido, meio pedindo desculpa pelo colega de banda.

— Assim que Alana terminar ali dentro, vamos repassar as músicas e ver se tudo funciona pra você.

Ela sorriu.

— Seria ótimo, obrigada.

O trio retomou sua conversa e Hannah voltou ao vidro para assistir a Alana. Fox continuou ao lado dela.

— O que foi isso? — sussurrou Hannah.

— O quê?

— Você está esquisito.

— Só estou ajudando. Eles estavam olhando pra você como se um bolo de aniversário de dez andares tivesse acabado de passar pela porta. — Ele não estava conseguindo soar muito casual, uma das mãos agitadas se erguendo para esfregar a barba curta. — Músicos são cilada, todo mundo sabe disso. Agora eles vão te deixar em paz. De nada.

Hannah assentiu, fingindo levar o argumento a sério.

— Entendi. — Alguns segundos de silêncio se passaram. — Obrigada pela consideração, mas não preciso da sua interferência. Se um deles estiver interessado, eu lido com isso.

O olho de Fox estremeceu.

— Lida como?

— Dizendo sim ou não. Sou capaz de fazer isso sozinha.

O pescador a estudou como se a olhasse através de um microscópio.

— Por que você está fazendo isso comigo?

Hannah soltou uma risadinha.

— Fazendo o quê? Reconhecendo seu blefe? — O maxilar dele parecia prestes a se estilhaçar, os olhos revelando sua infelicidade. — Se você está com ciúmes, Fox — disse baixinho —, só diga que está com ciúmes.

Emoções conflituosas entraram em guerra no rosto dele. Cautela. Frustração. E então ele nitidamente se rendeu e ficou ali parado sem tentar esconder nada.

— Estou com ciúmes pra caralho. — Fox parecia ter dificuldade para puxar o ar para os pulmões. — Você é... a *minha* Hannah, sabe?

Ela fez um enorme esforço para não tremer nem demonstrar o que estava sentindo, mas uma roda-gigante girava em velocidade máxima no seu estômago. Ele tinha mesmo dito aquilo em voz alta? Agora que as palavras pairavam entre eles, ela não podia discordar. Hannah era dele fazia meses. *Não surte nem o faça erguer a guarda de novo.*

Em vez disso, ela ficou na ponta dos pés.

— É, eu sei — sussurrou contra a boca de Fox.

Ele soltou o ar, aliviado, a cor retornando gradualmente ao rosto. O pescador parecia estar à beira de outra confissão, quase admitindo algo a mais, o peito subindo e descendo. Umedeceu os lábios e seu olhar correu pelo rosto dela. Antes que pudesse falar qualquer coisa, porém, a porta da cabine foi chutada e Alana saiu com passos pesados para o lounge.

— Beleza, pessoal. — Ela bateu palmas duas vezes. — Vamos falar das canções de marinheiros antes que esses dois comecem a se pegar, que tal?

Lidar com a sua síndrome de impostora na esteira da admissão de Fox não foi fácil. Hannah se sentia puxada em várias direções, fortemente ciente do homem parado como um pilar ao seu lado, a energia dele vibrando, ao mesmo tempo em que estava determinada a fazer sua visão artística ganhar vida.

Mas quem era ela para opinar sobre arranjos musicais?

Só que, depois da terceira tomada, alguma coisa não estava funcionando no refrão de "O tesouro de um marinheiro". Perdia a graça no meio e, como ouvinte, o interesse dela também morreu em vez de ser capturado. A banda parecia satisfeita com a versão e, cara, eles eram *tão bons*. Muito melhor do que ela teria esperado tão em cima da hora. Por que Hannah não podia ficar só agradecida e seguir em frente?

Ela estava parada ao lado de Fox, no canto da sala de controle, ouvindo o playback da música no alto-falante enquanto, do outro lado do vidro, a banda se preparava para começar a música seguinte, repassando os versos individualmente.

Como ela iria interromper o processo com uma opinião que poderia estar completamente equivocada?

— Só diga a eles o que está te incomodando — sussurrou Fox no ouvido dela, dando um beijo demorado em sua têmpora. — Vai se arrepender se não fizer isso.

— Como você sabe que tem alguma coisa me incomodando?

Ele estudou o rosto dela, quase parecendo lutar contra a intensidade de sua afeição e quase fazendo as pernas de Hannah derreterem.

— Você fica com uma cara quando escuta música, como se estivesse tentando entrar nela. No momento, parece que a porta está fechada e você não consegue abrir.

— Pois é — sussurrou ela, sentindo uma dor no peito. Não conseguiu falar mais.

Fox assentiu, sua própria voz tensa quando falou:

— Chuta a porta, Hannah.

A adrenalina subiu pela ponta dos seus dedos, junto com uma onda de gratidão. Ela foi tomada pela urgência e não hesitou nem mais um segundo. Aproximou-se do microfone da mesa de mixagem e apertou o botão.

— Alana. Pessoal. O refrão de "O tesouro de um marinheiro". Quando chegarmos em "troco o vento por ela", podemos pausar e brincar um pouco? O que acham de estender a palavra "vento" numa harmonia de quatro partes?

— Fazer soar como o próprio vento — respondeu Alana, franzindo a testa, pensativa. — Gostei. Vamos tentar.

Hannah soltou o botão e expirou depressa, o júbilo indo da cabeça aos pés. Quando foi para trás, soube que ia topar com o peito quente de Fox, e os dedos deles se entrelaçaram do mesmo jeito que a música, rivalizando com a emoção da nova versão da banda para "O tesouro de um marinheiro".

Ela estava certa. Aquele simples acréscimo fez a música alçar voo.

Depois disso, o dia foi um completo conto de fadas.

Os Unreliables não faziam jus ao seu nome de forma alguma. Na cabeça de Hannah, eles seriam a partir de então chamados de Reliables, "confiáveis", mas ela sentiu que eles ficariam ofendidos se falasse o nome em voz alta, então guardou o pensamento para si.

Sentada ao lado de Fox em uma velha namoradeira, ela ouviu a banda cantar as músicas do pai sobre o oceano, tradição, barcos, casa. Em determinado momento, Fox se levantou e voltou com lenços, e só então ela percebeu que seus olhos tinham ficado marejados.

Parecia um clichê, mas eles deram vida às palavras, fizeram com que cada uma delas se curvasse e dançasse no topo da página, infundindo-as com sofrimento, otimismo e trabalho árduo.

Alana parecia sentir cada nota como se tivesse conhecido Henry pessoalmente, vivido os triunfos e tragédias das canções com ele. A banda antecipava os movimentos dela e ia se ajustando enquanto tocava, encorajando-a, apoiando-a conforme ela serpenteava. Magia. Era essa a sensação de fazer parte do processo criativo. Sendo uma obcecada ouvinte de música, Hannah sentia o resultado daquele tipo de criatividade desde que conseguia se lembrar, escondida nos mundos que giravam dentro dos seus fones, mas sempre tomara aquilo como uma certeza. Não conseguia se imaginar pensando assim de novo.

Eles pediram o almoço no estúdio, e os membros da banda contaram histórias da estrada para Hannah e Fox — pelo menos até descobrirem que Fox era pescador, aí todos quiseram ouvir as histórias dele. E ele atendeu aos pedidos. Passando a mão nas costas de Hannah, contou sobre as vezes em que a tripulação escapou por um triz, a pior tempestade que já vira, as peças que os pescadores pregavam uns nos outros.

Na tomada seguinte, o vocal de Alana tinha ainda mais camadas. Hannah e Fox assistiram de fora da cabine, o braço dele acomodando-se ao redor dos ombros dela e puxando-a para perto. Ele começou como se testasse o gesto, como se testasse a ambos, e então um canto de sua boca se curvou para cima e o abraço ficou mais forte e confiante.

— As suas histórias fizeram isso — disse Hannah com um nó na garganta, apontando com a cabeça para Alana, e então ergueu o olhar para Fox e o pegou encarando-a. — Está ouvindo essa nuance de perigo na voz dela? Você foi a inspiração. A música está mais profunda agora por sua causa.

Fox ficou olhando para ela, embasbacado, então se inclinou lentamente para dar um beijo nos lábios de Hannah. Com as laterais do corpo pressionadas, deixaram a música passar por eles.

Hannah queria ficar e ouvir a banda gravar a demo inteira, mas Fox tinha que viajar de manhã, então eles se despediram após uma rodada de abraços, bons votos para a turnê e uma promessa de enviar os arquivos digitais da gravação para Hannah no dia seguinte. Ela não percebeu que seus dedos estavam entrelaçados nos de Fox até estarem a caminho do carro. Nuvens começavam a se reunir no céu de fim de tarde, algo comum em Seattle, e os transeuntes nas calçadas andavam com guarda-chuvas, já antevendo a chuva que se acumulava na atmosfera.

A conversa anterior deles voltou com clareza total, e a expressão pensativa de Fox sugeria que ele estava refletindo sobre a mesma coisa. Será que eles retomariam de onde tinham parado?

Ela duvidava. Ele fingiria que nunca tinha acontecido. Meio que como de manhã, quando tentou ignorar a briga séria da noite fazendo panquecas e cumprimentando-a casualmente.

Fox apertou o botão no chaveiro para destrancar o carro, abrindo a porta do passageiro para Hannah. Antes que ela pudesse soltar a mão dele e entrar, ele a segurou com firmeza.

— Se topar um desvio... — disse ele, girando um dos fios que escaparam do coque dela e o prendendo atrás da orelha. — Tem um lugar onde quero te levar.

O rosto dele estava tão próximo, seus olhos azuis tão deslumbrantes, o corpo dela tão sintonizado com o seu tamanho, calor e cheiro, que se ele pedisse para ela nadar até a Rússia com ele, Hannah teria prometido dar tudo de si.

— Tudo bem — murmurou, confiando cem por cento nele. — Vamos lá.

Capítulo vinte

$\mathcal{F}$ox sempre se orgulhou de não levar nada muito a sério.

A lembrança de sua reinvenção fracassada queimava no peito como um ferro de marcar gado, então ele passara anos redobrando os esforços para assumir uma identidade que talvez queimasse ainda mais, porém na qual pelo menos era bom. Era o que todos esperavam dele, não causaria mais surpresas dolorosas.

E agora ele ia se abrir completamente, se expor a todo tipo de consequência que não podia controlar. Porque estava apaixonado por Hannah. Era um amor estúpido, agitado, que fazia sua pulsação se atropelar, apertava o peito e latejava na ponta dos dedos. Era melhor admitir de uma vez: ele tinha começado a hesitar no verão anterior. Mas agora? Agora estava de bunda no chão, com passarinhos dando voltas ao redor da cabeça.

Ele amava o humor, a tenacidade e a coragem dela, o modo como defendia as pessoas que amava como um soldado em batalha. Amava o fato de que ela não fugia de assuntos difíceis, mesmo quando eles o assustavam. A força de vontade férrea dela, o modo como fechava os olhos e murmurava letras de músicas, como se a estivessem batizando. Seu rosto, seu corpo, seu cheiro. Hannah tinha se infiltrado nele, tornara-se uma parte de Fox antes que ele percebesse o que estava acontecendo, e agora...

Ele não queria que ela saísse. Queria que sua bondade ficasse nele.

E, Jesus Cristo, parecia estar em uma corda bamba sobre o Grand Canyon. Na sua experiência, quando se almejava além de suas capacidades, a única coisa que se conseguia era o fracasso. A pessoa era derrubada e enviada de volta para o começo. Porém, enquanto estavam sentados no estúdio de gravação, com Hannah reclinada contra o seu corpo como se pertencesse a ele — e aquilo tinha sido tão bom —, Fox começara a se perguntar de novo... e se? E se?

Ela voltaria a Los Angeles em breve, então ele precisava de uma resposta para a pergunta. Ou ia acordar em uma manhã dessas para enfiá-la em um ônibus e mandá-la para longe, e a mera ideia o deixava nervoso.

Ao se dirigir até o portão de segurança e estender uma nota de vinte dólares ao guarda, ele ainda não tinha uma resposta para os "e se", mas tinha fé absoluta na habilidade de Hannah de extraí-la dele, se a deixasse tentar. Se ele realmente deixasse de lado todas as suas defesas, ela o guiaria até lá. Porque era o ser mais extraordinário, amoroso e inteligente da Terra, e ele gostava tanto dela que às vezes não conseguia pensar direito.

— Aonde você está me levando? — Ela olhava de Fox para o para-brisas, a vegetação passando dos dois lados, sombreada no crepúsculo. — Eu amo surpresas. Piper planejou uma festa surpresa para mim quando fiz vinte e um anos e eu tive que me trancar no banheiro porque não conseguia parar de chorar de alegria e estava deixando todo mundo desconfortável.

Fox sorriu. Era fácil imaginar a cena.

— Por que você ama tanto surpresas?

Ela mexeu na bainha do vestido, atraindo o olhar dele.

— É o fato de que alguém pensou em mim, acho. Alguém queria que eu me sentisse especial. — Ela mordeu o lábio e olhou para ele pelo canto do olho. — Aposto que você odeia surpresas, né?

— Não.

Normalmente Fox pararia aí, mas ele não ia ser charmoso, elusivo ou fácil naquela noite. Tiraria as palavras do fundo de sua mente e as deixaria saírem pela boca, a partir daquele momento. Toda vez que hesitava, ele pensava em Hannah entrando em um ônibus. Fox podia não saber como resolver aquilo, já que manter Hannah em Westport — só por ele? — parecia improvável, mas quando compartilhava com ela seus pensamentos, sempre se sentia mais próximo da garota e sempre se sentia melhor, então não tinha erro.

— Você é uma surpresa, Hannah. Como eu poderia odiar? — Ele pigarreou. — Mesmo familiar... você é uma surpresa constante.

O silêncio entre eles se prolongou.

— Isso é uma coisa linda de se dizer.

Mais palavras pressionavam a garganta dele, querendo sair, mas a verdadeira surpresa estava começando a aparecer e ele queria ver a reação dela.

— Enfim, vamos ver se conseguimos manter o choro no nível mínimo hoje. — Ele parou o carro no estacionamento a vários metros da instalação de arte, contornou o carro para abrir a porta do carona e esticou a mão para ela. — Vamos, Pintadinha.

Os dedos macios dela deslizaram nos dele, uma ruga se formando entre suas sobrancelhas conforme ela observava as torres de aço gigantes, o lago Washington atrás delas. Naquela hora do dia, os dois eram os únicos ali, dando à atração um ar meio solitário e abandonado. Irônico, já que Fox nunca se sentira menos solitário na vida. Ainda mais segurando a mão de Hannah.

— Que lugar é esse?

— É o Jardim do Som — explicou Fox, guiando-a para a água. — As torres foram projetadas de tal forma que tocam música quando o vento sopra.

Estudando o rosto de Hannah, Fox a viu se maravilhar quando do ouviu a primeira nota uivante viajar entre as torres, a melodia comovente encorpando o ar como se estivessem dentro de um globo de neve e fazendo tudo ao redor se mover devagar. As cristas espumosas, as nuvens, até o movimento do cabelo dela pareceram todos assumir um ritmo diferente, mais lânguido.

Ao contrário do coração de Fox, que batia tão forte que quase irrompia do peito.

— Ai, meu Deus. — Os olhos de Hannah ficaram levemente marejados. — Não acredito que isso existe. Eu nem conhecia. Fox, é... incrível. — Um assovio alto cortou o ar e ela fechou os olhos, rindo. — Obrigada. Nossa.

Ele encarou os dedos entrelaçados dos dois. Foi a força de que precisava para se jogar naquilo de cabeça.

— Eu queria trazer você aqui no verão passado. Naquele fim de semana em que fomos à exposição de vinis. Mas tive medo de sugerir.

Ela abriu os olhos e o examinou.

— Medo? Por quê?

Fox deu de ombros.

— Você tinha vindo a Westport por causa sua irmã. Foi uma atitude tão generosa, trabalhar no bar e morar naquele apartamentozinho empoeirado e... você merecia um dia só pra você. Mas eu já tinha passado tanto tempo procurando a exposição, encontrando algo de que você pudesse gostar, que fiquei preocupado de te mostrar o Jardim do Som, além da exposição, e deixar óbvio como eu me sentia. Fiquei com medo de entregar o jogo.

Nunca houve uma visão mais linda do que aquela: Hannah parada no litoral, emoldurada pelo pôr do sol, o vento soprando fios de cabelo em sua boca.

— Entregar o jogo — repetiu ela, encarando-o.

Continue. Confesse.

Pense na Hannah entrando em um ônibus de volta para Los Angeles.

— Eu estava caidinho por você. Se a exposição não tivesse deixado isso óbvio, eu tinha certeza de que o álbum do Fleetwood Mac deixaria. — A voz dele falhou. — Eu gosto muito de você, Hannah. Muito — ele suspirou —, muito mesmo. Tentei te manter longe daqui. — Ele bateu um dos punhos contra o peito. — Mas você não sai. Nunca. Simplesmente não sai.

— Fox... — murmurou ela, hesitante, seu tom entrelaçando--se naturalmente com os uivos das torres. — Por que isso é ruim?

— Meu Deus, Hannah. E se eu não for o que você precisa? E se todo mundo menos você souber disso? E se você perceber que é verdade e a gente ficar junto só para... depois eu te perder? Isso me mataria. Eu não sei o que fazer...

— Eu gosto muito, muito mesmo de você também.

O oxigênio nos pulmões de Fox saiu todo de uma vez, deixando o coração dele martelando.

— Sabe, se você tivesse topado sair com o Sergei, eu teria perdido a cabeça, Pintadinha. Eu teria implorado de joelhos para você não ir a lugar algum com ele. Quase enlouqueci esperando você entender que eu estava mentindo e me confrontar...

— Eu não teria ido. — Ela apertou a mão dele mais forte. — Era só uma paixãozinha insignificante, mas até isso... até isso sumiu. E eu só me apeguei à ideia para não ter que admitir que eu sabia. Eu sabia exatamente por que você tinha deixado aquele disco para mim.

O corpo de Fox quase desabou de alívio, mas ele se agarrou à cautela.

— E o significado daquilo assustou você. E deveria mesmo. Eu deveria assustar você, Hannah. Não sei como fazer isso. — Ele afastou as teias de aranha no seu peito até encontrar a verdade para ela. — Eu me acostumei ao fato de que todo mundo pensa em mim como... a porra de um depravado. Alguém que vive por sexo. Que gosta de se divertir e nada mais. Mas se... Hannah, juro por Deus, eu não ia aguentar se eles duvidassem do meu caráter quando se trata de você. Isso acabaria comigo. Você entende? Ter pessoas esperando e se perguntando quando eu ia estragar tudo. Eu não conseguiria lidar com isso. Citarem o seu nome com pena porque você está comigo. Eu já consigo até ouvir. *Ela está louca. Ele nunca vai se comprometer. Não é homem de uma mulher só.* Eu vou querer morrer quando ouvir eles falarem essas merdas. É o único deboche que não suporto. Quando está associado a *você*.

O peito dela subia e descia como se tivesse nadado dez quilômetros.

— Fox, se estivéssemos juntos, a única coisa importante seria se eu confiaria em você. E eu confiaria. Eu sei quem você é. Se as outras pessoas não prestaram atenção suficiente, isso é problema delas. Dilema delas. Não nosso.

Ele engoliu um nó do tamanho de um punho.

— Você confiaria em mim?

— Sim.

O fato de que ela parecia irritada com ele por sequer duvidar fez a sua garganta se fechar e o inundou com tanta adoração que ele quase engasgou.

— Eu não sei o que tentar representa para nós. Só sei que quero fazer isso.

— Ah, Fox — sussurrou ela, abraçando-o com força enquanto levava uma das mãos frias à bochecha do pescador. — Nós estávamos tentando esse tempo todo.

Ele não conseguiu se impedir de beijá-la depois disso.

Com o coração se partindo e se remendando sem parar, Fox colou a boca na dela e implorou, com a língua e os lábios, para que o salvasse do meio de um oceano onde ele existira sem ela por tanto tempo.

Fox veio como uma tempestade.

Hannah ainda não tinha conseguido recuperar o fôlego depois de tudo o que fora dito, e definitivamente não teria a oportunidade de fazer isso naquele momento. Ele revelara tudo — não havia mais segredos entre os dois, e, nossa, ela estava tão feliz por ter esperado até a hora certa para deixar a barragem romper.

O beijo era sincero, feroz e insaciável, tão real quanto a chuva que começava a cair, encharcando a terra, o vento uivando através das estruturas do jardim, prendendo-os no centro de um campo de força.

As mãos de Fox estavam no seu cabelo, emaranhando-se como se estivessem desesperadas para tocar cada fio, enquanto a boca dele basicamente fodia a dela. Ele vinha se segurando, ou talvez mantendo aquela fachada de playboy para parecer impassível, mas agora a máscara tinha sumido, caíra como um véu, e o desejo dele era primitivo. E ela respondeu à altura, agarrando-se aos seus ombros úmidos e musculosos, entregando-se à língua dele. As mãos de Fox desceram pelas suas costas, segurando a bainha do seu vestido e a expondo aos poucos.

Então ele reduziu o ritmo por um momento, perguntando com os olhos: *Posso?*

Hannah já estava assentindo, com a pele fervendo e a certeza de que, se ele não a tocasse, se não tocasse todo o seu corpo, naquele exato segundo, ela ia derreter no chão junto com a chuva. Mas Fox não deixou isso acontecer — enfiou as mãos grandes e hábeis na parte de trás da calcinha dela, apertando sua bunda e a reivindicando com firmeza.

— Estava morrendo de vontade de fazer isso há meses — grunhiu ele contra os lábios dela, moldando as nádegas nas mãos. — Queria sua bunda nas minhas mãos, no meu colo.

— Agora parece a hora ideal — disse ela, ofegante.

— Não... — Ele a fez dar alguns passos para trás, em direção ao carro, sua voz sedutora e hipnótica. — Quero olhar para o seu rosto lindo na primeira vez que te foder. — Ele capturou a boca dela em um beijo intenso e molhado. — Eu vou te foder agora, Hannah? — As costas dela bateram na lateral do carro, e ela gemeu com a pressão dura do corpo musculoso dele, a mão de Fox acariciando a curva do seu quadril, enfiada entre seus corpos, a ponta dos dedos prestes a afundar na frente da calcinha naquele exato momento. — Você vai me deixar te tocar dessa vez ou vai falar não de novo? — Aqueles dedos pressionaram a saliência abaixo do seu monte de Vênus. — Se disser não, a gente para. Fiquei bom pra caralho em esperar por você. — A boca dele desceu pelo pescoço de Hannah, exalando calor naquela região. — Esperar por você foi melhor do que qualquer transa que já tive.

— Eu não quero esperar. N-não... nada de esperar.

Ele deu uma risadinha, lambeu a pele até a orelha dela e a mordiscou, quase fazendo os joelhos de Hannah se dobrarem. Seus dentes estavam batendo? Ela não teve a chance de descobrir nem sentir vergonha, porque a boca de Fox a prendeu outra vez em um ciclone de sensações, seus dedos longos e experientes descendo beeem lentamente até a boceta dela. Pararam bem em cima e a provocaram com carícias leves, de um lado a outro, que fizeram uma onda de calor descer até os dedos dos pés dela. Quando Hannah estava quase implorando para que ele a tocasse mais embaixo, Fox interrompeu o beijo para observar o rosto dela, o dedo do meio separando os lábios e gentilmente afagando seu clitóris.

— Ah, meu bem. — Ele arrastou os dentes pelo lábio inferior. — Você está molhada pra mim?

— Está — ela conseguiu dizer, mentalmente cunhando uma expressão nova.

Morte por Fox.

Hannah nunca o definiria por sua sexualidade inata, mas fingir que ele não era insanamente habilidoso seria ridículo. Porque — Deus todo-poderoso — ele empunhava suas habilidades como uma espada. Sabia onde tocá-la, o que falar e entendia as virtudes do ritmo, e o corpo dela gostava *demais* de tudo isso. Ela ficou molhada tão depressa que logo estava tremendo entre Fox e o carro. E ele sabia disso. Aquele reconhecimento estava ali, na confiança completa e absoluta do dedo que esfregava seu clitóris. Um segundo dedo pressionou ainda mais forte, fazendo Hannah jogar a cabeça para trás, um gemido abalando seu corpo inteiro.

— Ai... meu Deus — soltou ela, entre soluços.

Ele a olhou nos olhos e arrancou a calcinha dela.

— Eu ainda nem comecei, Hannah.

Ele ajoelhou na terra macia na frente dela, a chuva pingando das pontas do seu cabelo loiro-escuro, a água escorrendo pelas bochechas. Fox parecia sentir que Hannah estava prestes a sair flutuando em uma nuvem de tesão como nunca fizera antes, porque apoiou o antebraço nos quadris dela, prendendo-a contra o carro de um jeito bruto, antes de enterrar a boca entre as suas coxas, afundando, empurrando, passando a língua na sua entrada.

Fox não desviava os olhos de Hannah. Analisava a reação dela àquela primeira fricção perfeita e deliberada. Ele gemeu, as pupilas dilatando e o antebraço se flexionando contra a barriga de Hannah.

Aquela carnalidade completa e sem pudor a fez tocar os peitos por cima do corpete do vestido, esfregando a base das palmas sobre os mamilos rígidos, desfrutando do modo como ele a observava com aqueles olhos cada vez mais intensos. Hannah arqueou as costas, permitindo que Fox colocasse o pé dela sobre o ombro dele e fosse mais fundo a cada lambida ávida, seus lábios se fechando ao redor do clitóris, chupando de leve, ritmicamente, até que os músculos dela começaram a despertar, pulsando. Sua visão ficou borrada e sua cabeça virava de um lado para o outro no carro.

— Ai, meu Deus. Eu já vou... — Ela ofegou, o som terminando em um gemido, os dedos se embolando no cabelo úmido dele. — Está quase. Está quase. Quase.

Como se ele já não estivesse fazendo o suficiente, o máximo, escolheu o momento da confissão para enfiar o dedo do meio e o indicador dentro dela. Fundo. Até executar esse movimento, Hannah tinha adorado a sutileza do seu toque, mas, sem que soubesse, estava precisando daquele empurrão bruto. Fox sabia. Ele sabia tudo de tudo, e Deus, ai, Deus, fez tudo de tudo, levantando-se no meio do orgasmo dela e empurrando os dedos no canal quente em contração. Movendo-os para dentro e para fora, rápido. Sem gentileza. Só sua boca aberta gemendo em cima da dela, os dedos grossos dele ficando molhados, o céu chorando ao redor deles.

— Fox — ofegou Hannah, agarrando os seus ombros, quase alarmada com a intensidade do tremor nas pernas, os músculos se contraindo, relaxando, os dedos dele entrando e saindo dela devagar, devagar, enquanto ela se recuperava do orgasmo.

E não foi suficiente, de alguma forma. O melhor clímax da sua existência não era suficiente. Nada físico jamais seria suficiente sem ele — ele todo — de novo. Esse fato definitivo ficou gravado dentro dela enquanto suas bocas se conectavam, os dedos dela descendo pela barriga dele para desafivelar o seu cinto.

— Preciso de você. Preciso.

Ele agarrou o punho de Hannah, arrastando a palma pela sua ereção, então mordeu e puxou o lábio inferior dela.

— Estou pronto para você. Te quero há tanto tempo. — Ele desceu o zíper e plantou as duas mãos no topo do carro. — Me toca. Por favor. Coloca a mão em mim e manda ver. Acaba comigo.

Como?

Como ela ainda estava molhada? Já tinha atingido o auge.

Era o modo como ele olhava para ela. A pura honestidade das palavras, a investida descontrolada dos quadris quando ela fechou a mão ao redor dele e o masturbou. Com firmeza, como ele tinha pedido. A respiração dela entrecortada quando a ereção dele inchou e enrijeceu ainda mais, inacreditavelmente, dando ao seu punho mais espaço para cobrir.

— Ah, Jesus... — soltou ela antes que conseguisse se conter.

Os olhos de Fox brilharam com uma arrogância familiar que fez o coração de Hannah saltar loucamente.

— Ah, vamos, meu bem. — Ele passou a língua pelos lábios enquanto um gemido escapava da boca, sua atenção focada nos movimentos da mão dela, em como ela esfregava para cima e para baixo, massageando-o intimamente. — Você sabia que ia ser enorme.

Hannah riu, soltando o ar, e ele também, embora o som rouco rapidamente tivesse se transformado em arquejos quentes contra a testa dela, instruções ofegantes para ir mais rápido. Mais rápido, mais rápido... até que a respiração dele começou a ficar pesada, e ele estendeu a mão para a maçaneta da porta do banco traseiro.

— Entra — indicou, rouco, e não esperou que ela obedecesse. Só abriu a porta com um puxão, envolveu um braço na lombar de Hannah e a empurrou para dentro, sem parar até que ela estivesse deitada de costas no assento, o topo da cabeça quase na outra porta.

Ele ficou por cima, suas bocas se conectando freneticamente enquanto a ponta dos dedos de Hannah procurava a bainha da camiseta do pescador e a arrancava para sentir o peitoral dele, tocá-lo, beijar sua pele. Ela se apoiou nos cotovelos para ele fazer o mesmo com o vestido dela, então essa peça, seu sutiã, e todas as roupas dos dois, exceto a calça de Fox, terminaram no chão em questão de segundos, a calça jeans remanescente sendo do empurrada até os joelhos por dois pares de mãos ávidas enquanto as bocas se moviam de forma voraz.

— Tenho que pegar uma camisinha ou vamos ter problemas — disse ele entre beijos, os quadris se movendo entre as coxas dela, a boca subindo e descendo pelo seu pescoço. — Só para registrar, eu não planejei fazer isso no banco traseiro do meu carro.

— Ah, só pensou que me traria ao lugar mais romântico do mundo para alguém como eu e eu não ia querer arrancar suas roupas?

FISGADOS PELO AMOR

Ele riu, ofegante, e derrubou a carteira que tinha tirado do bolso da calça.

— Não fiz planos além de contar como me sentia e torcer que significasse algo para você. — Ele recuperou a carteira e arrancou os cartões de crédito um por um, as mãos trêmulas deixando-os cair por todos os lados. — Juro por Deus, na única vez que importa eu não consigo manter a calma de jeito nenhum.

Hannah tinha uma playlist de 308 músicas de amor, e nenhuma delas descreveria o momento com exatidão. Nem de longe. O momento em que percebeu que amava aquele homem enquanto ele estraçalhava a carteira em busca da camisinha, o cabelo caindo nos olhos, os músculos subindo e descendo sob as tatuagens e uma camada leve de suor. O pôr do sol iluminava o carro com um laranja-escuro, e ela sentiu a cor se espalhar dentro do seu peito também, onde o coração batalhava para acompanhar o amor que desabrochava livre e selvagem, como uma tempestade de primavera criando um ruído branco e quente ao redor do carro.

Eu amo esse homem. Eu amo esse homem.

Fox abriu a embalagem da camisinha com os dentes e a rolou pela longa ereção, os antebraços se flexionando sob o brilho dourado do sol se pondo, a mandíbula afrouxando enquanto ele olhava para o centro das pernas dela com antecipação — e o tesão de Hannah voltou com tudo, dominando-a. Assim que Fox terminou de colocar o preservativo, eles colidiram mais uma vez, sem qualquer autocontrole nos beijos. Estavam pele contra pele, o homem do mar brusco contra ela, separados brevemente apenas pela mão que levou a cabeça grossa do pau de Fox à entrada de Hannah.

Então ele meteu nela em um movimento lento e suave, atingindo fundo.

Hannah soltou o ar entre os dentes e cravou as unhas nos quadris dele, pega de surpresa com a onda de prazer inigualável que a atravessou e a fez se esticar.

— Isso — gemeu ela. — Mais.

Como se a sensação fosse inesperada, Fox soltou um xingamento ofegante e bateu a mão na janela, que rapidamente embaçava acima da cabeça dela.

— Meu Deus, você é tão quente e apertada. — Ele puxou os quadris e então investiu para a frente, soltando um ruído baixo e sofrido enquanto um estremecimento atravessava seu corpo. — Não. Caralho. — O corpo dele se flexionava de tensão em cima dela. — Vamos mais devagar. Eu não estava brincando quando disse que não conseguia manter a calma com você. E aí você tem que ser tão perfeita...

— Você parece bem calmo para mim — disse ela, a respiração entrecortada, contraindo as paredes internas ao redor do pau dele. — Hummm. Por favor. Fox.

— Por favor, para, Hannah, para... — Como se não conseguisse se controlar, a parte inferior do seu corpo recuou e investiu sinuosamente, enchendo-a devagar, tocando todos os pontos diferentes no caminho, e ela gritou, arrancando sangue dos quadris dele. — É que faz tanto tempo que eu preciso de você — disse ele com os dentes cerrados.

— E você acha que eu não amo isso? — Ela agarrou as nádegas flexionadas dele, puxando-o lentamente mais para dentro, erguendo os quadris ao mesmo tempo e extraindo um som longo e rouco da garganta de Fox. — Acha que eu não amo sentir o quanto você precisa de mim?

— Tudo que você quiser, eu te dou — declarou ele, rouco, encostando a testa na dela, beijando-a com força, entrelaçando as línguas deles. — Qualquer coisa que quiser, eu dou para você.

— Me mostra como eu te faço querer gozar.

As narinas dele se inflaram, seus olhos se fecharam — e, quando ele os abriu de novo, havia um brilho malicioso neles. Ela amou estar presa sob aquele olhar determinado. Amou o modo como o lábio superior dele se curvou, os antebraços próximos da cabeça dela, sua boca descendo até estar a um centímetro da dela.

— Levanta os joelhos, Hannah. — Ele pulsou dentro dela, as pupilas bloqueando o azul dos olhos. — Vamos ver quão fundo eu chego antes de você gritar.

Spoiler: não demorou muito.

Ela ergueu os joelhos, obediente e ávida, roçando-os no peitoral dele e prendendo-os alto no seu torso. A investida seguinte fez os seus olhos se revirarem, a segunda a fez se contorcer de puro atordoamento. Como e o que ele estava atingindo dentro dela que parecia liberar aquela força desconhecida? A pressão a percorreu e se emaranhou no âmago de Hannah, deixando-a tão tensa que não conseguia pensar ou respirar, o teto do carro parecendo cada vez mais com os portões do paraíso. Grunhindo no seu pescoço, Fox metia de forma bruta, mas ao mesmo tempo a venerava, a língua e os lábios continuamente acariciando o pescoço de Hannah, a boca encontrando a dela para abafar seus gritos. Sim, ela estava gritando o nome dele, e ele estava mesmo o mais fundo possível, erguendo os quadris dela do banco com estocadas duras que ficavam mais urgentes, mais intensas, cada vez mais rápidas. O corpo dele a imprensou no assento, usando o que tinha entre as pernas de um jeito deliciosamente frenético, como que desesperado para ela reconhecer o seu desejo — e ela reconheceu.

Tinha a sua prova. Sua prova e mais um pouco.

— Fox — gemeu ela por entre os dentes.

— Eu sei que você está perto. Estou sentindo.

— Sim. Sim.

— Você ama esse pau, né? — Os dentes dele arranharam seu lóbulo e o mordiscaram. — Estava doida por ele do jeito que eu estava doido por essa boceta gostosa, todo dia. Na terra e no mar. Então me mostra, gata. Me mostra que você ama ficar nessa posição para mim.

O orgasmo a deixou cada vez mais tensa, e ela fincou os calcanhares na bunda de Fox em meio às investidas, sua boca aberta e ofegante contra o ombro dele, seu sexo se contraindo em uma pulsação que não acabava mais.

— Ahhh, meu Deus. Ai, meu Deus.

Ele gozou com gemidos entrecortados, o ritmo dos movimentos falhando, a boca prendendo-se à de Hannah e segurando-a, o ar escapando do nariz, as mãos agarrando o cabelo dela.

— Hannah. — Um beijo forte, desesperado, e então mais um, puxando a alma diretamente do corpo dela. — Hannah. Hannah.

O corpo duro que a tinha levado a um ápice de êxtase que nunca soube que existia desabou sobre ela, puxando-a para perto, com a respiração pesada. O coração dele galopava contra o dela. As pernas de Hannah ainda estavam fechadas ao redor da cintura de Fox, seus corpos escorregadios por causa do suor, e ela não se imaginou se mexendo em um futuro próximo. Talvez nunca. Aparentemente, "se derreter" não era só uma expressão.

— Você me faz sentir que estou exatamente no lugar certo. — Ele suspirou no pescoço dela, beijando-o com reverência. — Que não preciso fugir nem me esconder de nada. Não tenho que evitar nada.

Ela virou a cabeça e a boca dos dois se fundiu.

— Pode confiar nessa sensação. Eu também me sinto assim.

Fox examinou o rosto dela com tanta intensidade nos olhos azuis que ela não teve coragem de inspirar. Então ele engoliu com força e os virou de lado, posicionando-os um de frente para o outro, o braço dele a mantendo próxima. E ficaram ali, sentindo o cheiro da pele um do outro, até a tempestade parar.

Capítulo vinte e um

$\mathcal{F}$ox abriu um olho que parecia estar colado na cara.

Quando viu a explosão de cabelo loiro-escuro espalhado pelo seu peito, deu um sorriso e seu coração subiu à garganta como se estivesse em um elevador e se alojou atrás da jugular. Hannah.

Ele não moveu nem um músculo. Não queria acordá-la, principalmente porque desejava saborear cada detalhe, guardá-los na memória. Como a curva das costas nuas dela, o salpicado de sardas que subia por ali como estrelas no céu quando se estava no oceano. Ele olharia para aquelas estrelas de um jeito completamente diferente agora. Com reverência.

Com muito cuidado, ergueu a cabeça para que seu olhar percorresse o corpo de Hannah, descendo até a bunda sexy, na qual ela definitivamente tinha implorado para ele dar uns tapas na noite anterior no meio da terceira… quarta vez? Eles mal tinham entrado no apartamento e ele a despiu e a carregou sobre o ombro até o quarto, fechando a porta com um chute. E ali tinham ficado, saindo só uma vez para pegar sorvete e um pacote de biscoito amanteigado.

Dizer que fora a melhor noite da vida dele seria um eufemismo imperdoável. Ele tinha tomado a decisão certa ao contar tudo a Hannah. Se pensava que ela era a perfeição ambulante antes, agora a garota estava completamente desinibida. Não havia mais hesitação em seus olhos. Aparentemente, se abrir significava receber mais em troca. Considerando que ele nunca se cansaria de Hannah, ser honesto definitivamente era o caminho certo.

Mas o que mais ele podia dar a ela?

Permanência, sussurrou uma voz em um canto da sua mente.

Um objeto afiado se materializou na sua barriga, espetando-o, cutucando.

Naquela manhã, ele partiria para ficar cinco dias no mar. Quando voltasse, as filmagens teriam terminado. O suor brotou na sua pele quando a imaginou entrando no ônibus, mas que porra ele podia fazer a respeito? Pedir a ela que fosse morar com ele? Ele mal tinha superado o desafio de confessar seus sentimentos — e nem os confessara por completo. Nem tinha dito que estava apaixonado por ela. Ainda não.

Hannah tinha um emprego em Los Angeles. Para a carreira que queria seguir como coordenadora musical, provavelmente teria que morar lá. Então qual era o plano? Pedir a ela que se mudasse para um apartamento com paredes brancas e passasse de três a cinco dias da semana sem ele? Ou eles teriam um relacionamento a distância?

A segunda opção lhe dava arrepios.

Sua namorada linda e perfeita, com o rosto cheio de sardas, correndo de um lado para o outro de Los Angeles sendo linda e perfeita, com o rosto cheio de sardas, sem ele? Fox ia querer bater a cabeça contra a parede o dia todo. Não porque não confiava nela; mas pela possibilidade de que ela encontrasse uma opção melhor, mais perto. Um relacionamento a distância também incitaria críticas, ele não tinha dúvidas. Ninguém sabia que Fox vinha sendo fiel a Hannah, nem acreditaria se ele contasse como tinha sido fácil. Como não conseguia imaginar querer outra pessoa. Assim como tinha sugerido a Hannah no dia anterior, e se o deboche dos outros a atingisse? E se as pessoas sugerissem que Fox partiria o coração dela, que a usaria ou acabaria como o pai dele e a trairia?

Ele não seria capaz de suportar isso.

Mas que outra opção tinha exceto um relacionamento a distância? Nesse primeiro momento, pelo menos. Até eles terem passado no mínimo cinco segundos como namorados. Até ela ter certeza de que Fox era bom para ela. Que ele era o que ela queria. De certa forma, ele e Hannah levavam um relacionamento a distância desde o verão anterior. Agora que os sentimentos tinham sido reconhecidos, seria muito mais difícil para os dois se separarem, mas ele estava disposto a fazer isso. Iria a Los Angeles o máximo possível e faria de tudo para convencê-la a ir a Westport também.

E quando chegasse a hora, quando ambos estivessem prontos, ninguém precisaria convencer ninguém.

Um deles simplesmente deixaria sua vida para trás.

Se Hannah fizesse isso, será que se arrependeria? O que ele precisaria fazer para garantir que isso não acontecesse?

Hannah bocejou contra o peito dele e sorriu, sonolenta, fazendo a pulsação de Fox acelerar para um ritmo alucinante. E ele devia saber que, no segundo que ela estivesse acordada, olhando para ele, tudo ficaria bem.

Eu só preciso falar com ela.

Problema resolvido.

— Bom dia — veio o cumprimento abafado contra a pele dele.

— Bom dia. — Ele passou a ponta dos dedos pela coluna dela, provocando um ronronado de apreciação. — Como vai essa bunda? — Ele apertou as nádegas em questão. — Dolorida, aposto.

A risada de Hannah vibrou entre os dois.

— Eu sabia que você ia falar dos tapas. — Hannah sentiu Fox insinuando um dedo entre as costelas dela. — Nunca mais vou pedir de novo.

— Não vai precisar. — Ele sorriu. — Sei do que você gosta agora, sua depravada.

— Eu me empolguei na hora.

— Ótimo. É exatamente assim que quero você. — Fox pegou Hannah por baixo dos braços e a virou, rolando para cima dela, encaixando as curvas dos dois com um grunhido e olhando para a vista mais incrível que podia imaginar: Hannah nua. Os peitos marcados pela boca de Fox. Ela corando e rindo na cama dele. Como o pescador ia ficar longe por cinco dias, porra? Quem podia esperar isso de um homem? — Você é tão linda, Hannah.

A risada dela ficou mais suave.

— A felicidade faz isso com a pessoa.

Converse com ela. Sempre, sempre funciona.

Ela entrelaçou os dedos dos dois sobre o travesseiro, como se já soubesse daquela vontade. É claro que sabia. Ela era Hannah. A primeira e última mulher que ele amaria.

— Sua estadia aqui passou tão rápido — começou ele com a voz embargada, olhando-a nos olhos.

Hannah assentiu devagar, entendendo.

— Agora estamos com pouco tempo para decidir as coisas.

A pressão de carregar a preocupação sozinho se dissipou como se nunca tivesse existido. Simples assim. *A verdade é libertadora.* Aparentemente isso não era só uma frase genérica dita por algum político trezentos anos antes.

— Sim.

— Eu sei. — Ela se esticou um pouco e beijou o queixo dele. — Vai ficar tudo bem.

— Como, Hannah?

Ela passou a língua pelos lábios.

— Você… quer que eu esteja aqui quando voltar?

A pressão voltou com tudo, revestindo os órgãos dele com cimento. Ele analisou o olhar dela, não vendo nada ali além de uma esperança sincera.

— Era… — Ele engasgou com as palavras. — Era uma possibilidade você não estar aqui? Jesus Cristo. Sim, eu quero você aqui. É melhor mesmo que você esteja aqui.

— Vou estar. Tudo bem, vou estar. Só não tinha certeza de que isso era… Não sabia se você estava esperando que eu entendesse o que rolou ontem como um lance de uma noite só. Ou uma coisa casual, talvez. Tipo, que podíamos passar tempos juntos sempre que eu viesse visitar a Piper...

— Não é casual. — Caralho. A garganta dele estava pegando fogo. — Como você pode achar isso?

Ela inspirou e expirou embaixo dele, parecendo refletir sobre alguma coisa.

— No que você está pensando? — perguntou Fox, aproximando-se bem dela e encostando a testa na sua como se pudesse extrair os pensamentos dali. — Fala comigo.

— Bem... — A pele de Hannah ficou úmida contra a dele. — É só que, sabe, Seattle não é longe, e há oportunidades para mim, para o que eu quero fazer... lá. É um trabalho criativo, não das nove às cinco. Eu provavelmente não teria que ir e voltar constantemente de lá. Só de vez em quando. Eu poderia pensar em me mudar. Para ficar mais perto de você.

A primeira emoção que Fox experimentou foi puro alívio. Euforia, até.

Eles não precisariam ter um relacionamento a distância e ele poderia vê-la todo dia.

A segunda foi um deslumbramento completo de que ele era capaz de fazer aquela mulher querer se desenraizar para ficar perto dele. Cacete, como tinha conseguido aquilo?

Mas o pânico se instaurou, pouco a pouco, suplantando o deslumbramento.

Ela estava falando sobre se mudar para mais perto.

Agora.

Sobre morar com ele, na verdade. Porque era assim que seria, não era? Quando alguém se mudava para ficar mais perto do namorado, eles não moravam em apartamentos separados. Será que Hannah tinha tanta certeza assim do que queria? *A esse ponto?* Quantas vezes ele já não tinha quase estragado aquela história com ela completamente? Tentou empurrá-la para outro homem. Tentou seduzi-la para que ela fizesse a escolha conveniente e achasse que ele não passava de um mulherengo, como todo mundo pensava. Como ele podia esperar dar um futuro seguro a ela?

E as pessoas ririam dela também. Pelas suas costas.

Pensariam que Hannah estava perdendo a cabeça, mudando-se para o norte por um homem que nunca levara a sério nem um prato de batatas fritas, que dirá uma mulher. Ele nunca tivera sequer uma planta em casa. Seria capaz de nutrir um relacionamento íntimo com uma namorada que morava com ele? De um jeito que fosse digno de Hannah? Ele se recusava a assumir o leme do *Della Ray*. Era uma piadinha suja ambulante entre os amigos e a família. Agora tinha a audácia de acreditar que podia ser o cara certo para essa garota?

Talvez ela precisasse de um tempo longe de tudo aquilo para ter certeza. Ele não aguentaria se ela jogasse fora a própria vida, a própria carreira, por ele, só para então perceber que tinha agido por impulso.

— Hannah.

— Não, eu sei. Eu sei. Foi meio precipitado.

Ela parecia sem fôlego. Ele também. Ela pegou o celular na mesa de cabeceira e o ligou.

— Que horas o barco sai hoje?

— Às sete — respondeu Fox, rouco.

Era isso? A conversa tinha acabado?

Ele tivera quinze segundos para tomar uma decisão que determinaria o futuro dela?

Com uma careta exagerada, Hannah virou a tela para que ele pudesse ler: 6h48.

— Jesus — grunhiu Fox, forçando-se a rolar para longe daquele corpo nu delicioso, puxando a mochila de baixo da cama sem tirar os olhos de Hannah uma única vez.

Ele odiava a indecisão no rosto dela. Era como se estivesse de repente sentindo-se deslocada na cama dele, mas Fox não sabia que porra fazer quanto a isso. O que ele poderia dizer? *Sim, venha morar aqui. Sim, vire sua vida de cabeça para baixo por mim, um homem que mal teve coragem de admitir seus sentimentos menos de vinte e quatro horas atrás.* Uma parte enorme dele queria dizer essas coisas. Sentia-se pronto para qualquer aventura, para tudo com aquela mulher. Mas aquela duvidazinha remanescente manteve a boca dele fechada.

— Hannah, por favor, esteja aqui quando eu voltar.

Ela se sentou, cobrindo o corpo com o lençol.

— Eu disse que ia estar. E estarei.

Converse com ela.

Fox se levantou e foi até a cômoda, pegando cuecas, meias e roupas térmicas para enfiar na mochila. Com o coração na garganta, parou para olhar para ela, catalogando seus traços pacientes, um a um.

— Eu não acredito em mim o suficiente para pedir a você que... mude de vida, Hannah. Não tão rápido.

— Eu acredito em você — sussurrou ela. — Eu tenho fé.

— Ótimo. Quer compartilhar um pouco? — Deus, por que ele estava falando com tanta raiva, quando tudo que queria era voltar para a cama e enterrar o rosto no pescoço de Hannah? Agradecê-la por ter fé nele, recompensá-la com o corpo até ela estar delirante? — Desculpa. Eu não devia falar com você assim quando você não fez nada errado. — Ele gesticulou para ela e para a mochila em seguida. — Acha que poderia caber aqui para eu te levar comigo? Porque, daqui a uma hora, provavelmente vou estar profundamente arrependido por ter saído assim.

— Então não saia assim. — Ela ficou de joelhos e se aproximou da beira da cama, ainda agarrando o lençol entre os seios.

— Me beija. Vou estar aqui quando você voltar. Vamos nos despedir assim.

Fox pulou em direção a ela como um homem à beira da morte, puxando o corpo de Hannah contra o seu e fundindo suas bocas. Correu os dedos pelo cabelo despenteado dela, inclinou sua cabeça, encaixou sua boca na dela e a beijou até ela gemer, o corpo se recostando no dele. Ele deixaria o porto de pau duro, mas fazer o quê, certo? Ela valia o desconforto.

Os dedos dele se curvaram na bainha do lençol com a intenção de puxá-lo e dar mais um orgasmo a Hannah, só para ouvi-la chamar o seu nome daquele jeito rouco, mas Fox percebeu que não tinha escolha exceto partir. Se não parasse naquele momento, nunca iria embora. Ficaria dentro dela o dia todo, envolto no seu cheiro, no som da sua risada, na fricção de pele contra pele. E seria a melhor coisa. Alimentaria a porra da sua alma. Mas não parecia certo fazer amor com ela quando Fox não conseguia se comprometer com um plano fixo. Quando não tinha certeza de que eles tinham algum futuro juntos, assim como Hannah estava preparada para fazer.

Ele não podia fazer isso. Não com Hannah.

Fox interrompeu o beijo com um xingamento, passando os dedos trêmulos pelo cabelo. Abraçou-a apertado por alguns segundos breves demais até que, contra sua vontade, a deitou de volta nos travesseiros e puxou o queixo dela para cima. Fez contato visual, mas já sentia uma saudade intensa.

— Dorme aqui enquanto eu estiver fora?

Depois de um segundo, ela assentiu, sua expressão ilegível.

— Toma cuidado no mar.

A preocupação de Hannah era como um aquecedor, dissipando o frio como só ela conseguia fazer.

— Vou tomar, Pintadinha.

Deixando-a lá, ele colocou depressa uma camisa térmica de manga comprida, calça jeans e um moletom. Enfiou meias grossas, depois calçou as botas. Pôs um boné na cabeça. Inquieto, deu uma última olhada em Hannah e saiu do quarto.

Lá fora, a névoa da manhã o envolveu até ele não conseguir ver o prédio depois de algumas centenas de metros, e o buraco em seu estômago crescia a cada passo que dava em direção às docas.

Volta.

Fala para ela se mudar para cá.

Fala que estar com ela todos os dias seria o paraíso para você.

Deus sabia que era verdade. Alguns minutos longe dos braços de Hannah e ele já tinha voltado a sentir frio.

Fox parou no meio da rua, um senso de propósito começando a se assentar nele. E se ele *pudesse* fazê-la feliz? E se eles pudessem provar que todos estavam errados? E se ela só ficasse e ficasse e ficasse, e ele pudesse acordar toda manhã e senti-la ali, como naquele dia? Fox faria tudo que estivesse ao alcance dele para dar a mesma sensação a ela, para que Hannah nunca se arrependesse de deixar Los Angeles...

— Fox!

Era a voz de Brendan. Fox deu alguns passos relutantes, a névoa se dissipando à sua frente e revelando o porto, o *Della Ray* em seu lugar de sempre, ao longe. Ele assentiu para o amigo e eles se cumprimentaram batendo os punhos.

Uma culpa que ele não queria sentir revirou-se e assentou-se em sua barriga.

Ele estivera tão consumido com Hannah e com a realidade paralela que eles tinham criado juntos que praticamente se esquecera do pedido de Brendan para que mantivesse os olhos longe da futura cunhada do amigo. Para ser sincero, nada o teria impedido. Seus sentimentos por Hannah eram intensos demais para Fox acatar qualquer tipo de aviso. Agora isso era óbvio. Ainda assim, a culpa se recusava a deixá-lo. Porque Fox sabia que a preocupação de Brendan era justificada. Afinal, eles eram amigos havia muito tempo. Enquanto Brendan estava estudando, aprendendo sobre a indústria da pesca, Fox participava de atividades extracurriculares muito diferentes.

— O que foi? — perguntou Fox, jogando a mochila no ombro.

O olhar de Brendan estava estranhamente evasivo. O capitão era do tipo que sempre olhava os outros nos olhos ao falar, frisando suas Palavras Muito Importantes.

— Aconteceu um imprevisto e preciso levar meus pais para casa de carro.

Fox processou a notícia.

— Eles não vão de avião?

— Não. O porão deles alagou enquanto estavam fora. Pensei em levá-los para casa e arrumar tudo lá.

— Certo — disse Fox devagar. O que estava acontecendo? Brendan nunca perdera uma viagem desde que Fox o conhecia. E com certeza, se ia ser a primeira vez, ele teria ligado e poupado todo mundo o transtorno de fazer as malas e se deslocar até o porto. — Então... a viagem está cancelada?

A pura alegria que atravessou Fox quase o derrubou.

Mais cinco dias com Hannah.

Ele estaria de volta ao calor dela em dois minutos. E naquela noite a levaria para jantar, ou o que quer que ela quisesse fazer. Um show. Ela amaria ver um show...

— Não, não está cancelada. Vou transferir os deveres de capitão para essa viagem. — Antes que Fox pudesse reagir, Brendan estava jogando as chaves do *Della Ray* na sua mão. — É todo seu.

O alívio de Fox morreu bruscamente. Brendan se ocupou em dobrar a manga da camisa com movimentos espasmódicos. O amigo nunca tinha mentido bem, tinha? Tinha até aparecido na escola no dia em que todo mundo ia matar aula para ir à praia. O homem tinha permanecido fiel à esposa falecida por sete anos, porra. Era tão honesto quanto o oceano cintilando ao nascer do sol, e de jeito nenhum ia abandonar uma viagem de pesca por conta de um porão alagado. Suas responsabilidades e seus hábitos estavam costurados no tecido do seu ser.

Pela primeira vez, Fox sentiu inveja disso.

Ao mesmo tempo que a irritação formigou em sua nuca.

Brendan tinha uma convicção absoluta quando se tratava de tomar decisões e ater-se a elas. Sabia exatamente o futuro que queria e executava os passos necessários para fazê-lo acontecer. Pedindo Piper em casamento. Encomendando um segundo barco para expandir os negócios. O único lugar onde Brendan parecia não ter sucesso era na crença absurda de que o lugar de Fox era na casa do leme. Ele acreditava tanto nisso que estava disposto a mentir na cara dura.

Fox assentiu rigidamente, girando as chaves na mão uma vez.

— Achou mesmo que isso ia colar?

Brendan aprumou os ombros e tensionou a mandíbula.

— O quê?

— Isso. Você mentir sobre um alagamento imaginário para eu ser obrigado a assumir o posto de capitão. Está pensando o quê? Que, se eu for uma vez, vou perceber que é o meu destino?

Brendan pensou em insistir na história, mas nitidamente desistiu depois de três segundos.

— Eu esperava que você percebesse que não precisa ter essa responsabilidade. — Ele balançou a cabeça. — Você não acha que mereceu esse direito? A confiança que vem com ele?

— Ah, agora você confia em mim? Confia em mim para ser capitão do navio, mas não com a Hannah, certo? — A risada amarga dele abriu um caminho ardente no seu peito. — Eu sirvo para ser responsável pela vida de cinco outras pessoas, mas é melhor manter minhas mãos imundas longe da sua futura cunhada porque vou partir o coração dela. Enganar a garota. Qual é, Brendan? Você confia em mim ou não? Ou a sua confiança é seletiva?

Até Fox fazer a pergunta em voz alta, o som sendo absorvido pela névoa ao redor, ele não tinha percebido como aquela preocupação, aquela distinção, vinha pesando nele, apoiada em seus ombros como pilhas de Bíblias.

Pela primeira vez, Brendan parecia completamente desnorteado. Seu rosto perdeu um pouco da cor.

— Eu não... nunca teria pensado desse jeito. Não percebi o quanto isso te incomodava. Essa história toda com a Hannah.

— Essa história toda com a Hannah — repetiu Fox, bufando. Que descrição insuficiente para alguém que estava tão apaixonado que nem sabia o que fazer da vida. — Pois é. Talvez, se prestasse um pouco mais de atenção, perceberia que eu não vou para Seattle desde o verão passado. Não tem mais ninguém. Nunca vai ter mais ninguém. — Ele apontou de volta para o apartamento dele. — Eu estou plantado aqui há meses, pensando nela, comprando discos e mandando mensagens pra ela que nem um babaca apaixonado.

Ele fechou o punho ao redor das chaves até elas se cravarem em sua palma.

A vida seria assim se ele estivesse com Hannah?

Constantemente tentando convencer todo mundo de que ele não era o vagabundo negligente que já fora? Até as pessoas que deviam amá-lo — Brendan, Kirk e Melinda, sua própria mãe — tinham olhado para ele e visto um caráter além de qualquer reparo.

Hannah tem fé em você. Hannah acredita em você.

Fox foi pego de surpresa pelo voto de confiança hesitante que surgiu dentro de si, mas a sensação o fez pensar que talvez… talvez houvesse uma chance de que ele não fosse uma causa perdida.

Ainda assim, deixou o pensamento germinar. Crescer.

Se podia ser um amigo digno para Hannah, se podia fazer *aquela* mulher incrível ficar por perto e valorizá-lo, valorizar sua opinião e sua companhia, talvez também pudesse ser um líder. Capitanear um barco. Inspirar o respeito e a consideração da tripulação. Afinal, ele tinha mudado. Tinha mudado pela garota sonolenta na sua cama. No começo, Hannah tinha as mesmas suposições sobre ele que as outras pessoas. Mas mudou de opinião, não mudou?

Será que ele podia fazer isso com a tripulação? Ser tudo o que Hannah merecia?

Nunca saberia se não tentasse.

E quando ele pensou em Hannah no estúdio de gravação no dia anterior, corajosamente expressando sua opinião — assumindo um risco e se saindo bem —, encontrou a coragem para se voltar para dentro e acessar uma reserva desconhecida de força. Força que tinha obtido dela.

Fox estampou um sorriso paciente no rosto, embora seu estômago tivesse virado gelatina.

— Tudo bem, capitão. Você venceu. Acho que… o leme é meu nessa viagem.

Capítulo vinte e dois

Hannah estava parada em frente à porta do apartamento de Opal, esperando que ela atendesse. Da última vez que estivera ali, pouco mais de uma semana antes, estava morrendo de medo de entrar. De falar sobre o pai e sentir-se totalmente desconectada da avó e de Piper. Naquele momento, no entanto, seus ombros estavam firmes em vez de caídos. Ela não se sentia como uma impostora ou como se estivesse fingindo até conseguir. Pertencia àquele lugar.

Era a neta de Opal.

Finalmente a protagonista da própria vida.

A filha mais nova de Henry Cross.

Eles tinham se entendido através da música. Houve uma época, muito tempo antes, que ele a tinha amado. Tinha segurado Hannah nos braços em um quarto de hospital, a ensinara a engatinhar, acordara com ela no meio da noite. E partira para o mar acreditando que a veria de novo. E Hannah gostava de pensar, talvez de um jeito que só ela conseguia entender, que eles tiveram um longo encontro através das músicas dele, dando um ao outro uma espécie de encerramento de que ambos precisavam. Era bem possível que ela tivesse recebido alguns conselhos paternos de um jeito meio tortuoso, porque tinha acordado na segunda de manhã, o último dia de gravação, com uma ideia. Um lugar para onde ir a partir dali.

Um lugar que significaria continuar trabalhando com música... e perto de Fox.

Se ele quisesse.

Um nó que tinha se tornado familiar ao longo dos últimos cinco dias se apertou na barriga dela, agitando o café que tinha bebido pela manhã. Se voltasse a Los Angeles como planejado originalmente, seria com um coração partido e sem esperança de conserto. Estar longe de Fox desde que ele viajara só cimentara essa crença. Ela estava com tanta saudade do pescador que sentia uma dor física. Estava com saudade do jeito como ele franzia a testa e entreabria os lábios de leve quando ela falava, como se estivesse se concentrando inteiramente no que Hannah estava dizendo. Estava com saudade do jeito como ele enfiava as duas mãos sob as axilas no frio. Estava com saudade da risada maliciosa dele, das carícias no cabelo dela, do modo hesitante como Fox falava quando estava prestes a abrir o coração.

Do fato de que ele aprendera a abrir o coração com ela em todos os momentos.

Toda vez que fechava os olhos, o imaginava percorrendo o cais na direção dela, abrindo os braços, a decisão de se esforçar por eles e construir um relacionamento com Hannah estampada no rosto.

Mas e se não fosse assim? E se cinco dias no mar o fizessem perceber que era coisa demais, rápido demais? Ou esforço demais, ponto?

Talvez ela tivesse sido impulsiva quando sugeriu sair de Los Angeles para ficar mais perto de Fox. Talvez devesse só ter voltado para casa e tentado manter um relacionamento a distância por um tempo. Só que não conseguia se imaginar contente com isso. Não mais. Não agora que sabia como parecia certo tê-lo ao seu lado. Atrás dela. Ao seu redor. E ele não sentia o mesmo?

Sim. Ele sentia — e ela acreditava em suas ações. Acreditava no relacionamento deles.

A porta se abriu e Opal apareceu, uma fileira de bobes no meio da cabeça.

— Ah, Hannah! Eu estava tirando essas coisas e agora você me pegou toda bagunçada. Entre, entre. Somos só nós, então, quem se importa?!

Hannah entrou com uma risada, enfiando um dedo no bolso da calça para se certificar de que o envelope ainda estava ali, como fizera cem vezes ao longo da caminhada até o prédio da avó.

— O que te traz aqui, querida? Não que precise de um motivo pra visitar!

Ela seguiu Opal até o banheiro e começou a ajudá-la a tirar a última fileira de bobes cor-de-rosa.

— Eu teria ligado primeiro, mas estava animada demais. Você se lembra de quando pedi sua permissão para usar as músicas do Henry no filme que estamos gravando?

— Com certeza. Mas você disse que tinha poucas chances de acontecer. — As mãos de Opal desabaram sobre a pia. — Não me diga que vai acontecer, Hannah. — Ela analisou a expressão da neta, e então ficou admirada. — Não acredito. Eu... Como? Como? Elas nem estão gravadas direito. São só palavras no papel.

— Não são mais — murmurou Hannah, relatando os eventos da semana anterior. — Vem, eu tenho uma pronta no celular pra tocar.

Ela enganchou o braço no de Opal e a levou do banheiro até o sofá. Quando estavam acomodadas, pegou o celular e abriu o arquivo de áudio, suspirando com força quando a música preencheu a sala. A dança de abertura da rabeca e do baixo foi seguida pelo ronronado dos vocais de Alana Wilder e a batida abafada da bateria, acrescentada na pós-produção.

Hannah pensou no momento no set em que tinha se aproximado de Sergei e lhe estendido um par de fones sem dizer nada, apertado o play e visto os olhos dele se arregalarem, seus dedos batendo nos joelhos. A realização que sentiu naquele instante. Independentemente do que ele decidisse, ela havia criado algo mágico. Tinha mexido os pauzinhos até tudo dar certo e havia superado seus receios para fazer aquilo acontecer.

Sua primeira jogada de protagonista — e definitivamente não seria a última.

Opal cobriu a boca com as duas mãos, os nós dos dedos ficando brancos.

— Ah, Hannah. Isso é tão bom para a alma. É o mais perto que chego de falar com ele em vinte e quatro anos. É extraordinário.

Um calor se espalhou no peito de Hannah.

— Tem mais. São três no total. E estamos gravando as outras. — Ela tirou o envelope do bolso e o entregou a Opal, o coração começando a acelerar. — Enquanto isso, as músicas foram registradas no seu nome, Opal. Você vai ganhar uma porcentagem dos lucros gerados pela trilha sonora, mas consegui negociar um bônus também, pelo uso das canções de Henry em *Deslumbrados de Amor*. E não inclui o que quer que a produtora vai ter que pagar para você se usarem as músicas em propagandas…

— Hannah! — ofegou Opal quando tirou do envelope o cheque que Sergei lhe entregara naquela manhã. — Isso é meu mesmo?

— É, sim.

— Ah, eu não posso aceitar — disse ela, alvoroçada, tentando devolver o cheque.

Hannah o empurrou de volta contra o peito da avó.

— Vai aceitar, sim. Henry ia querer que aceitasse. — Ela engoliu com dificuldade, como se um objeto afiado estivesse entalado na garganta. — Eu me sinto confiante dizendo isso agora. Antes… não teria certeza. Mas as músicas me ajudaram a conhecê-lo, a entendê-lo melhor… e a família era a vida dele. — Ela sorriu. — Isso é muito bom, Opal.

A avó suspirou, e o último resquício de resistência a deixou.

— Ele teria ficado tão orgulhoso de você.

— Espero que sim — disse Hannah, apertando o nariz, que ardia. — Agora, vamos tirar o resto desses bobes. Você tem uma graninha para gastar.

Meia hora depois, Hannah estava de volta no set, ainda se sentindo nas nuvens.

Agarrou-se à confiável prancheta, gostando de senti-la contra o peito e sabendo que aquele seria seu último dia como assistente de produção. Ela fizera certo em começar em um cargo mais baixo e ir aprendendo com o trabalho, mas essa etapa estava chegando ao fim. Apoiar os outros era algo que sempre fizera naturalmente porque adorava ajudar, mas em termos de carreira? Era hora de apoiar a si mesma também, investir no que queria. Correr atrás da adrenalina que sentira ao criar arte do seu jeito.

A equipe inteira se aglomerou em uma metade do Cross e Filhos. Do outro lado do bar que Hannah tinha reformado com Piper, luzes incidiam sobre Christian e Maxine, capturando sua última cena no filme. Uma cena que Sergei, fiel ao seu estilo, tinha inserido no roteiro de última hora, querendo aproveitar ao máximo a nova trilha sonora. Eles não tinham planos de gravar no Cross e Filhos, mas, por sorte, Hannah tecnicamente era dona de metade do bar. Tinha ligado para pedir permissão a Piper mesmo assim, e a irmã passaria ali em breve para servir bebidas à equipe na comemoração do fim das filmagens.

A cena à frente de Hannah se aproximava do clímax, Christian e Maxine dançando de mãos dadas, alegria e esperança lentamente transformando suas feições. Seus movimentos ficaram mais alegres. Menos contidos. Seria em *slow motion*, Hannah sabia, e um jeito perfeito de se despedir da plateia.

— Corta! — gritou Sergei depois de duas tomadas, e pulou da cadeira de diretor para cumprimentar o cara do microfone mais próximo. — É isso!

Todos aplaudiram.

Christian saiu do personagem mais rápido que uma bala em movimento.

— Quem está com meu café? Hannah?

Ela acenou para ele. Esperou que ele parecesse aliviado, então ergueu o dedo do meio.

A risada dele preencheu o bar.

Mesmo assim, ela ficou com pena do ator e foi entregar seu café gelado mais uma vez, em nome dos velhos tempos, quando Sergei entrou em seu caminho.

— Hannah. Ei. — Ele parecia quase... nervoso? — Eu só queria ressaltar de novo como a nova trilha está complementando o filme. Não teria sido o mesmo sem essas músicas. Ou esse lugar. — Ele riu. — Você foi quase tão responsável pelo filme quanto eu... e olha que fui eu quem escrevi e dirigi.

Uma pontada de afeição nostálgica pelo diretor a fez sorrir.

— E você fez um ótimo trabalho, Sergei. Vai ser seu melhor filme até agora.

— Sim, obrigado. — Ele hesitou. — Você já deu seu aviso prévio e eu respeito isso. É óbvio que está pronta para coisas maiores e melhores, mas vou me arrepender se não perguntar mais uma vez se aceita uma posição mais alta. Já que Brinley parece estar mantendo sua palavra e vai se demitir, vamos precisar de outra coordenadora musical.

Um mês antes, ela precisaria se beliscar — pensaria que tinha sido atropelada por um ônibus e se aproximava dos portões do paraíso. Uma enorme parte dela estava inacreditavelmente empolgada por ter se provado o suficiente para merecer esse tipo de proposta. Ela só não podia aceitar. Não porque queria fazer as coisas funcionarem com Fox, mas porque tinha adorado trabalhar para si mesma: descobrir uma banda, fazer parte do processo, ter uma ideia e vê-la se concretizar. Ela planejava continuar em seu papel recém-descoberto de protagonista.

— Obrigada, mas esse vai ser meu último projeto — disse ela. — Acho que eu não teria descoberto o que quero mesmo fazer sem a Storm Born. A experiência foi inestimável, mas estou pronta para seguir em frente.

— E vai seguir para fora de Los Angeles, imagino. — A decepção curvou os cantos da boca dele para baixo. — Pelo pescador.

— Sim. — Mais uma vez, ela teve que suprimir a dúvida assustadora que marchava em seu estômago como stormtroopers.

— Sim, pelo Fox.

Sergei fez um ruído de desagrado.

— Me avisa se alguma coisa mudar... em termos de carreira ou vida pessoal?

Ela não avisaria.

Mesmo se o pior acontecesse e as coisas não funcionassem com Fox, ela sabia agora como era amar alguém de um jeito descontrolado e brutal, que não podia ser restringido ou domado. Sua paixãozinha pelo diretor parecia uma coisa triste em comparação.

— É claro — disse ela, apertando o braço dele.

— Muito bem, lindezas. Quem está pronto para uma festa?

Hannah bufou ao ouvir a voz de Piper e os arquejos de quando todos a reconheceram. Virou-se bem a tempo de receber um beijo estalado na bochecha — que definitivamente deixou uma marca de batom na forma da boca de Piper — e viu todos se maravilharem quando a antiga princesa das festas de Los Angeles guardou calmamente a bolsa atrás do bar e sorriu para o membro da equipe mais próximo.

— Aceita uma bebida?

Christian parou ao lado de Hannah, a boca aberta.

— Aquela é... Piper Bellinger?

— Ela mesma — respondeu Hannah, uma descarga de amor correndo pelas suas veias. — Ela se mudou para cá no verão passado depois que se apaixonou por um capitão. Não é romântico?

— Acho que sim. Como vocês se conhecem?

— Ela é minha irmã. Nós somos as donas deste lugar. — Ela inclinou a cabeça para o bar. — Que tal algo mais forte que um café?

Ele abriu e fechou a boca até balbuciar:

— Valeu, acho que vou precisar.

Hannah e Christian tinham acabado de abrir caminho até o bar por entre a equipe alvoroçada quando ela parou de repente. Delineado na porta do Cross e Filhas, ela viu Brendan. Mas... ainda era o final da tarde. O *Della Ray* só devia voltar ao porto de noite. Será que tinham chegado antes? Nervosismo e expectativa batalharam em seu estômago ante a possibilidade de ver Fox mais cedo do que o esperado, mas alguma coisa na expressão de Brendan fez o nervosismo vencer.

— Ei — murmurou ela quando o futuro cunhado se aproximou. — Você não devia estar no barco agora? Voltaram mais cedo?

Brendan tirou o gorro e o retorceu nas mãos.

— Não voltamos. Eu coloquei o Fox no comando dessa viagem.

Hannah o encarou, repassando a explicação seis vezes na cabeça, uma trepidação indesejada revirando-se no estômago.

— Sério? Foi uma decisão de última hora?

— Foi. Não queria dar a ele a chance de se esquivar. — Brendan hesitou, trocando um olhar com Piper. — Parecia uma boa ideia. E talvez funcione como eu esperava. O homem tem ótimos instintos, conhecimento e respeito pelo oceano... ele só precisa acreditar em si mesmo. — O capitão pigarreou. — Só que não me ocorreu antes de o barco partir que o momento não era dos melhores. Com tudo... que está acontecendo entre vocês. Ele aceitou o desafio, mas é muita coisa ao mesmo tempo.

— Espera... — Hannah engoliu um nó do tamanho de um ovo, prazer e choque deixando-a congelada. — Ele contou sobre a gente?

— Mais ou menos.

Hannah soltou um ruído exasperado.

— O que isso significa?

— Ele contou ao Brendan que não vai a Seattle desde o verão passado — explicou Piper, inclinando-se sobre o bar para se juntar à conversa. — Ele estava esperando por você, Hanns. Feito um "babaca apaixonado", e essa é uma citação direta.

Ela mal teve tempo de processar o peso imenso daquela revelação quando reparou que Brendan ainda parecia nervoso. E soube que havia mais.

— Eu entendi o resto da história sem ele precisar falar nada. Imaginei que, com ele se sentindo assim e vocês na mesma casa, alguma coisa estava... provavelmente acontecendo. Apesar de eu ter ido falar com ele antes de você chegar e pedido para manter as coisas platônicas...

— Você fez o *quê*?

— E — continuou Brendan — talvez eu o tenha lembrado de ficar só na amizade algumas vezes desde então. — Ele pigarreou de novo. — Algumas... dezenas de vezes.

— A culpa é parcialmente minha — confessou Piper, com uma careta. — A gente estava tentando cuidar de você. Mas acho que talvez... não, eu *sei* que subestimamos o Fox. Estamos fazendo isso há muito tempo.

— Sim. E ele teve todo o direito de jogar isso na minha cara antes de ir. — Brendan enfiou o gorro de novo na cabeça e aceitou a cerveja que Piper pôs no balcão à sua frente, tomando um longo gole como se a conversa o tivesse deixado com sede. Quando abaixou a bebida, lançou um olhar demorado para Hannah. — Eu insistia que confiava nele e queria que assumisse meu posto atrás do leme, mas não agi de acordo. E me arrependo.

O nariz de Hannah começou a arder. Fox tinha dito a ela que seu pior medo era alguém questionar suas intenções com ela, mas isso já tinha acontecido. O melhor amigo dele tinha feito isso. Será que ele estava magoado por causa dessa situação o tempo todo?

Deus, ela estava tão orgulhosa dele por ter aceitado as chaves do barco.

Por tentar.

No entanto, era impossível não se preocupar. Brendan tinha razão. Era muito para encarar de uma vez.

Eles estavam prestes a subir mais um degrau. Tentariam ficar juntos e investiriam no que já era uma amizade importante para torná-la algo mais. Porém, muitas das inseguranças de Fox estavam relacionadas a como as pessoas o viam. A cidade. A tripulação. E se sua experiência como capitão não saísse como o planejado? E se ele voltasse para casa desencorajado, sem querer retomar de onde eles tinham parado?

Não era como se ela não acreditasse nele. Hannah acreditava. Mas eles tinham deixado as coisas em aberto, e essa mudança de planos inesperada podia pesar a balança ainda mais.

Duas semanas antes, ela queria ser uma protagonista — pelo bem da própria carreira, não da vida amorosa —, mas esta noite teria que reunir seu novo senso de propósito e se preparar para ir à guerra, se necessário, certo? Porque ela não era mais do tipo que assistia dos bastidores ou vivia por meio dos outros, dando apoio quando fosse preciso. Não, aquela história era *dela*, e ela tinha que escrevê-la com as próprias mãos. Era assustador, claro. Mas, se tinha aprendido algo desde que chegara a Westport pela segunda vez, foi que era capaz de muito mais do que imaginava.

Hannah fez um gesto para pedir uma bebida a Piper.

— Um pouco de coragem líquida, por favor.

— É pra já.

Um momento depois, Piper sacudiu alguma coisa em um *mixer* de metal e serviu em uma taça de martíni, deslizando-o para a frente da irmã.

— Sabe — Piper girou um brinco —, o álcool ajuda, mas acho que um salto agulha e um cabelo bonito dão mais coragem que qualquer coisa.

FISGADOS PELO AMOR   287

— Então vamos. — Hannah virou a bebida. — Estou meio irritada com vocês dois por mandarem Fox ficar longe de mim, uma mulher adulta e capaz, mas preciso de toda ajuda que puder.

— Justo — murmurou Brendan.

— Muito justo. Eu vou te compensar. — Piper aprumou os ombros com um ar determinado. — Brendan, cuida do bar. Temos trabalho a fazer.

⚓

Fox conferiu o último item na prancheta e a pendurou de volta no prego, soltando a respiração, que vinha segurando nos últimos cinco dias. Então tirou o chapéu e desabou na cadeira de capitão, encarando o porto e deixando a tensão escapar do corpo aos poucos.

Abaixo, no deque do *Della Ray*, ele viu a pesca ser descarregada por Deke, Sanders e o restante da tripulação. Normalmente estaria lá embaixo ajudando, mas estava no telefone com o mercado, preparando-os para a chegada de peixes-espada frescos. Tinha inspecionado o barco de cima a baixo, certificando-se de que tudo estava em ordem na sala de motores, de que os equipamentos estavam funcionando e de que os números haviam sido registrados.

Ele tinha conseguido.

Uma viagem de cinco dias bem-sucedida.

Tinha dado ordens e elas foram seguidas. Ajudava o fato de que tinha ficado isolado na casa do leme em vez de lá embaixo no deque, onde a maior parte do trabalho pesado ocorria. Além disso, quando os homens se recolhiam à noite, exaustos, Fox tinha ficado acordado até tarde mapeando o curso da manhã seguinte, recusando-se a decepcionar Brendan.

Ou Hannah.

Ele não tivera muitas chances de pensar em como os homens se sentiam sobre seu comando — e talvez isso fosse bom. Talvez, se ficasse de cabeça baixa e completasse mais algumas viagens sem incidentes, pudesse voltar aos poucos para o grupo, após construir as bases de uma nova reputação. Era difícil acreditar que uma coisa dessas era possível após anos levando aquele estilo de vida. Por outro lado, ele nunca pensara que, por sete meses, trocaria sexo por mensagens engraçadinhas e coleções de discos... e lá estava ele.

Morrendo. *Morrendo* de vontade de voltar para casa e ver a sua garota.

Ele sentia tanta saudade dela que estava cheio de rachaduras. Ela preencheria todas. E ele estava começando a pensar...

Sim. A pensar que podia fazer o mesmo por ela, um dia.

— Ei, cara — disse Deke, batendo na lateral da casa do leme e enfiando a cabeça para dentro. — Tudo pronto. Estou indo para o mercado.

— Ótimo. — Fox colocou o gorro de volta. — Me ligue quando tiver um valor. — No mercado, um atendente avaliaria a qualidade dos peixes e decidiria o preço pago por cada um. O processo era importante porque determinava o pagamento de todos. — Vou passar para o Brendan e ele pode contatar os caras para falar do pagamento.

— Perfeito. — Deke assentiu para ele, então lançou um olhar desdenhoso de brincadeira em sua direção. — Olha só você na cadeira do capitão, todo musculoso, no comando e ganhando um extra. Como se precisasse de ajuda pra conseguir mulher, hein?

Sanders entrou na casa do leme ao lado de Deke, dando uma cotovelada no amigo.

— Não é? Por que a gente só não estende o tapete vermelho até o fim do cais? Assim fica mais fácil pra elas te encontrarem.

Fox estava congelado na cadeira.

Por Deus. Sério?

Ele não tinha esperado que a atitude dos homens em relação a ele mudasse da noite para o dia, mas não havia nem um pingo de respeito no jeito como falavam com ele, nem a menor mudança em sua postura ou no juízo que faziam dele. Se falassem assim com Brendan, teriam sido demitidos antes sequer de terminarem a frase.

Fox sentiu que tinha sido esvaziado, mas conseguiu abrir um meio sorriso, sabendo que não devia deixar sua irritação transparecer ou as provocações provavelmente ficariam piores.

— Sério, fico lisonjeado com a obsessão dos dois com a minha vida sexual. Se passassem um pouco mais de tempo pensando na de vocês, não teríamos esse problema. — Ele se levantou e os encarou, as palavras seguintes saindo involuntariamente. Elas só escaparam do seu bom senso porque sua mente estava tomada por uma pessoa. — Enfim, eu não vou para Seattle. Ou para qualquer outro lugar. Estou saindo com a Hannah.

As expressões idênticas de descrença fizeram seu estômago borbulhar de terror.

— Hannah — repetiu Sanders devagar. — A irmã mais nova? *É sério?*

Sentindo que cometera um erro enorme ao mencioná-la daquele jeito — era cedo *demais,* ele ainda não tinha merecido a estima que um homem deveria ter para ser o namorado de Hannah —, Fox passou pelos pescadores e saiu da casa do leme, não vendo nada no seu caminho. Eles o seguiram.

— Ouvi um boato sobre vocês dois no Afunde o Navio, mas nem eu pensei que você fosse *tão* cafajeste — disse Sanders, um pouco do divertimento esvanecendo. — Porra, cara. Ela é gente fina. O que você tem na cabeça?

— É — acrescentou Deke, cruzando os braços. — Não podia ter escolhido uma das outras mil mulheres à sua disposição?

— Isso não é certo, Fox. — A expressão de Sanders estava se transformando em asco. — Uma garota como aquela é pra casar, você não devia só usar e jogar fora.

— Acha que eu não *sei* disso? — rosnou Fox, dando um passo súbito na direção deles, sua sanidade em chamas junto com toda a esperança idiota e insensata que vinha crescendo nele. — Não acham que eu sei que ela merece o melhor de tudo, cacete? É só *nisso* que eu penso.

Eu beijo o chão que ela pisa.

Eu amo aquela mulher.

Os pescadores ficaram momentaneamente chocados com o estouro e se calaram, estudando-o com uma curiosidade cautelosa. Em vez de perguntar sobre as intenções de Fox, Deke disse:

— Brendan sabe disso?

E Fox só pôde se virar e se afastar com uma risada, o som doloroso e sem um pingo de humor.

Deus, o jeito como olharam para ele. Não havia nem sinal do respeito concedido ao capitão de um barco. Ele tinha sido um idiota por pensar que eles poderiam enxergá-lo sob uma nova luz. Eles o tinham tratado como escória por sequer respirar o mesmo ar que Hannah, que dirá estar em um relacionamento com ela. Fox só podia imaginar Hannah ouvindo a mesma ladainha da irmã, dos amigos em comum deles, de todos na sua vida — e a ideia o deixou nauseado, uma adaga se cravando entre as costelas e girando.

Seu pior pesadelo estava virando realidade. Antes mesmo do que ele tinha imaginado.

Mas ele podia pôr fim a isso naquele momento, antes que as coisas ficassem piores para Hannah. Antes que ela se mudasse para Westport e percebesse o erro que estava cometendo.

Antes que *ela* fosse obrigada a tomar aquela decisão difícil.

Não, ele a tomaria por ambos, mesmo se isso o matasse.

Havia um fósforo invisível na mão de Fox, aceso e a postos. Ele parecia não ter muita escolha exceto encharcar a melhor coisa na vida dele em querosene e jogá-lo bem em cima dela.

Capítulo vinte e três

Uma hora depois, Fox estava parado nas sombras, encostado na lanchonete de peixe com fritas do outro lado da rua do Cross e Filhas. Devia ter ficado em casa. Não devia estar ali fora tentando pegar um vislumbre de Hannah pela janela, como se sua própria existência dependesse de *vê-la* — pelo menos mais uma vez antes de explicar que estava errado, errado por sequer considerar que podia ser bom para ela.

Alguém saiu do bar para fumar um cigarro, e no breve segundo em que a porta estava aberta, a risada de Hannah flutuou através do vão. O corpo dele se empurrou da parede, os músculos se retesando.

Certo, veja bem, o negócio era o seguinte: ele ainda era responsável pela segurança de Hannah até ela voltar a Los Angeles, então só... se certificaria de que ela voltasse a salvo para casa.

Ele estava louco? Se tivesse um pingo de autopreservação no sangue, teria voltado ao apartamento e trocado as fechaduras. Bebido uma garrafa de uísque, apagado e acordado só quando ela tivesse ido embora.

Em vez disso, o que tinha feito?

Com as palavras de Sanders e Deke ecoando na cabeça, tinha tomado banho e colocado perfume. Ela estava na cidade e de jeito nenhum ele conseguiria ficar longe. Precisar estar perto de Hannah fazia parte dele. Porém, uma vez que a visse, Fox tinha que fazer a coisa certa.

Concentre-se.

Você vai terminar com ela.

O estômago dele se revirou com o mero pensamento. Soava tão cruel, mesmo quando as intenções dele eram o oposto de cruéis. Ele estava evitando que ela cometesse um erro e acabasse perdendo tempo com ele. Que sofresse a mesma falta de respeito que se tornara normal na vida dele. Fox não podia deixá-la se mudar quilômetros de distância para estar com alguém que as pessoas — as pessoas que *o conheciam* — presumiam que ia *usá-la e jogá-la fora.* Se sua própria tripulação pensava tão mal dele, o que o resto da cidade pensaria? A família dela?

Então entre lá e diga isso a Hannah.

Ele faria isso... em breve.

Tinha embarcado na quarta de manhã com uma esperança crescente. Durante a viagem, tinha gostado de sentir o leme deslizar por suas mãos, a madeira raspando contra as palmas. Por um breve momento, os sonhos da sua juventude tinham voltado e enganchado nele, mas a sensação tinha desaparecido completamente agora. A fé de Hannah fez Fox pensar que podia merecer a mesma gentileza dos homens do *Della Ray*, mas isso obviamente não ia acontecer. Ele estava preso naquele lugar sem qualquer chance de avançar, confinado pela sua reputação, e não a prenderia lá dentro junto com ele. Nem fodendo.

Fox deu alguns passos na calçada, ainda sem conseguir ver Hannah pela janela. Talvez ele fosse ao Afunde o Navio, tomasse alguma coisa para acalmar os nervos e voltasse. Ele começou a seguir nessa direção — e foi aí que a viu.

Em pé junto ao balcão do Cross e Filhas.

Primeiro viu seu rosto, e o coração despencou para o estômago, um tomate maduro caindo em um poço de trinta metros e espatifando-se no chão. Deus. Deus, ela era linda. Com o cabelo solto, fazendo ondas em lugares que ele nunca vira ondularem antes.

Ele conhecia bem aquela expressão, uma mistura de sinceridade e distração, porque ela provavelmente não conseguia evitar ouvir a música e repetir a letra na cabeça, as palavras descarrilando o curso da conversa que estava tendo. Nesse caso, uma conversa com um homem.

Não era Sergei, mas um cara bonitão, que parecia um ator.

Fox passou a língua pelos dentes, a garganta secando.

Não ouse ficar com ciúmes quando você está prestes a terminar com ela. Hannah logo estaria de volta a Los Angeles conversando com milhares de homens. Provavelmente uma multidão a esperaria logo na entrada da cidade, cheia de palavras certas e boas intenções e...

E foi aí que ele viu o vestidinho turquesa.

— Jesus... — murmurou, mudando de rumo de novo e movendo-se em um ritmo muito mais rápido dessa vez.

Mesmo antes de entrar no bar, Fox queria muito mais do que apenas uma olhadela mais próxima. Tinha passado cinco noites solitárias de pau duro no navio, desejando Hannah e apenas Hannah. Então, quando começou a abrir caminho entre a multidão, focado só nela, suas mãos já estavam formigando, o que não era um bom sinal. Para que a difícil discussão fosse bem-sucedida, suas mãos precisavam se manter longe daquela mulher.

Força.

Ela se virou, os olhos dos dois se encontraram — e graças a Deus a música estava alta, porque ele soltou um ruído entre a agonia e o alívio. Lá estava Hannah, sã e salva. Linda e sábia e generosa e perfeita. Qualquer homem com meio cérebro cairia de joelhos e rastejaria em direção a Hannah, mas ele... não podia ser esse homem. Foi especialmente difícil reconhecer isso quando ela ficou radiante, seus olhos castanhos assumindo um tom de cobre, a boca no formato de coração se alargando em um sorriso.

— Fox, você voltou!

— Pois é — respondeu ele, engasgado como se um garrote estivesse se apertando ao redor do seu pescoço. E foi bom que Piper estivesse atrás do bar, ou ele poderia ter beijado Hannah ali mesmo. Dois segundos na presença dela e ele já tinha quase arruinado os planos que fizera. Tudo bem que teria valido a pena. — Como... como você está?

Um olhar triste cruzou o rosto dela — porque ele ainda não a tinha beijado? —, e ela apoiou a bebida no balcão.

— Bem. Estou bem. — Por que ela parecia estar controlando sua respiração com tanto cuidado? Tinha acontecido alguma coisa? — Fox, esse é o Christian. — Ela apontou para o homem à sua direita. — Ele é o ator principal no filme e é um pesadelo.

— É verdade — disse o outro numa voz suave, estendendo a mão para Fox. — E você deve ser o cara que vai roubá-la de nós.

Bem quando Fox pensava que seu estômago não podia se embrulhar mais, ele se retorceu na forma de um pretzel. Ela já tinha feito planos. Tinha feito planos para que fosse mais fácil para eles ficarem juntos. Com Hannah diante dele, tão familiar, doce e gentil, a palavra "planos" não parecia tão intimidadora. Era quando eles estavam separados que ele começava a duvidar de sua capacidade de executar qualquer tipo de plano. Era a dúvida dos *outros* que o abalava.

A pulseira de couro ao redor do punho dele se transformou em metal derretido, queimando a sua pele.

— Ah, não — Hannah se apressou em dizer, o rosto corando depressa. — Quer dizer, eu... eu vou sair da produtora. Mas é uma decisão que tomei... por mim mesma. Não por causa do Fox. Nem qualquer outra coisa.

Até que a notícia saísse da boca de Hannah, Fox não tinha compreendido o quanto era importante. O que isso significava para ela.

— Você se demitiu?

Ela assentiu, então suspirou e disse:

— Eles vão usar as músicas no filme.

— Ah, Hannah. — A voz dele parecia uma lixa, e Fox teve que esfregar o centro do esterno para dissipar uma descarga intensa de sentimentos. — Caralho. Caralho, isso é incrível. Você conseguiu.

Os olhos dela cintilaram, comunicando um milhão de coisas: seu nervosismo, sua empolgação, seu prazer por compartilhar a notícia com ele. Fox absorveu tudo como um copo de água gelada colocado na frente de um homem sedento.

— É... — Christian girou a bebida preguiçosamente, sua atenção passando de Hannah para Fox com bastante interesse. — Agora ela vai descobrir mais bandas novas e enfiá-las em trilhas sonoras indies. Hannah Bellinger, agente musical. Logo vai ser boa demais pra mim.

Ela apoiou uma das mãos no ombro do ator.

— Eu já sou boa demais pra você.

O cara jogou a cabeça para trás e riu.

O homem das cavernas no cérebro de Fox relaxou.

Não havia motivos para ter ciúmes ali; Hannah e Christian obviamente eram apenas amigos. Mas ainda havia muito com que se preocupar. Não podia ser coincidência que Hannah tinha se demitido logo depois de eles discutirem a potencial logística de um relacionamento a distância, certo? Será que ela fizera aquilo antecipando que eles tentariam entrar em uma relação?

Apesar das preocupações, ele queria ouvir mais sobre esse novo emprego. Agente musical. O que isso significava, exatamente? Ela viajaria muito? Ficaria em Seattle? Quão animada estava, em uma escala de um a dez?

— Pelo visto, você tomou várias decisões desde que eu fui embora — disse ele, guardando suas perguntas para si. Muito em breve, elas não seriam mais da conta dele.

Hannah estudou o rosto de Fox.

— Parece que você tomou muitas decisões também.

— Senhor, a tensão está alta aqui — resmungou Christian, olhando para eles. — Eu vou zoar com os estagiários. Vocês dois se divirtam discutindo a relação.

O silêncio caiu com tudo assim que eles ficaram sozinhos.

O cérebro de Fox repetiu o discurso que tinha praticado na caminhada pela cidade. *Sinto muito. Você é incrível. Minha melhor amiga. Mas não posso pedir que se mude para cá. Não consigo fazer isso funcionar.*

Mas sua boca disse:

— Você está linda.

— Obrigada. — Hannah se forçou a abrir um sorriso, um sorriso falso, e ele queria tirá-lo dali com um beijo. *Não finja nada comigo.* — Você vai terminar comigo aqui ou em algum lugar mais reservado?

— Hannah. — O choque fez o nome dela sair em um tom arrasado, e ele virou o rosto, sem conseguir olhar para ela. — Não diga "terminar". Não gosto disso.

— Por quê?

— Parece que estou...

Afastando você. Cortando nossa conexão.

Ah, Deus, ele não conseguiria fazer aquilo. Era o mesmo que cravar uma picareta de gelo no coração.

— Não podemos concordar nisso, por favor? — pediu Fox, seu membro inferior se tensionando quando alguém na multidão os empurrou mais para perto um do outro, fazendo com que o bico dos seios dela encostassem no peitoral dele.

Por um momento, ele perdeu o fio da meada. Será que Hannah estava usando sutiã com aquele vestido?

O que ele estava dizendo mesmo?

— Se nós dois concordarmos em — ele engoliu a palavra "terminar" — mudar de status, podemos continuar amigos. Eu preciso continuar sendo seu amigo, Hannah.

— Hmmm. — A mágoa que ela estava desesperadamente tentando esconder, com o queixo erguido e o olhar inabalável, lentamente o eviscerava. — Então, quando eu visitar Westport, vamos sair como se nada tivesse acontecido. Talvez ouvir o meu álbum do Fleetwood Mac?

Ele levou um momento para falar. Para formular uma resposta. Afinal, o que podia responder? Tinha confessado a verdade para ela no Jardim do Som.

Eu estava caidinho por você. Se a exposição não tivesse deixado isso óbvio, eu tinha certeza de que o álbum do Fleetwood Mac deixaria. Eu gosto muito de você, Hannah.

Muito.

Será que ela estava se lembrando dessas palavras também? Era por isso que tinha erguido o queixo ainda mais e desferido outro golpe contra a determinação dele?

— Olha, eu não vou brigar com você sobre isso, Fox. — Ela deu de ombros. — Você está terminando o que quer que estivesse acontecendo aqui, e tudo bem. É um direito seu.

Ele observou impotente e desolado enquanto ela passava a língua pelos lábios.

O que aconteceria agora? Eles só se afastariam um do outro? Ele seria forte o bastante para fazer isso?

— Pode fazer uma última coisa por mim? — perguntou ela, roçando os dedos nos dele muito de leve.

— Posso — respondeu ele, rouco, as têmporas começando a latejar.

Hannah inclinou a cabeça e ele memorizou avidamente a curva do seu pescoço.

— Eu quero um beijo de despedida.

O olhar dele voou para o dela enquanto Fox era torturado pelo desejo, junto com... pânico. Puro pânico. Nunca que poderia beijá-la e parar por aí. Será que ela sabia como seria difícil? Como seria impossível? Ela estava fazendo um joguinho? Sua expressão era tão inocente que não parecia possível. Nem era possível negar o pedido dela. Negar qualquer coisa a ela.

Ele a beijaria ali. Em público, onde era seguro.

Lógico.

Como se tocá-la de qualquer forma fosse seguro quando ele estava quase se quebrando. Estilhaçando-se em mil pedacinhos.

Fox umedeceu os lábios e se aproximou de Hannah, acomodando a mão no quadril dela como se fosse magnetizado. Seu dedão encontrou uma forma muito fina, quase como um... fio, e ele abaixou o olhar, vendo seus dedos apalparem a forma.

— Que calcinha você está usando?

— Não vejo por que isso importa. É só um beijo.

É um fio dental. Eu sei que é a porra de um fio dental.

Jesus, ela ficaria tão gostosa naquilo.

— Certo. — Ele suspirou, a pulsação martelando na base do pescoço. — Um beijo de despedida.

— Isso. — Ela o olhou com calma. — Um fim definitivo.

Um fim definitivo.

Caso encerrado.

Era o que ele tinha decidido. O que precisava acontecer.

Ela o agradeceria um dia.

A boca de Hannah parecia tão macia, os lábios minimamente entreabertos, esperando que Fox os encontrasse com os dele. Só um beijo. Sem língua. Ele não podia sentir o gosto dela ou estaria perdido, porque ninguém no planeta tinha aquele sabor perfeito, e ele precisava que a lembrança esvanecesse — não que ficasse mais forte.

Ah, óbvio.

As lembranças dela nunca, nunca vão esvanecer.

Aparentemente em um modo autodestrutivo, Fox abaixou a cabeça, desesperado para sentir o gosto dela uma última vez...

Um sino começou a tocar atrás do bar.

— Saideira! — gritou Piper. — Paguem e voltem pra casa, crianças.

Hannah se desvencilhou dos braços dele, dando de ombros.

— Bem, não rolou.

A mente de Fox lutou para entender o que ela dizia, a braguilha da calça infinitamente mais apertada do que estava quando entrou no bar.

— Espera. Quê?

Apesar do rosto corado, o tom dela era casual.

— Não deu tempo.

— Hannah — rosnou ele, chegando mais perto dela e apertando as mãos nas laterais do seu vestido. — Você vai ganhar seu beijo.

Ela soltou um ruído indiferente.

— Quer dizer, acho que preciso pegar minha mala na sua casa, de qualquer forma. O ônibus sai às sete amanhã.

A cabeça dele girou, o estômago despencando e atravessando as tábuas do Cross e Filhas. Ele sabia que o ônibus ia partir uma hora ou outra, mas por algum motivo tinha bloqueado a informação. Não tinha como evitar. Ela ia embora. Estava partindo. Sua decisão dependia da dele, e ambos sabiam que ele a tinha tomado.

Você está fazendo a coisa certa.

— Eu tenho que tirar esse vestido também — murmurou ela, quase falando consigo mesma.

Ah, mas ele ouviu. E definitivamente a imaginou tirando o tecido turquesa e não usando nada além de uma calcinha fio dental e saltos. Definitivamente imaginou a própria boca na pele dela e, nossa, aquela sensação perfeita de voltar para casa que só Hannah lhe proporcionava.

Piper tocou o sino de novo, e as luzes do bar piscaram.

— Acho melhor a gente ir — disse Hannah, passando casualmente por ele.

Com medo de estar se dirigindo à sua ruína, Fox não pôde fazer nada exceto segui-la.

Capítulo vinte e quatro

O coração de Hannah estava se partindo.

Ele tinha terminado com ela. Tinha mesmo terminado com ela.

Ela havia ficado preocupada, lógico. Tinha medo de que Fox voltasse da viagem, após ser enganado pelo melhor amigo, e tivesse dificuldade para lidar com a pressão de mudanças simultâneas na sua vida profissional e pessoal. Mas se agarrara à própria fé, confiante de que ele não conseguiria olhá-la nos olhos e pôr fim ao que eles estavam construindo juntos. E ele fizera exatamente isso. Terminara com ela e, enquanto Hannah subia as escadas para o apartamento, seu coração a acompanhava aos trancos e barrancos, ferido e ensanguentado.

Deus. Aquele coração desobediente tinha quase pulado para fora do seu peito quando Fox entrou no Cross e Filhas, de tão feliz que ela estava por vê-lo.

Idiota. Tão ingênua e idiota.

Pegue sua mala e vá embora.

Só vá.

Beijá-lo só tornaria a dor dez vezes pior, de qualquer forma. Hannah tinha mantido o beijo de despedida na manga como um último recurso, sabendo que derrubaria quaisquer defesas que ele tivesse erguido nos últimos cinco dias, mas agora... agora

FISGADOS PELO AMOR

ela não queria ter que se valer de últimos recursos. Queria encontrar um lugar escuro para se enfiar e chorar.

Parte dela sabia que não era justo. Se Fox não queria estar em um relacionamento, ela devia respeitar isso, ser uma garota crescidinha e desejar o bem dele. Afinal, ela sabia do seu status de solteiro inveterado desde o começo. Não era uma grande novidade. Só que seu coração não conseguia entender isso.

Hannah abriu a porta e entrou, os saltos fazendo barulho no piso enquanto atravessava o apartamento, Fox entrando devagar atrás dela. O cheiro do banho dele ainda pairava no ar, e ela inspirou fundo, seguindo para o quarto de hóspedes, onde tinha deixado a mala preparada, algum sexto sentido lhe dizendo que era prudente estar pronta. Só que ela tivera esperanças de desfazê-la no dia seguinte. Achou que ficaria em Westport. Que ele não a deixaria partir sem descobrir em que pé estavam.

Como era sua rotina, ela acendeu a lâmpada de sal do Himalaia, ignorando a luz do teto e projetando um brilho suave no quarto escuro. Ergueu a mala na cama e a abriu, tirando uma calcinha de algodão, jeans, e uma camiseta do Johnny Cash. Estendeu a roupa na cama e foi fechar a porta do quarto para se trocar. Então parou de repente quando encontrou Fox ali, uma sombra rosada, observando-a com o antebraço apoiado alto no batente, a expressão dividida e torturada.

— Preciso me trocar.

Ele não se moveu.

Frustrada com Fox, com tudo, ela foi até ele a passos largos e empurrou seu peito para tentar tirá-lo do quarto, a irritação só aumentando quando a figura robusta do pescador não se moveu nem um centímetro.

— Deixa eu me trocar para poder ir embora.

— Eu não quero que você vá assim.

— Nem sempre a gente consegue o que quer.

Ele continuou parado, como se estivesse moendo vidro com aquela mandíbula quadrada.

E ela chegou ao seu limite.

Hannah não conseguia se lembrar de outra vez na vida em que quis tanto gritar com alguém. Por natureza, ela não era de brigar. Era a pessoa que ajudava, que mediava, que resolvia problemas. Ele não queria que ela ficasse, mas não a deixaria se trocar para ir embora? Quem ele achava que era, cacete? As mãos de Hannah estavam coçando para empurrá-lo de novo. Com mais força. Só que tinha uma arma mais eficaz, e aprendera a usá-la com um especialista. Ia se machucar no processo, claro, mas pelo menos manteria seu orgulho.

Mostre o que ele está perdendo.

Voltando para a cama, ela tirou o vestido turquesa por cima da cabeça, sentindo uma satisfação imensa quando Fox puxou o ar, trêmulo. Lentamente, ela dobrou a peça emprestada, curvando-se de leve para guardá-la na mala, e um xingamento rouco do pescador encheu o quarto.

— Jesus, Hannah. Você está gostosa demais.

Cada uma das suas terminações nervosas estourou como rolhas de champagne quando o corpo quente dele se materializou atrás dela. Quando ela se endireitou e suas costas nuas colidiram com o peito arquejante do pescador, a sensação só era comparável àquele momento de tirar o fôlego quando se está no topo de uma roda-gigante pela primeira vez e o mundo se estende à frente, enorme e maravilhoso. Arrepios quentes desceram pelos braços de Hannah, começando na ponta dos dedos, e seus mamilos formigaram e se enrijeceram — e ele ainda nem tinha tocado nela.

Um nó na garganta a fez querer se virar, pressionar o rosto no peito dele e implorar para que ele não fugisse. Ela quase fez isso, mas ele encostou a boca aberta embaixo da orelha dela e murmurou:

— Já é hora daquele beijo de despedida?

E sua determinação de mostrar do que ele estava desistindo se renovou.

Não só isso, ela queria bater uma marreta contra as barreiras dele e sair andando enquanto os destroços fumegavam. Esses desejos pertenciam a uma desconhecida. Mas, claro, o amor e a mágoa que ela experimentara com aquele homem também. Nada era familiar e tudo doía, então ela cederia aos seus impulsos e lidaria com as consequências depois. Seria doloroso não importava o que fizesse, certo?

Hannah se virou, as mãos subindo pelo peito de Fox, até que ela notou o olhar torturado dele. Mas se recobrou depressa, agarrando o seu colarinho com força e trocando de posição com ele para que Fox se sentasse na beirada da cama. Aqueles olhos azuis ávidos percorreram todo o seu corpo, seus seios firmes, sua boca, sua virilha, enquanto suas mãos esfregavam as próprias coxas sob os jeans, os músculos do pescoço se mexendo sofregamente.

— Só um beijo — sussurrou Hannah contra a boca dele. — Nosso último.

Ele fez um som entrecortado que deslocou um espinho dentro dela. Hannah quis abraçá-lo, mas a mágoa a impeliu e ela superou o impulso.

Lentamente, sentou-se com as pernas abertas no colo dele, ajeitando-se até encontrar a prova do que ele realmente queria, aquela rigidez generosa. E baixou os quadris, provocando a boca do pescador com a língua ao mesmo tempo, os lábios macios se mexendo suavemente sobre os lábios duros dele, a barba curta roçando seu queixo. Assim que o ritmo começou a aumentar e as mãos dele apertaram a bunda de Hannah para puxá-la mais para perto, ela afastou a boca. Os dois respiravam erraticamente.

O punho de Fox se fechou no cabelo dela, seus quadris se mexendo sob a garota.

— Você não tirou a roupa só para ser beijada, Hannah.

O pescador puxou os quadris com mais força contra o seu colo, arrastando o púbis dela sobre sua ereção, trazendo-a uma, duas vezes contra si e fazendo-a gemer alto.

— O que m-mais você achou que ia acontecer?

Fox bufou e deu uma risada seca.

— Qualquer que seja o jogo que está fazendo, deixe disso, por favor — rosnou ele, encostando a testa na dela. — Só seja a minha Hannah.

O espinho no peito dela se fincou mais fundo.

— Eu não sou a sua Hannah.

Uma luz possessiva tomou o olhar dele, ainda que receosa. Como se ele soubesse que tinha perdido o direito de chamá-la assim, mas ainda não estivesse pronto para abandonar a novidade. Por que era isso que ela fora para ele, não é? Uma novidade. Uma distração temporária. Por mais que ela quisesse ser diferente, tinha acabado igual a todas as outras.

Não era especial.

— Talvez eu tenha plantado uma semente, pelo menos? — disse ela num meio sussurro. — Talvez um dia você conheça alguém e isso não seja tão assustador.

Os olhos dele se arregalaram enquanto ela falava.

— *Conhecer* alguém? Outra... outra pessoa? Está falando sério? Acha que algo assim pode acontecer *duas vezes*?

Ela sentiu um aperto no peito. Ele não estava escondendo seus sentimentos. Ele a queria e precisava dela, e ainda assim ia mandá-la embora? Caralho. Ela tentou sair do colo dele, mas Fox — quase em pânico — se inclinou para a frente e capturou a boca de Hannah em um beijo. Um beijo de arrebatar a alma, que deixou cada célula no corpo dela em alerta máximo, avisando-as de que estavam sendo invadidas. Hannah tentou manter a lucidez, lembrar do plano de fazê-lo se arrepender de mandá-la embora, mas só sentia a magia da boca de Fox, seu corpo forte e convidativo e os movimentos hedonistas dos quadris dos dois.

Suas próprias barreiras desabaram, desalojando um soluço de sua garganta, e suas mãos subiram para acariciar e segurar o rosto dele, correr os dedos pelo seu cabelo enquanto eles se beijavam desesperadamente, cientes de que era a última vez. Logo ficou óbvio que não parariam no beijo. Uma parte significativa de Hannah sabia disso quando tirou o vestido turquesa. O dedo do meio dele desceu até a linha de sua bunda para acariciá-la por trás, tornando o sexo ainda mais inevitável, porque, nossa, ela ficou molhada. Imediatamente.

Bocas se moviam em um ritmo frenético, só se separando por um breve momento para que eles tirassem a camisa de Fox. Hannah passou as mãos sobre os músculos dele e embrenhou os dedos de novo no seu cabelo. Ele acrescentou um segundo dedo na calcinha molhada dela, depois um terceiro, massageando-a por trás, a língua entrando e saindo da boca de Hannah. Ah, Deus, Deus, ela não estava mais no controle. Seu corpo implorava, suplicava por aquela sensação, para senti-lo fundo dentro dela... e então Hannah estava se atrapalhando para abrir o botão e o zíper da calça jeans dele antes de sequer tomar a decisão, possuída apenas por simples e puro desejo.

O tempo parou quando ela o tirou pela abertura da calça, esfregando-o para cima e para baixo com um punho amoroso. O beijo se interrompeu, mas suas bocas permaneceram próximas, o ar entrando e saindo em arquejos.

— Vamos, meu bem, enfie tudo — pediu ele, rouco, os olhos vidrados de desejo e alguma outra coisa, algo mais profundo e que ela não sabia nomear. — Senti sua falta. Eu... caralho. Senti sua falta. Tanto. Hannah, por favor.

Ele a tinha destruído, magoado, deixado vulnerável, então ela fechou os olhos e não respondeu da mesma forma, ainda que as palavras tentassem escapar da garganta. *Eu também senti sua falta. Eu te amo.* Em vez disso, ela guiou o pau dele entre suas coxas enquanto Fox grunhia e puxava a calcinha fio dental para o lado, permitindo que ela posicionasse a ponta do membro dele na entrada e, bem devagar, o tomasse profundamente, ambos assistindo acontecer, *voyeurs* do próprio desejo.

— Merda, merda, merda — rosnou Fox, jogando a cabeça para trás. — Eu não coloquei a camisinha. Não coloquei a camisinha, Hannah.

Ele tentou pegar a carteira, mas desistiu depressa, ofegando e apertando os quadris de Hannah enquanto ela tinha espasmos involuntários, gemendo no seu colo, cravando as unhas nos ombros dele.

— Eu... não. Não consigo.

O corpo todo dele estremeceu.

— Não consegue o quê? Parar?

Ela estava assentindo ou sacudindo a cabeça? Não fazia ideia. As estocadas fundas roubaram seus pensamentos racionais, a sensação disparando até seu âmago, excitando seus músculos íntimos, transformando-os em pequenos pontos latejantes.

— Hannah — disse Fox, forçando-a a olhá-lo nos olhos, a respiração dele invadindo seus lábios. — Você se previne de alguma forma?

— Sim — soluçou ela, a importância da conversa finalmente atravessando a estática de sexo no seu cérebro. — Sim, as injeções. Sim.

Ela montou nele, rebolando, e os olhos de Fox se reviraram.

— Ah, Jesus. Isso é bom demais. — Ele claramente estava se esforçando para permanecer coerente. — Eu estou limpo. Fiz os exames da última vez que você esteve aqui.

A confissão a fez estremecer.

— E não teve mais ninguém desde então, teve?

Não era uma pergunta. Ela já sabia a resposta.

— Meu Deus, não, Pintadinha. Eu só quero ser tocado por você.

A boca dele voltou à dela, e Fox a beijou até ela ficar desesperada, apertando sua bunda para erguê-la e descê-la sobre o seu colo, aquele membro grosso entrando e saindo dela em estocadas suaves que esfregavam aquele ponto, ah, Senhor, aquele ponto. Bem ali. Já estava inchado depois dos dedos dele, e agora ele o explorava, movendo-se do jeito certo. Exatamente como ela precisava, criando uma fricção que fez o corpo inteiro dela esquentar, que a fez se sentir sensual, poderosa, feminina e desinibida. Tanto que ela interrompeu o beijo para se reclinar, oferecendo os seios à boca do pescador com mãos trêmulas, gemendo o nome de Fox enquanto ele chupava seus mamilos com urgência, faminto, o esquerdo e então o direito, até a pele começar a fazer sons molhados.

E então Fox abaixou uma das mãos e estapeou a bunda de Hannah com força, os dentes encontrando o lóbulo da sua orelha.

— Toque no seu clitóris. — Ele deu outro tapa. Mais forte. Mais um. — Me ajude a te fazer chegar lá, Hannah. Agora. Jesus, você me fez ficar tão duro que nem sei quanto tempo mais vou aguentar. Só sei que, se eu te tocar aí, acabou. Brinque com ele.

Com a respiração saindo arquejante dos lábios entreabertos, Hannah tirou a mão direita do ombro dele e encontrou a protuberância em suas partes íntimas, mordendo o lábio enquanto esfregava para cima e para baixo sem parar, depois em círculos rápidos, muito rápidos, seus gemidos se misturando aos de Fox conforme ele a descia e subia com uma urgência cada vez maior.

— Olhe pra mim enquanto se toca. — Uma gota de suor rolou pela lateral do rosto de Fox. — Olhe pra mim enquanto fazemos você gozar.

— Goza comigo — Hannah conseguiu dizer.

Ele balançou a cabeça, o movimento espasmódico.

— Dentro dessa boceta apertada, sem camisinha e te vendo montar no meu pau como se fosse a melhor coisa que você já experimentou? — Ele se reclinou nos cotovelos e começou a bombear para cima, o abdome flexionando, fazendo-a quicar no seu colo, rompendo a barragem do prazer dela. — Nada no mundo poderia me impedir de gozar.

Hannah atingiu o clímax, os pulmões sem fôlego e os músculos se enrijecendo enquanto o orgasmo a arrebatava, mantendo seu corpo prisioneiro enquanto a arrasava, fazendo-a se contrair ao redor de Fox e levando-o além do ponto de êxtase também. Eles prolongaram o momento, descendo e subindo os quadris, fincando os dedos no corpo do outro, roçando a pele com os dentes, enquanto gemidos altos saíam ao brilho cor-de-rosa suave do quarto, a lubrificação dela escorrendo pelo interior das coxas e as palavras dele ecoando em sua cabeça, prolongando o prazer.

Dentro dessa boceta apertada sem camisinha...

Te vendo montar no meu pau...

Fox deitou de costas, levando Hannah consigo. Ambos estavam esgotados, mas permaneceram juntos, a cabeça dela descansando no ombro dele. Suas inspirações e expirações encheram o quarto, enquanto os dedos dele acariciavam as costas dela através do suor que esfriava e sua boca se movia no cabelo de Hannah. Um abraço inestimável que era a coisa mais certa do mundo. Sincera e perfeita. E...

Ela não ia abrir mão disso.

Deus, ela nunca tinha experimentado tantas emoções em uma única noite. Esperança, negação, desolação, raiva. Quando ele entrara no Cross e Filhas, obviamente determinado a terminar com ela, tinha perdido a coragem. A determinação. A dor tinha sido tão imensa que não havia espaço para otimismo. Só conseguia pensar em sobreviver. Mas, antes de ele voltar de viagem, ela decidira lutar, certo? E agora ali estava ela, na rodada final, fraquejando, aproximando-se da inconsciência, prestes a desistir só para mitigar a dor. Não era nesse momento que ela precisava estar mais forte?

Não era nesse momento que ser uma protagonista realmente importava? Quando queria desistir?

E depois do que tinha realizado nas últimas duas semanas, ela não tinha nenhuma desculpa. Podia fazer qualquer coisa. Podia ser corajosa. Deitar em posição fetal com um pote de sorvete não ia salvar um relacionamento que ela sabia muito bem que podia ser incrível e duradouro. Fox precisava que ela acreditasse nele agora, quando sua falta de autoconfiança o estava ofuscando — e ela precisava acreditar em si mesma.

Hannah beijou o ombro dele e rolou para o lado, saindo da cama.

Por fora, ela parecia calma, mas por dentro seu sangue corria a mil quilômetros por hora e uma trincheira se abria em seu estômago. Fox se sentou e a observou com olhos injetados enquanto ela vestia a calça jeans e a camiseta do Johnny Cash. Por fim, ele deixou a cabeça cair nas mãos, arrastando os dedos pelo cabelo.

Ela fechou o zíper da mala de novo e parou diante dele, esforçando-se para manter a voz calma, ainda que não tenha se saído muito bem na tentativa.

— Eu não vou desistir da gente.

Ele ergueu a cabeça depressa, analisando o rosto dela. Com o quê? Esperança? Choque?

— É, tipo... — Ela engoliu, reunindo sua coragem. — Eu não... não vou desistir de você. Da gente. Você só vai ter que lidar com isso, tudo bem?

Ele era um homem com medo de nadar rumo a um bote salva-vidas, era óbvio.

— O que aconteceu desde que você foi embora? — sussurrou ela, contendo o impulso de acariciar o rosto de Fox. Seu lindo rosto que parecia arrasado e exausto pela primeira vez.

Fox apertou os lábios e afastou o olhar.

— Não fez diferença — confessou em uma voz vulnerável. — Nunca vai fazer diferença se sou qualificado para o posto de capitão ou quão bem consigo comandar o barco sob pressão. Não importa o que eu faça, continuarei sendo alguém de quem eles debocham, duvidam e criticam. Alguém que não conseguem respeitar ou levar a sério. Um casinho. O cara que sai pela porta dos fundos. E isso vai se estender a você, Hannah. As suas águas estão límpidas e eu vou sujá-las. — Ele massageou a testa. — Você devia ter ouvido como eles ficaram horrorizados ao saber da gente. Eu tinha certeza de que isso aconteceria uma hora ou outra, mas, cacete, foi pior do que imaginei.

Mais do que tudo, ela queria segurar a cabeça dele contra o peito e ser gentil. Apoiá-lo. Se ele tinha chegado ao ponto de querer terminar, o que quer que os colegas da tripulação tinham dito devia ter sido ruim. Muito ruim. Mas ele não precisava de incentivos doces e cautelosos agora.

Ele precisava ouvir a verdade nua e crua.

— Fox, escuta o que eu vou dizer. Pra mim não importa em quantas camas diferentes você já esteve. Sei que seu lugar é na minha. E o meu lugar é na sua, e é *isso* que importa. Você está pegando uma coisa que aconteceu na faculdade e deixando afetar a gente. Está pegando a estupidez e a mente fechada dos outros e descontando na gente. A dor que eles causaram a você... é válida. É importante. Mas você não pode pegar as lições ruins que aprendeu e aplicar a cada coisa boa que surgir na sua frente. Porque não tem nada ruim aqui. O que a gente tem é muito, muito bom. — A voz dela falhou. — Você é maravilhoso, e eu te amo. Tá bom, seu idiota? Então, depois que pensar um pouco e deixar de ser cabeça-dura, venha me encontrar. Você vale a espera.

Com os olhos marejados e o peito arquejando violentamente, Fox se levantou e tentou abraçá-la, mas ela se afastou.

— Hannah, vem aqui, por favor. Deixa eu te abraçar. Vamos conversar...

— Não. — O corpo relutava em recusar o toque, mas ela podia ser forte. Podia fazer o que precisava ser feito. — Eu estou falando sério. Tira um tempo e pensa nisso. Porque, da próxima vez que me dispensar, eu vou acreditar em você.

Com as pernas bambas, ela se virou e puxou a mala para fora do apartamento, deixando um Fox arrasado para trás.

Capítulo vinte e cinco

Fox nunca tinha caído de um barco, mas a possibilidade instilava terror no coração de todo pescador: a chance de ser puxado para as águas gélidas enquanto o ar era extraído dos pulmões, o casco do navio ficava cada vez menor e a terra se tornava uma lembrança distante. Mas ele sabia com certeza absoluta que encontrar a morte no fundo do oceano seria preferível a ver Hannah sair pela sua porta, os ombros sacudindo com lágrimas silenciosas.

Ele tinha tanta certeza de que estava fazendo a coisa certa.

Mas como a coisa certa podia fazer aquela garota maravilhosa chorar?

Ah, Deus, ele a fizera chorar. E ela o amava.

Caralho, ela o amava?

Seus pés não queriam se mexer, seus olhos queimavam, seu corpo doía. Ele precisava ir atrás dela, mas conhecia Hannah. Nenhuma das palavras na sua cabeça naquele momento eram as certas, e ela não aceitaria nada menos que isso. Jesus, ele não conseguia deixar de se orgulhar do modo como ela o olhara bem nos olhos e entendera o que ele estava fazendo, mesmo que arrancasse o coração do seu peito. Era sem dúvida uma atitude de protagonista.

Eu te amo mais que a minha própria vida. Não vá.
Eram essas as palavras que ele queria gritar para Hannah, exceto que não mexeriam com ela. Ele sabia disso. Ela não queria declarações impulsivas e emocionadas. Ela queria que ele... deixasse de ser cabeça-dura.

A porta se fechou atrás de Hannah e os joelhos dele cederam, fazendo-o cair na cama completamente nu. Apertando a cabeça latejante nas mãos, Fox soltou um xingamento no quarto silencioso ainda com o cheiro dela, um anzol perfurando sua garganta e rasgando-o até a barriga. Ele precisava tanto ter aquela mulher em seus braços mais uma vez que o seu corpo inteiro tremia com a perda.

No entanto, por mais que a quisesse de volta, Fox não sabia como fazer isso do jeito certo. Não tinha ideia de como deixar a sua cabeça saudável para ela. Para eles.

Ele só sabia de uma coisa: as respostas não estavam no seu apartamento vazio, e a ausência de Hannah debochava dele por todo lado. No quarto dele, onde eles tinham passado noites colados um no outro; na cozinha, onde ele lhe dera sopa e sorvete; na sala, onde ela havia chorado por causa do pai. Ele enfiou a calça e a camiseta o mais rápido possível, pegou as chaves do carro e saiu de casa.

A mudança de cenário não ajudou.

Não era o apartamento que Hannah assombrava tão belamente. Era ele.

Por mais que pisasse fundo no pedal, ela o acompanhava, como se seu cabelo loiro-escuro desgrenhado estivesse repousando no ombro de Fox, os dedos brincando preguiçosamente com o rádio. A visão o atingiu com tanta força que ele teve que respirar fundo.

Fox não fazia ideia de aonde estava indo. Não fazia a menor ideia.

Não até parar do lado de fora da casa da mãe.

Ele desligou o motor e ficou sentado, pasmo. Por que ali?

E ele realmente tinha dirigido por duas horas?

Fazia tempo que Charlene havia vendido a casa onde ele tinha crescido e comprara uma no que era essencialmente um condomínio de aposentados. A mãe havia passado a infância ao lado do lar de idosos onde os pais trabalhavam, e sempre se sentira mais à vontade perto do pessoal da terceira idade, o que explicava seu endereço atual e seu emprego como organizadora de bingo. O pai de Fox sempre tirava sarro dela por causa disso, dizendo que ela envelheceria antes da hora, mas Fox não via assim. Charlene só se agarrava ao que conhecia.

Ele olhou para o condomínio através do para-brisa, vendo uma piscina vazia atrás do portão lateral. Podia contar em uma das mãos quantas vezes já estivera ali: um ou outro aniversário, uma manhã de Natal. Ele teria vindo mais vezes se não fosse tão difícil para a mãe vê-lo.

Não bastava a catástrofe daquela noite, ele realmente queria ver a mãe e enfrentar aquela encolhida? Talvez sim. Talvez tivesse ido ali para se punir por magoar Hannah. Por fazê-la chorar. Por não conseguir ser o homem que ela teimosamente acreditava que ele podia ser.

Tira um tempo e pensa nisso.

Porque, da próxima vez que me dispensar, eu vou acreditar em você.

Isso significava que ela não acreditara nele naquela noite?

Será que Hannah sabia que ele não aguentaria um dia sem mandar mensagem para ela? Será que sabia que ele se derreteria ao vê-la pelo resto da vida, cada vez que visitasse Westport? Será que achava que ele pegaria um voo para Los Angeles e imploraria por perdão?

Ele provavelmente teria feito tudo isso.

Mas ainda seria a mesma pessoa, com os mesmos complexos. E ele não os queria mais.

Admitir isso a si mesmo desemaranhou a linha de pesca dentro dele e lhe deu a coragem de sair do carro. Todas as casas eram idênticas, então ele teve que conferir o endereço da mãe no contato do celular. E lá estava ele, parado na frente da porta, com o punho erguido para bater, quando Charlene a abriu.

E se encolheu ao vê-lo.

Fox aceitou numa boa, como sempre fazia. Sorriu. Inclinou-se e beijou a bochecha dela.

— Oi, mãe.

Ela envolveu o pescoço dele, apertando com força.

— Ora! A Caroline, do 1A, ligou para dizer que tinha um cara bonitão espreitando no estacionamento e eu ia investigar. No fim, era o meu filho.

Fox tentou rir, mas a garganta mais parecia um triturador de lixo. Deus, ele sentia que tinha sido atropelado, as dores e mágoas irradiando do seu peito.

— Da próxima vez, não vá checar pessoalmente. Chame a polícia.

— Ah, eu só ia olhar com os binóculos da Caroline e contar às meninas. Não precisa se preocupar comigo, rapaz. Sou indestrutível. — Ela deu um passo para trás e o examinou. — Mas não sei se posso dizer o mesmo sobre você. Nunca te vi tão pálido.

— Pois é.

Ela segurou o cotovelo dele e o conduziu para dentro, apontando na direção da mesa de jantar, onde ele se sentou. O móvel redondo era pintado de azul-claro e estava coberto de bugigangas, mas foi o cinzeiro tosco no formato de sapo que atraiu a atenção dele.

— Fui eu que fiz isso? — perguntou Fox.

— Com certeza. Aula de cerâmica do segundo ano do ensino médio. Quer café?

— Não, obrigado.

Charlene sentou-se na frente do filho com uma xícara fumegante na mão.

— Bem, vamos lá. — Ela parou para dar um gole. — Me conte o que aconteceu com a Hannah.

O peito de Fox queria implodir só de ouvir o nome dela.

— Como você sabe?

— É como eu sempre digo: um homem não leva uma mulher para o bingo se não estiver levando o relacionamento a sério. — Ela bateu a unha na xícara. — Brincadeira. Mas, sério, dava pra ver pelo modo como você a olhava que ela era especial.

— Como eu olhava pra ela? — Ele tinha medo de descobrir.

— Ah, filho. Como se fosse um dia de verão depois de cem anos de inverno.

Fox não conseguiu falar por um tempo. Só ficou encarando a mesa, tentando se livrar do aperto doloroso na garganta, dezessete versões do sorriso de Hannah passando pela cabeça.

— É, bem. Eu disse pra ela hoje que estava tudo acabado. Ela discordou.

Charlene riu tanto que teve que abaixar o café.

— Se agarre a essa aí. — Ela enxugou os olhos. — Ela é das boas.

— Mas você não acha de verdade que eu conseguiria. — Ele girou o sapo de cerâmica na mesa. — Me agarrar a ela. Me agarrar a qualquer pessoa.

A risada da mãe foi abruptamente interrompida.

— E por que não?

— Você sabe por quê.

— Não, eu não sei.

Fox riu, mas sem achar qualquer graça.

— Você sabe, mãe. O jeito como eu mantenho o legado do meu pai vivo. O jeito como vivi mais da metade da minha vida até agora. Isso é tudo o que eu sei fazer. É com isso que estou acostumado. Não adianta tentar ser algo que eu não sou. E, Jesus, definitivamente não sou parte de um casal.

Charlene se calou, parecendo estar quase sofrendo — uma prova de que concordava. Talvez ela não precisasse dizer em voz alta, mas sabia que ele estava falando a verdade.

Era difícil presenciar a decepção dela, mas quando Fox se levantou para ir embora, Charlene começou a falar e ele caiu de volta na cadeira.

— Você nunca teve a chance de tentar... ser outra coisa. "Ele vai partir corações que nem o pai." Era o que todo mundo dizia, e eu ria. Eu ria. Ria, mas a piada pegou. E aí...

— O quê?

— É difícil conversar sobre isso — disse ela em voz baixa, se levantando para pegar mais café. Quando se sentou de novo, nitidamente tentava se recompor. — Eu passei anos da minha vida tentando mudar o seu pai. Construir um lar para ele, fazer com que ele ficasse feliz comigo e só comigo. Só com a gente. Bem, você sabe como acabou. Ele voltava pra casa cheirando a perfume cinco noites da semana. — Ela soltou uma bufada. — Quando você ficou mais velho e começou a ficar parecido com ele, acho... acho que eu estava assustada demais para tentar. Para te ensinar a ser diferente e acabar com meu coração partido de novo se você resistisse. Então eu só... não resisti. Na verdade, me juntei ao coro e incentivei você a partir corações e... e a lata de café... — Ela cobriu o rosto com as mãos. — Tenho vontade de morrer só de pensar nisso.

Por reflexo, Fox olhou para o armário como se fosse encontrá-la ali cheia de dinheiro para camisinhas. Ainda que não fosse. Ainda que não fosse nem a mesma casa.

— Não tem problema, mãe.

— Tem, sim. — Ela balançou a cabeça. — Eu precisava te explicar, Fox, que você não é nada parecido com ele, corrigir as ideias equivocadas que você tinha de si mesmo. Essas ideias erradas. Mas você já tinha começado a fazer exatamente o que a gente incentivou desde o começo. Quando voltou da faculdade, você se retraiu numa casca dura. Não consegui conversar com você naquela época. E cá estamos nós, anos depois. Cá estamos nós.

Fox pensou em tudo que a mãe dissera, suas inseguranças mais profundas expostas como uma ferida aberta, mas e daí? Nada doía como a partida de Hannah. Nem aquilo.

— Se você não acha que eu sou como ele, por que se retrai toda vez que me vê?

Charlene empalideceu.

— Sinto muito. Não percebi que estava fazendo isso. — Passou-se um momento. — Algumas vezes, eu consigo viver com a culpa de falhar com você. Mas quando te vejo, ela me atinge como um tapa na cara. Eu me encolho por causa de mim, não de você.

Uma ardência inesperada pinicou atrás dos olhos dele.

Algo duro começou a se erodir perto do seu coração.

— Eu me lembro de algumas das coisas que ele dizia para você desde o quarto, quinto ano. Quem na sala era a sua namorada? Quando você ia sair num encontro? Menino, você vai poder escolher! E eu achava engraçado. Eu mesma dizia essas coisas de vez em quando. — Ela pegou o maço de cigarro, puxou um e o acendeu, soprando a fumaça pelo canto da boca. — Eu devia ter te incentivado a ir bem nos estudos. Ou a entrar em clubes. Em vez disso, fizemos a sua vida girar em torno de... intimidade. Desde cedo. E eu não tenho qualquer justificativa exceto dizer que a vida do seu pai eram as mulheres, o que automaticamente fazia a minha ser também. Os casos dele nos cercavam o tempo todo, preenchiam todo o ar. E permitimos que isso machucasse nosso filho. Deixamos que se transformasse numa sombra que o seguia por todo lado. Essa é a verdadeira tragédia. Não o casamento.

Fox teve que se levantar. Precisava se mexer.

Ele se lembrava dos pais dizendo essas coisas. Claro que lembrava. Porém, até aquele momento, nunca tinha lhe ocorrido que quase *nenhum* pai tinha costume de dizer aquelas coisas aos filhos. Nunca lhe ocorrera que ele tinha sofrido uma lavagem cerebral para acreditar que sua identidade se resumia ao seu sucesso com as mulheres. E...

E a mãe não se retraía quando o via porque ele a lembrava do pai. Era culpa. Fox também não gostava disso. Reconhecia suas escolhas e não queria que a mãe assumisse responsabilidade por elas, porque isso seria covardia de sua parte. Mas, nossa, era um alívio saber que a mãe não odiava ver o rosto dele. Saber que ele não estava quebrado, mas que talvez, quem sabe, tivesse sido enfiado em uma categoria antes de sequer entender o que estava acontecendo.

Mais do que tudo naquele momento, ele queria Hannah.

Queria enterrar o rosto no pescoço dela e contar tudo que Charlene dissera, para ela poder resumir perfeitamente para ele do seu jeitinho. Para poder beijar o sal da pele dele e salvá-lo. Mas Hannah não estava ali. Ela tinha ido embora. Ele a mandara embora. Então Fox tinha que se resgatar sozinho. Tinha que entender aquilo por conta própria.

— As pessoas vão achar que ela é louca por apostar em mim. Vão imaginar que eu vou fazer com ela o que o meu pai fez com você.

Diante da falta de resposta, Fox olhou para trás e viu Charlene apagando o cigarro agressivamente.

— Deixa eu te contar uma história. Earl e Georgette vinham jogar bingo há uma década, e sempre se sentavam em lados opostos do salão. O mais longe um do outro possível. Podem parecer velhinhos adoráveis, mas, eu te garanto, são teimosos feito mulas. — Charlene acendeu outro cigarro, confortável no meio de sua história. — Earl era casado com a irmã de Georgette, até que ela faleceu. Jovem, talvez com uns cinquenta e poucos anos. E, bem, enquanto se consolavam, os dois acabaram se apaixonando, sabe? Ambos se preocuparam com o que as pessoas iam achar, então pararam de se encontrar. Cortaram relações completamente. Mas pode apostar que ficaram anos se encarando através do salão de bingo que nem adolescentes apaixonados.

— O que aconteceu?

FISGADOS PELO AMOR

— Vou contar, não vou? — Ela soltou a fumaça. — Georgette adoeceu. Era a mesma doença da irmã. E Earl percebeu que tinha deixado de construir uma vida com a mulher que amava, mas não tinha direito de ajudá-la agora que as coisas estavam difíceis. Não tinha direito de cuidar dela. Naquela altura, realmente importava o que as outras pessoas pensavam? Não. Não importava.

— Jesus, mãe. Não podia ter escolhido uma história um pouco mais animadora?

— Ainda não terminei — disse ela, paciente, saboreando o enredo. — Earl declarou seu amor a Georgette e foi morar com ela, cuidando da senhorinha até que sarasse. Agora eles se sentam na fileira da frente toda vez que promovo uma partida em Aberdeen. Não dá para separá-los por nada. E sabe o que mais? Todo mundo está feliz por eles. Você não pode viver se preocupando com o que as pessoas vão pensar. Um dia vai acordar, olhar para um calendário e contar os dias que podia ter sido feliz... com ela. E ninguém, principalmente aqueles que ficam falando besteira por aí, vai estar lá para te consolar.

Fox imaginou acordar dali a quinze anos sem ter passado nenhuma parte desse tempo com Hannah e ficou atordoado, a cozinha da mãe girando ao seu redor, seus pulmões em chamas. Foi para a sala de estar, caiu no sofá e contou suas respirações, tentando combater a náusea repentina.

A exaustão o atacou de forma inesperada, e ele não sabia bem por quê. Talvez fosse por ver seus complexos de longa data desembaraçados e explicados, e o vazio subsequente no estômago. Talvez fosse o excesso de emoções ou a depressão profunda de perder Hannah e fazê-la chorar, além de saber que a mãe não o odiava secretamente. Tudo envolvido na cabeça dele como uma atadura grossa que turvava seus pensamentos até eles não serem nada mais que um eco evanescente. Sua cabeça caiu na almofada, e as preocupações que o assombravam por fim o fizeram cair num sono profundo. A última coisa de que ele se lembrou foi da mãe o cobrindo com um cobertor e da promessa que fez a si mesmo. Assim que acordasse, iria atrás dela.

Aguenta firme. Já chego aí, Pintadinha.

⚓

Fox acordou sob a luz do sol, em meio a uma algazarra de vozes.

Sentou-se e olhou em volta, tentando recordar a noite anterior e limpar as teias de aranha que se agarravam mais forte que de costume à mente. Havia bugigangas em cada superfície, o cheiro de Marlboro vermelho pairando no ar. Ele estava na sala de estar da mãe. Sabia disso, pelo menos. E então a conversa deles voltou em detalhes precisos, seguida por um embrulho no estômago.

Já era dia. Oito da manhã.

O ônibus... o ônibus de volta a Los Angeles partia às sete.

— Não. — Fox quase vomitou. — Não, não, não.

Ele pulou do sofá, o estômago se revirando violentamente. Vários pares de olhos o encararam da cozinha, pertencentes às idosas que pelo visto se congregavam na cozinha de Charlene para um café com donuts.

— Bom dia, querido — disse a mãe da mesa, no mesmo lugar onde se sentara na noite anterior, com a mesma xícara nas mãos. — Tenho um folhado aqui com o seu nome. Venha conhecer as meninas.

— Não posso. Eu... ela está indo embora. Ela... já foi?

Ele apalpou o bolso dos jeans e encontrou o telefone, a bateria em 6%. Digitou o número de Hannah depressa, passando uma das mãos pelo cabelo e dando voltas enquanto a ligação chamava. Não. Ele não ia deixá-la entrar em um ônibus rumo a Califórnia. Ainda não tinha um plano, uma estratégia para ficar com Hannah. Tudo o que ele sabia era que um medo profundo chacoalhava seus ossos. A realidade da partida, junto com o que a mãe fizera na noite anterior, tinha feito Fox repensar suas prioridades.

Eu deixei de ser cabeça-dura, Hannah. Atende o telefone.

Caixa postal.

Claro que eram as notas de abertura de "Me and Bobby McGee", seguida por uma mensagem rouca e eficiente.

Fox parou de andar, o som da voz dela contra o ouvido envolvendo-o como o calor de uma lareira. Ah, Deus, ele tinha sido um cretino. Aquele anjo de garota, uma em um bilhão, o amava. E ele a amava também, de um jeito feroz, desesperado, incontrolável. E não sabia como construir um lar com ela, mas eles descobririam juntos. Disso ele tinha certeza.

Hannah lhe dava fé. Ela *era* a sua fé.

O bipe soou no ouvido dele.

— Hannah, sou eu. Por favor, por favor, desça do ônibus. Estou voltando para casa agora. Estou... — A voz dele perdeu força. — Só saia do ônibus em algum lugar seguro e espere por mim, tudo bem? Eu te amo, porra. Eu te amo. E sinto muito por você ter se apaixonado por um idiota. Eu... — *Encontre as palavras. Encontre as palavras certas.* — Lembra em Seattle, quando você disse que a gente estava tentando esse tempo todo? Desde o verão passado? Estar num relacionamento? Eu não entendi muito bem na hora, mas agora entendo. Nunca ia conseguir viver longe de você, porque, Jesus, isso nem é vida. Você é a minha vida, Hannah. Eu te amo e estou voltando para casa, então, por favor, meu bem. Pode esperar por mim? Desculpa.

Fox parou e ficou ouvindo na linha, como se ela fosse responder e reconfortá-lo como sempre, então desligou a ligação com o terror embrulhando o estômago. Ergueu os olhos e encontrou as mulheres ali em estágios de choro diversos, desde enxugando lágrimas até choramingando baixinho.

— Tenho que ir.

Ninguém tentou impedi-lo quando ele saiu correndo pela porta até sua caminhonete, jogando-se no banco do motorista e cantando os pneus. Parou em um semáforo antes da rodovia e xingou, apertando o freio. Nervoso enquanto ficava ali parado, ele pegou o telefone de novo e ligou para Brendan.

— Fox — disse o capitão, atendendo no primeiro toque. — Eu estava querendo te ligar, na verdade. Queria me desculpar de novo...

— Ótimo, mas faça isso outra hora. — A luz ficou verde e ele pisou fundo, saindo da rodovia, agradecendo a Deus que não parecia haver trânsito da hora do rush. — Hannah está com vocês? Ela dormiu aí ontem à noite?

Uma breve pausa.

— Não. Ela não ficou com você?

— Não.

Saber que ele podia ter passado a noite com Hannah e não tinha feito aquilo era difícil de engolir. Era um mundo que não fazia sentido, e ele nunca mais queria viver nele. Aonde ela teria ido? Havia alguns hotéis em Westport, mas ela não ficaria em um hotel, ficaria? Talvez tivesse ido à casa onde a equipe da produtora estava ficando. Todos eles teriam subido no ônibus uma hora antes. Ela teria ido com eles. *Ela foi.*

— Não, ela não está comigo — disse ele, rouco e completamente infeliz. — Escuta, é complicado. Como era de se esperar, eu fodi com tudo. Preciso de uma chance de consertar.

— Ei. O que quer que seja, tenho certeza de que você consegue arrumar.

Não havia acusações. Nenhum suspiro resignado ou decepção. Só fé.

Fox sentiu uma dor acima da clavícula. Talvez, como o oceano, ele pudesse evoluir.

Talvez a tripulação percebesse que estava errada sobre ele depois de um tempo. Afinal, os caras estavam apenas seguindo o exemplo dele, tratando-o como ele pedia que o tratassem, como a versão barata de si mesmo que ele apresentava. Exigir respeito de Brendan uma vez bastou para mudar a atitude do amigo. E se fosse só isso que ele precisava fazer com todos os outros?

E se não funcionasse? Que eles se fodessem. Seu relacionamento com Hannah era problema dele e dela. De ninguém mais.

De toda forma, Fox faria tudo ao seu alcance para ficar com Hannah.

Isso era óbvio.

Imaginar um futuro sem ela fazia suas mãos tremerem no volante.

Pela primeira vez desde que saiu da faculdade, ele estava animado para descobrir até onde seu potencial podia chegar. Estava pronto para se arriscar novamente. Talvez porque agora soubesse, depois da conversa franca com Charlene, que fora guiado incorretamente. Ou talvez porque não tivesse mais tanto medo de ser julgado. Ele estava dirigindo sem prestar atenção na estrada, com a certeza de que Hannah tinha voltado a Los Angeles. *Isso* era dor. Isso era odiar a si mesmo. Perder o amor da sua vida — o seu futuro — porque havia deixado o passado vencer. Ele seria capaz de suportar e superar qualquer coisa, menos isso.

Segurando o celular entre a bochecha e o ombro, arrancou a pulseira de couro e a jogou pela janela do carro.

— Eu quero o barco, Brendan.

Mesmo sem ver o rosto do melhor amigo, ele conseguia imaginar a sobrancelha erguida, a mão pensativamente esfregando o queixo.

— Tem certeza?

— Tenho. E vou instalar uma cadeira nova. Tem um buraco com o formato da sua bunda na antiga. — Ele esperou o amigo parar de rir. — Piper está aí? Ela falou com a Hannah?

— Ela saiu para correr. Posso ligar para ela...

O telefone de Fox morreu.

O ar saiu dele em um sibilo, e ele jogou o aparelho no painel, o coração martelando nos ouvidos enquanto ziguezagueava pelo trânsito. Ela não podia ter ido embora. Tudo bem, eles não tinham decidido um prazo para ele ir encontrá-la. Talvez ela tivesse pensado que voltaria para Los Angeles e ele levaria algumas semanas ou até meses para perceber que morreria sem ela? Talvez ele devesse ter considerado que ela iria embora naquele dia? Bem, não tinha feito isso. Vinha pensando nessa hipótese por semanas e, quando o momento finalmente chegou, seu coração tinha bloqueado aquela possibilidade dolorosa.

Tarde demais. Era tarde demais.

Deus, ela podia ter mudado de ideia. Talvez não quisesse mais dar tempo a ele para deixar de ser cabeça-dura. Isso explicaria por que não tinha atendido o telefone. Decidira que Fox não valia todo o transtorno. Se fosse o caso, não ia importar se ele pegasse um voo para Los Angeles ou se saísse varado até alcançar o ônibus. Se ela tivesse se cansado dele...

Não.

Não, por favor. Ele não podia pensar assim.

Com a pele ao mesmo tempo gelada e suando, Fox pegou a saída para Westport uma hora e meia depois, vasculhando as ruas em busca do elenco ou da equipe do filme. Será que sequer reconheceria algum deles? No momento, ele ficaria até grato por ver o maldito diretor com sua gola rulê de mauricinho. Só que nenhuma das pessoas acenando enquanto ele passava era gente de fora. Nenhuma delas. Não havia ônibus esperando no porto.

Ela fora embora.

— Não, Hannah — disse ele, rouco. — Não.

Fox estacionou de qualquer jeito na frente do prédio, preparado para entrar e fazer a mala. Ele pegaria a estrada e alcançaria o ônibus. Esperaria que o veículo parasse e imploraria a ela que escutasse. Se não conseguisse encontrar o ônibus, pegaria um avião. O importante era que não ia voltar para casa até eles estarem cem por cento comprometidos. Com um plano.

Um plano.

Ele teria rido se não estivesse à beira de se quebrar bem no meio. De repente, conseguia pensar em um milhão de planos. Porque ele era capaz de qualquer coisa. *Eles* eram. Juntos.

Contanto que ela não tivesse desistido dele...

Fox entrou no apartamento e parou de repente.

Hannah estava sentada de pernas cruzadas no chão na frente do seu toca-discos, com fones gigantes nos ouvidos, cantarolando junto com uma música.

Se o tivesse ouvido chegar ou virado naquele momento, teria visto Fox desabar contra a porta, trêmulo. Teria visto como ele usou a camiseta para enxugar os olhos. Teria visto os agradecimentos que ele murmurou para o teto. Mas, sem percebê-lo ali, ela não se virou. Não viu como ele devorou a curva do seu pescoço com o olhar, a linha dos seus ombros. Como absorveu sua voz ofegante cantando junto com o Soundgarden.

Assim que conseguiu andar direito, ele foi até Hannah, pegou o celular dela no balcão e viu sua mensagem de áudio ainda não tocada.

Ele procurou as palavras certas.

As palavras que possivelmente expressariam o quanto ele a amava.

Mas, no fim, tudo que precisava fazer era ouvir o seu coração e confiar em si mesmo.

Parou ao lado dela, e Hannah tomou um susto e olhou para ele.

Eles se encararam por longos instantes, ambos procurando respostas no outro.

Fox deu a sua mudando o álbum. Colocou "Let's Stay Together" — *vamos ficar juntos* —, de Al Green. Viu a expressão de Hannah suavizar a cada palavra. A letra não podia ser mais certeira. Quando lágrimas começaram a encher seus lindos olhos, Fox a puxou para ficarem de pé e eles dançaram lentamente ao som da música nos ouvidos dela e da música no coração dele. Hannah só tirou os fones quando a canção terminou.

— Eu te amo — confessou Fox, com a voz embargada, ainda balançando sua amada de um lado para o outro e agarrando-se a ela como a um colete salva-vidas no meio do mar de Bering. — Meu Deus, eu te amo tanto, Hannah. — Ele enterrou o rosto no cabelo dela, faminto pela proximidade com aquela pessoa incrível que de alguma forma o amava. — Eu pensei que você tinha ido embora — disse ele, erguendo-a do chão e a levando para o quarto. — Achei que tinha partido.

— Não. Não consegui. Não faria isso. — Os braços dela se apertaram no pescoço dele. — Eu te amo demais.

Quando ele a deitou na cama, lágrimas escaparam dos seus olhos e Hannah as enxugou, assim como fez com as próprias.

— Você não ia me dar tempo para deixar de ser cabeça-dura?

— Seis horas pareceram mais que o suficiente — sussurrou ela, olhando para ele.

A felicidade o cercou por todos os lados, e ele a deixou entrar. Aceitou a sensação e pensou em todos os jeitos como também podia fazer Hannah feliz — pelo resto da sua vida. Cada hora, cada dia.

Fox a cobriu com o corpo e ambos gemeram contra a boca um do outro, músculos encontrando e acariciando curvas.

— A gente pode achar uma casa entre aqui e Seattle. Assim, se você arranjar um emprego na cidade, cortamos o deslocamento na metade para os dois. — Ele abriu a calça dela e enfiou a mão ali dentro, vendo os olhos de Hannah se revirarem quando enfiou os dedos na calcinha e a encontrou. Ali. Pressionando entre a sua pele, esfregando com pressão crescente. — Funciona pra você?

— Sim — ofegou ela, enquanto ele esfregava o dedo do meio devagar, pressionando e acariciando. — Hummm. Gosto dessa ideia. N-nós podemos descobrir quem vamos ser juntos. Sem todo mundo por perto o t-tempo todo.

Fox assentiu e tirou a calça e a calcinha dela com calma, por fim deixando-a nua enquanto permanecia completamente vestido, apertando-a sobre as roupas de cama.

— Quem quer que a gente se torne junto, Hannah — disse ele, a boca passeando sobre a dela, os dedos abrindo o próprio zíper —, eu sou seu e você é minha. Então sempre vai dar certo. — A garganta dele se fechou quando ele entrou em Hannah, as coxas dela se erguendo com um espasmo para a posição perfeita. — Eu não sabia o que era certo até conhecer você — continuou ele, engasgado. — Vou me agarrar a todas as coisas boas que você me deu. Não vou deixar você ir embora.

— Eu também não vou deixar você ir embora, Fox Thornton — murmurou ela com a voz entrecortada, seu corpo se erguendo da cama quando ele deu a primeira estocada, a visão ficando turva. — Nunca vou te deixar.

— Estou pronto para o bom, o ruim e tudo o que vier, Hannah.

— Fox apertou a boca na lateral do pescoço dela e empurrou mais fundo, fundo o bastante, perto o bastante para senti-la respirar, e deliciou-se com a sensação. — Décadas. Uma vida inteira. Estou pronto.

Epílogo

Dez anos depois

A voz suave de Nat King Cole enchia o interior do jipe de Hannah enquanto ela sacolejava na estrada coberta de neve. Seus faróis iluminavam os flocos que caíam, o crepúsculo dando um brilho roxo-cinzento ao céu, os pinheiros imponentes de cada lado da estrada criando um caminho agora familiar — um caminho para casa, para a sua família.

Depois de dez anos em Puyallup, era difícil acreditar que Hannah já tinha morado na ensolarada Los Angeles. E ela não trocaria essa vida nem por todos os discos em Washington.

Seus olhos pousaram no espelho retrovisor, onde ela podia ver sacolas de compras transbordando de presentes elaboradamente embrulhados no banco traseiro, e uma alegria tão intensa encheu seu peito que lágrimas surgiram. Nunca haveria nada melhor que isso. Voltar para casa, para a sua família, na véspera de Natal, depois de quatro dias na estrada. Ela sentia uma saudade terrível deles, e teve que se obrigar a dirigir devagar e com cuidado na estrada coberta de gelo.

Quando a casa surgiu à vista um minuto depois e os pneus pararam, triturando o cascalho da pista, seu coração começou a bater mais rápido. A chaminé de madeira soltava a fumaça preguiçosamente, e havia trenós — para adultos e crianças — encostados na parede da frente. Uma árvore de Natal piscava atrás de uma das muitas janelas. E quando seu marido apareceu com uma das filhas apoiada casualmente sobre o ombro musculoso, uma risada cheia de desejo, amor e gratidão escapou de Hannah no carro silencioso.

Eles não tinham apenas feito funcionar, não é? Haviam construído uma vida mais feliz e cheia de alegria do que qualquer um deles esperava.

Uma década antes, Fox e Hannah foram a Bel-Air para empacotar as coisas dela. Ela ainda conseguia se lembrar da sensação de gravidade zero daquela viagem. A falta de moderação, resultado do comprometimento deles um com o outro, fazia cada toque, cada sussurro, ganhar um novo sentido. No entanto, prestes a entrar no que parecia a verdadeira vida adulta, ambos estavam com medo. Mas estavam com medo juntos, sendo sinceros um com o outro a cada passo da trajetória, e se tornaram uma equipe formidável.

No começo, alugaram um apartamento na cidade, a meio caminho entre Westport e Seattle. Hannah ainda sentia falta daquele apartamento às vezes; tinha vontade de percorrer o piso que rangia e lembrar todas as lições que eles aprenderam dentro daquelas paredes. Como tinham amado intensamente, como tinham brigado alto e feito as pazes, como tinham dançado, como Fox se ajoelhara em uma noite como aquela e pedira a Hannah que fosse sua esposa, como os dois tinham entrado em pânico quando ela engravidou um ano depois. Como se sentaram no chão e comeram bolo direto da caixa com garfos — Fox de terno, ela de vestido — na manhã em que compraram aquela casa.

Desde então, eles tinham criado um milhão de lembranças, cada uma com uma trilha sonora diferente, e Hannah valorizava todas elas.

Sem conseguir esperar nem mais um segundo para ver Fox e as meninas, Hannah abriu a porta do carro, tomando cuidado para não escorregar na pista com suas botas de plataforma elegantes. Não eram práticas naquele clima, mas ela fora direto para o aeroporto de Los Angeles depois da última reunião com clientes. Graças a Deus não precisaria ver o interior de outro aeroporto até meados de janeiro, bem depois das festas. Sua agenda de viagens definitivamente se aliviara ao longo dos anos conforme o processo ficava mais simplificado e virtual, mas de vez em quando ela descobria uma banda que valia a pena ver pessoalmente, como naquela semana.

A Jardim do Som Inc. fora o bebê de Hannah, um jeito de conectar bandas emergentes com produtoras em busca de vozes novas para suas trilhas sonoras — e, anos depois, ela era um nome renomado na indústria. Após o lançamento de *Deslumbrados de Amor*, os Unreliables estouraram, e o nome dela começou a ser cada vez mais citado. Ela construíra uma reputação por dar aos filmes seu som característico, acrescentando uma camada inteiramente nova de criatividade ao processo, e não conseguia se imaginar fazendo outra coisa.

Hannah abriu a porta de trás do jipe e considerou chamar Fox para ajudá-la a carregar as bolsas, mas decidiu que preferia cruzar a porta da frente e surpreender os três. E era melhor ir logo, porque Piper, Brendan e os dois filhos deles chegariam em breve para ficar até o Ano-Novo. Sem falar em Charlene — vulgo "vovó" —, que chegaria de manhã.

Pegando uma sacola pesada em cada braço, Hannah fechou a porta do carro com o quadril e subiu a pista, as bochechas já doendo de tanto sorrir. Deixou os presentes no chão diante da porta e fuçou o bolso do casaco em busca das chaves. Elas tilintaram baixinho, mas foi o suficiente para fazer a dupla de labradores deles começar a latir.

Sacudindo a cabeça e rindo, distraída enquanto tentava enfiar a chave na fechadura, Hannah quase não viu o alce. Foi só quando a sombra gigante se moveu na sua visão periférica que ela congelou, virando a cabeça devagar, a boca se abrindo de choque enquanto o maior alce de todos os tempos seguia tranquilamente na direção dela como se fossem bater um papo casual no supermercado. Alces não eram animais especialmente perigosos, mas Hannah e Fox viviam na área havia tempo suficiente para ouvir falar de ataques. Em geral, os animais só reagiam mal quando eram provocados, mas ela não estava disposta a arriscar. O bicho podia atropelá-la feito um caminhão.

— Fox... — chamou Hannah, baixo demais para ser detectada por ouvidos humanos. E aí derrubou as chaves na neve. E, bem, de jeito nenhum ela ia se abaixar para pegá-las. Teria que tirar os olhos da fera.

Abandonando os presentes e afastando-se devagar da varanda, ela recuou na direção do carro. O alce observou de sua altura de quatro metros, talvez dez, enquanto Hannah tirava o celular do bolso e ligava para o número de casa.

— Você deve estar aí fora, já que os cachorros estão latindo que nem uns maníacos — atendeu Fox, a voz quente no ouvido de Hannah. — Graças a Deus, amor. Estava morrendo de saudades. Precisa de ajuda pra carregar a mala? Vou sair...

— Alce — disse ela em um sussurro estrangulado. — Tem um alce bem do lado de fora da porta. Deixe as garotas aí dentro. Tem duzentos metros de altura, sem brincadeira.

— Um alce? — A preocupação deixou a voz dele mais séria. — Hannah, entra em casa.

— Eu derrubei as chaves. — Ela tinha se virado e corrido, contendo gritinhos no caminho todo. — Estou escondida atrás do carro.

Ele respirava pesado.

— Estou saindo.

Não passaram nem dez segundos e o marido de Hannah surgiu na varanda, descalço, usando calça de ginástica e um moletom, batendo panelas e gritando obscenidades para o alce até o animal recuar vários passos. Na janela da frente da casa, as meninas — Abigail, de seis anos, e Stevie, de quatro — gritavam a plenos pulmões, suas mãozinhas batendo na janela com força suficiente para chacoalhá-la. Os cachorros uivavam. E, encolhida atrás do para-choque do jipe, Hannah não conseguiu se segurar. Riu tanto que escorregou na pista e caiu de bunda no chão, o que só a fez rir ainda mais. Quando se recompôs, estava olhando para Fox por entre lágrimas.

Mas então saiu um... um longo suspiro trêmulo pelo homem estendendo a mão calejada de cordas para ajudá-la a se erguer. A idade tinha feito bem a ele. Agora com quarenta e um anos, o capitão do *Della Ray* tinha uma barba cheia e cabelo loiro-escuro que começava a mostrar fios grisalhos e quase atingia os ombros. Ele o cortara uma vez, no ano anterior, e as garotas choraram quando viram como ficou curto, então ele jurou deixá-lo sempre comprido. Elas tinham o pai na palma da mão, o que ele admitiria a quem quer que fosse. Hannah estimava que a devoção às filhas o tornava uns quatrocentos por cento mais atraente.

E, como sempre, sua devoção a Hannah brilhava nos olhos azuis, que cintilavam em meio ao caos, assim como os dela.

— Ele já foi embora — disse Fox com sua voz rouca, entrelaçando os dedos nos dela. — Agora entre e me recompense por tirar dez anos da minha vida.

— Deve ser fácil, já que eu trouxe presentes...

Ela perdeu o equilíbrio, escorregando no gelo, e Fox, mesmo com o equilíbrio perfeito graças à profissão, caiu junto com a esposa. Ele tentou amortecer a queda dela, mas os dois terminaram esparramados na pista, com neve caindo ao redor, e as risadas escandalosas deles fizeram as filhas saírem correndo da casa usando camisolas de flanelas e botas enfiadas às pressas. Quando Abby e Stevie começaram uma briga de neve, Fox puxou Hannah para um abraço, erguendo o queixo da esposa para poder ver o seu rosto, o coração batendo forte contra o ombro dela.

— Jesus, Hannah — sussurrou ele em uma voz áspera. — Já se sentiu tão feliz que mal consegue suportar?

— Sim. — Ela segurou o rosto dele nas mãos. — Com você? O tempo todo.

Ele limpou alguns flocos de neve do rosto dela.

— Dizer que te amo não parece suficiente a essa altura.

— Nosso amor é sempre suficiente. Sempre foi mais que suficiente.

Ele assentiu e olhou para a esposa por um longo tempo antes de beijá-la devagar, passando a língua pela boca de Hannah várias vezes e com um ar de promessa suficiente para fazê-la se contorcer e perder o fôlego. O beijo só atiçou o apetite deles e, com os cachorros alegremente perseguindo as crianças no jardim, não estavam com pressa de parar. Só fizeram isso minutos depois, quando outro carro estacionou e a risadinha de Piper soou no ar noturno, seguida pelo suspiro exasperado de Brendan.

— Ei, tia Hannah e tio Fox! — gritou o sobrinho Henry, de nove anos. — Arranjem um quarto!

— Temos uma casa cheia deles — disse Fox, finalmente se levantando e ajudando Hannah a fazer o mesmo, ficando de pé apoiada em seu corpo. — Temos tudo que podemos querer — acrescentou ele, baixinho, de um jeito que só ela ouvisse. Então, juntos, tias, tios, primos e cachorros subiram para passar a véspera de Natal, assim como fariam todo ano, para sempre.

Agradecimentos

Não sei nem por onde começar os agradecimentos deste livro! Demorei para terminar de escrever porque meu marido teve a audácia suprema de ficar doente e passar três meses na UTI. Se um milagre não tivesse acontecido e ele não houvesse recebido alta, não sei se este livro jamais teria sido escrito, que dirá quaisquer outros. Então realmente tenho que agradecer à medicina moderna, aos médicos e enfermeiros, à ciência, aos amigos e à fé por me permitirem voltar a escrever uma história de amor profundamente comovente e fugir mais uma vez para Westport com meus amados Hannah e Fox.

Agradeço a Floral Park, Long Island, pelo apoio quando mais precisei. Eu não sabia o significado de amizade até estar encolhida no meu jardim, a doze graus negativos, cercada por amigos morrendo de frio, usando máscaras e determinados a me dar apoio moral apesar do desconforto. Por *meses*. Eles superaram minhas expectativas e serei eternamente grata por isso.

Agradeço à comunidade dos romances, tanto autores como leitores, por me enviarem mensagens de amor e amparo e presentes para me reconfortar. Agradeço ao meu (felizmente vivo!) marido por me fazer amar tantos gêneros diferentes de música (até, talvez especialmente, Meat Loaf), além de estimular meu apreço por colecionar discos. Entender como as pessoas podem ser cuidadosas com seus discos me ajudou muito na hora de escrever Hannah. Nunca vou usar seus encartes como apoio de copo — especialmente o do Floyd. Prometo.

Agradeço à minha editora, Nicole Fischer, por realmente entender a vibe e a pegada da série das irmãs Bellinger e por me ajudar a dar vida a ela. Este livro é o nosso décimo primeiro juntas, e eu amei o resultado de todos os nossos trabalhos. Agradeço a cada um na Avon Books, incluindo capistas, a equipe do comercial e os gurus do marketing. Vocês tornaram tudo isso possível!

Por fim, a todo mundo que se apaixonou por esta série: ela veio do fundo do meu coração, e me sinto honrada por vocês me acompanharem nesta jornada! Que venha muito mais.

1ª edição	NOVEMBRO DE 2022
impressão	JANEIRO DE 2025
reimpressão	IMPRENSA DA FÉ
papel de miolo	HYLTE 60 G/M^2
papel de capa	CARTÃO SUPREMO ALTA ALVURA 250 G/M^2
tipografia	PALATINO